U0635116

亚特兰蒂斯的水手

从柏拉图到德鲁克

杨无锐

著

天津出版传媒集团

天津人民出版社

图书在版编目(CIP)数据

亚特兰蒂斯的水手 : 从柏拉图到德鲁克 / 杨无锐著
. -- 天津 : 天津人民出版社, 2024.4
ISBN 978-7-201-20207-5

Ⅰ.①亚… Ⅱ.①杨… Ⅲ.①文学评论—世界—文集
Ⅳ.①I106-53

中国国家版本馆 CIP 数据核字(2024)第 024713 号

亚特兰蒂斯的水手:从柏拉图到德鲁克

YATELANDISI DE SHUISHOU : CONG BOLATU DAO DELUKE

出　　版	天津人民出版社	
出 版 人	刘锦泉	
地　　址	天津市和平区西康路 35 号康岳大厦	
邮政编码	300051	
邮购电话	(022)23332469	
电子信箱	reader@tjrmcbs.com	

责任编辑　伍绍东
装帧设计　何　涵　汤　磊
内文插图　林　放　何　涵

印　　刷	天津海顺印业包装有限公司
经　　销	新华书店
开　　本	880 毫米×1230 毫米　1/32
印　　张	8.5
字　　数	200 千字
版次印次	2024 年 4 月第 1 版　2024 年 4 月第 1 次印刷
定　　价	68.00 元

目　录

跋

序

一

这本小册子,包含了十位作家的十篇阅读札记。十位作家是:

- 柏拉图,古希腊,前 427—前 347
- 莎士比亚,英国,1564—1616
- 陀思妥耶夫斯基,俄罗斯,1821—1881
- 契诃夫,俄罗斯,1860—1904
- 罗森茨维格,德国,1886—1929
- 托马斯·曼,德国,1875—1955
- 卡内蒂,英国,1905—1994
- 德鲁克,美国,1909—2005
- 米沃什,波兰,1911—2004
- 迪伦马特,瑞士,1921—1990

十篇札记,都是在过去四年里写成的。最早的一篇写于 2017 年,最晚的一篇写于 2020 年。这些札记会谈论小说、戏剧、诗,但这不是一本文学史论著。札记也会谈到哲学和宗教,乃至管理学,但这不是一本思想史论著。

如果说十篇札记之间有什么贯穿的主题,那就是我在四十岁时问自己的问题:"如何过好这一生?"

四十岁才提出这个问题,是不是太晚了?我不知道。人在什么时候最适合提出这个问题?我不知道。

年轻人煞有介事地思索人生,大多急着找到一个确定的答案,然后急着为之粉身碎骨。年轻人不缺勇气,年轻人唯一害怕的是,不知哪一天,勇气消失不见。那一天,他们称之为中年。等到中年真正来临,我才知道还有比粉身碎骨更需要勇气的事,那就是在无数青春亢奋里发现可笑,在无数血色浪漫里发现荒唐,笑过之后,又发现这笑的可笑。四十岁前后,我就忽然陷入了笑的恶性循环。这比随时准备为什么事粉身碎骨的青春期难熬多了。随时准备粉身碎骨,那意味着要用脆弱的生命去奔赴、去顶撞某种坚牢的东西。笑的恶性循环却意味着,一边奔赴、顶撞,一边看着迎面而来的虚无,深不可测的虚无。

古人说"四十不惑"。至今参不透这话。身边的确有不少刚过四十就不惑起来的朋友。不惑也是千姿百态。有人紧紧抓住一个答案,有人看穿所有答案。我喜欢这些笃定的朋友。一有机会,就观察他们。我也喜欢观察另一类朋友,他们越活越不笃定。每次相聚,我都发现他们身上某些东西在融化,在瓦解。但他们不慌张。他们像个旁观者那样,看着发生在自己身上的融化、瓦解。他们甚至有所期待,静静等着融化、瓦解之后将会发生的事情。他们不急着宣布消除困惑,也不遮盖困惑带来的笨拙、迟疑。他们从不假装笃定,他们笃定地放下所有假装。他们越来越不坚硬,却越来越透明。他们愿意让变化发生,带着失望,也带着盼望。

四十岁前后那几年,我特别喜欢结交能够一起晾晒困惑的朋友。晾晒困惑的意思是,不必带着答案来,不必带着答案去,不慌不忙地在困惑里挥霍一宿闲话。那几年,我也特别喜欢读那些困惑之书。或者说,那些不屑于掩饰困惑的作者写的书。年轻时赖以意气风发横冲直撞的答案都失效了,甚至全都变得可笑。这时我才发现,忍耐困惑才是治疗困惑的良药。

于是就有了这本小册子:十篇关于困惑之书的札记。这组札记本身,也是一本困惑之书,关于"如何过好这一生"的困惑。

二

我的职业,是在大学里讲授古代文学。这本书与职业无关。与职业无关,有两个意思:其一,我读这些作家,不是为了在课堂上讲他们;其二,我写这些札记,不是为了产出论文和讲义。这本书的唯一目的,是一个普通读者的自我教育。一个教师和一名工人、一位老农没什么两样。劳作一天之后,他需要休息。他得想办法找到一些消遣之道,否则他无法化解生存重压之下的怨气、戾气。吼一段秦腔、读一本托马斯·曼是相似的消遣。它们都能让人意识到天底下除了眼前的故事,还有很多别的故事。单单意识到这一点,人就能从怨气、戾气里舒展开来。怨气、戾气,往往滋生于过分狭隘的生命故事。

四十岁前后那几年,我在课堂上讲《论语》《史记》、杜甫,回到家就翻开柏拉图和陀思妥耶夫斯基。或许是因为缺乏专业意识和学术敏感,我一点也不觉得这样的生活撕裂。我也不觉得孔夫子和柏拉图有什么了不得的区别。读大学的时候，认真研究过几本揭示"中西之别"的大著作。据说，直至今日类似的著作还在批量生产。但这些话题早就与我无关了。有几次，一边在灯下读柏拉图，一边想象他和孔夫子的聚会。他俩大概会争吵吧？他俩大概会不停争吵吧？可是，争吵恰恰是人们相聚的方式。柏拉图说，文明意味着说服取代征服。而说服首先意味着，要忍耐争吵，要学着把争吵变为团结的艺术，而不是分裂的借口。某个晚上，我纵容自己沉浸在孔子舌战柏拉图的幻想里。忽然，我意识到读了那么多年的《理想国》，完全读错了。这本书根本不像波普尔所说，是为某种严苛的统治提供蓝图。这只是深刻的曲解。《理想国》讲了一个精彩的故事：几个朋友相遇，为了达成团结，他们自愿在一场并不轻松的心灵游戏中扩展视野。柏拉图借苏格拉底之口告诉读者，没有视野的扩展，以及为了扩展而付出的共同努力，人与人之间根本不可能产生团结。严厉的国王可以把全体公民绑在一起，却没能力命令人们团结。争吵、说服、团结，永远只能是心灵的伟业。

好书都有一种说服的力量。《论语》《史记》是这样的书，《理想国》《群魔》《魔山》也是这样的书。这里所谓的"说服"，不是那种手持标准答案的耳提面命喋喋不休。柏拉图最精彩的段落，都不是这样。他不是用一个答案反驳另一个答案，而是用新的视野覆盖旧的视野。没有任何手持正确答案的人接受反驳。但他的答案或许会在视野更新中悄然失效。

《理想国》向读者展示了视野扩展所需的勇气、忍耐、友爱、想象力。陀思妥耶夫斯基、托马斯·曼、米沃什则向读者展示了视野扩展是一件何其痛苦的事情。这些现代作者都是受难者。为了获得对生活的理解，他们自愿从笃定走进困惑，一层一层撕掉身上的鳞甲。对大多数人而言，这个世界太过庸常，以至于无需惊赞，无需恐惧，只需忍耐。受难者却从庸常的生死川流中看见比死更恐怖、比生更奥妙的事情：异象。他们是看得见异象、讲述异象的人。异象，不会让人逃离世界，却可以让人用别种眼光打量曾经熟悉的世界。有些人把异象视为折磨。另一些人则能从异象获得教育。或者说，有些人愿意接受异象的教育，有些人则拒绝。

四十岁前后，我花了几年时间重读旧书。我要接受的还算"正规"的文学教育，却让我养成一身卑鄙的读书习惯。比如，我习惯于依赖教科书上的文学史框架。一套文学史无非是一系列审判案卷，和一串审判语汇。一个过早掌握审判语汇的学生，会在学会阅读之前终结阅读生涯。因为阅读总是比审判难，欣赏总是比解释难。曾经，我是一个被审判语汇武装到牙齿的伪读者。翻开一本书，我心心念念的是施展审判的技艺与权柄。四十岁前后，过去赖以自信的专业、学问开始松动。所有用以审判的答案都显得卑鄙可笑。我不再带着答案读书，而是带着中年困惑走进那些困惑之书。新的阅读方式让我觉得自己被解放了。我从往昔自以为不惑的固陋中解放了出来。于是，早年读过的很多书变得陌生，且有趣。这些书，在书架上等了我很多年。它们不愿和审判者相遇，它们只和困惑者交谈。

所有作者里，我热爱那些把写作当成自我教育的人。读他们的书，是自我教育。专业、文体越来越不重要。我不太在意区分哲人、小说家、诗人、神学家。"现实主义""感伤主义""魔幻主义"之类的标签更变成无聊且无用的废话。我只是读。像观察朋友那样观察这些作者。看他们如何带着盼望困惑。看他们讲述发生在自己身上的融化、瓦解,乃至崩溃。看他们在异象面前的恐惧和惊赞。他们的问题也无非是"如何过好这一生"。他们是在不同时代不同语言里遭遇同样困惑的人。或者说,他们是愿意承认遭遇困惑的人。

从这些困惑之人的困惑之书里,我学到很多,唯独没有找到答案。我把阅读的过程记下来,就有了一组困惑札记。这本小册子,收录了其中的十篇。我不知道这些文字算是什么文体。它们肯定不是文学评论,肯定不是文学史研究,因为它们不配。它们也肯定不配充当任何专业的研究成果。我很高兴它们不配。我只能把它们称为札记。古代那些无甚野心的读书人,青灯黄卷,随手在页眉、碎纸上写几句体己话——那就是札记。

三

十篇札记,大体按作者年代排序。我又把它们分成三组。

"灵魂现象学"包括三篇:读《理想国》、读《奥赛罗》、读陀思妥耶夫斯基。我从柏拉图、莎士比亚、陀思妥耶夫斯基那里读到的,是对人之可能性的勇猛探究。依照现在流行的标准答案,"人"是某种事先规定了的东西,是被某种必然规律预定了的结论。而在他们那里,人是在"神性""魔性"之间的中间状态。这个中间地带无比广阔,无比暧昧。人的不确定性,是世间一切绝望的根源,也是世间仅存的希望。柏拉图、莎士比亚、陀思妥耶夫斯基是伟大的人性观察家。我不知道是否能说他们写尽了人的可能性。但他们至少把人性的暧昧、流动展现出来。他们的工作从不解除困惑，只会制造困惑。困惑的好处是，治愈那些廉价的绝望、廉价的希望。

"生活的技艺"包括两篇：读契诃夫、读罗森茨维格。契诃夫的作品总是带着一丝忧郁，不浓重，却化不开。契诃夫的忧郁，是一个保护层，让他免于直面虚无。信仰缺席留下的虚无，折磨着契诃夫，也折磨着托尔斯泰。他们的解决之道各不相同。托尔斯泰有些莽撞地编织自己的"主义"，就像砌了一面墙，把虚无挡在墙外。契诃夫则在忧郁的薄雾里忍耐着，守着易碎、已碎的樱桃园。谁更勇敢？我不知道。我只知道他们的全部努力只是让生活得以继续。这不是小事，而是伟业。为了捍卫生活，罗森茨维格做出了不同的选择。他是最该忧郁的人，也是最有能力砌墙的人。他却用自己的活法推倒了墙，驱散了忧郁。

"不合时宜的人"包括五篇：读托马斯·曼、读卡内蒂、读米沃什、读迪伦马特、读德鲁克。这是几位不合时宜的现代人。20世纪的典型特征是，人们一方面饱受灾难，一方面热衷于颂歌。20世纪人类有资格歌颂自己。他们的确站在知识和力量的顶峰。他们的知识和力量足以摧毁他们自己。他们却找不到什么知识和力量去约束那种兴高采烈的自我毁灭。托马斯·曼们，是对人类的自我歌颂保持警惕的人。在颂歌流行的世纪，不唱颂歌就是不合时宜。他们不唱颂歌，不是因为不爱。恰恰相反，正是出于巨大的爱，他们才拒绝成为颂歌时代的土著居民。他们担心，狂热的颂歌可能会摧毁一切爱的能力。在处处人群涌动的世纪，他们不断追问：人在哪里？毕竟，"如何过好这一生"是人的问题，不是人群的问题。习惯于躲进人群的人，快要配不上这个问题了。

四

十篇札记，大体按作者所处年代排序。唯一的例外，是德鲁克。他比卡内蒂小四岁，比米沃什大两岁，应该排在两者之间。我却把"读德鲁克"放在全书末尾。因为对我而言，他比较特殊。

很晚才知道德鲁克，更晚才读到德鲁克。读到德鲁克之前，我只知道他是所谓"管理学家"。我并不知道所谓"管理学"关心什么事。我只是本能地觉得，那是一种跟我无关的学问。真正了解德鲁克，不是通过他的专著，而是通过他的小说。读过之后我才发现，德鲁克关心的，也是那个问题："如何过好这一生？"

德鲁克有很多追随者。但他给出的人生建议，总是显得不合时宜。他的教育方法有点像柏拉图：不是从问题出发给出答案，而是催促人们回到问题之前，审查问题的预设。一个渴望"过好一生"的人，必须首先自问："人"是什么意思？"生活"是什么意思？"好"是什么意思？这些追问总是恼人的。可若放弃追问，人就只能把自己交给人群，抓住一首流行的颂歌充当标准答案，在喧哗与骚动的人群里假装不惑。

读了德鲁克的小说，我又去读他的专著。他常说"管理学"是一门"博雅技艺"。他的写作，是对现代管理者进行的博雅教育。越读越觉得，德鲁克所谓的"博雅教育"，就是孔夫子、柏拉图意义上的博雅教育。孔夫子的教育对象，根本不是课堂里的学生，而是贵族，即权力和责任的承担者。在德鲁克期待的"尚可容忍的世界"里，每个平民都该被提升为承担责任的"贵族"。而在德鲁克警惕的腐败社会里，每个"贵族"都被贬黜为无权力、无责任的贱民。因此，德鲁克所谓的"博雅教育"是现代意义上的贵族教育，在现代世界培养理解自身使命、责任，并且有实践技艺的人。孔夫子、柏拉图从前说给贵族的话，德鲁克现在要说给每个企业家和经理人听。不必把他们称为贵族，但他们的确应该承担从前由贵族承担的社会功能。德鲁克的博雅教育和孔夫子、柏拉图的教育一脉相承，当然也和他们的不合时宜一脉相承。因为，"博雅教育"的本性，就是提醒人们操心不愿操心的事情，提醒人们担起过于沉重的责任，提醒人们在自己身上发现深渊，也敦促人们在自己身上抵御深渊。它迫使无忧无虑的人变得忧心忡忡，还催促忧心忡忡的人勇猛精进。

遇见德鲁克之前，我一直以为"管理学"是20世纪的土著学问。读完德鲁克我才知道，这门新学问要回答的，仍是孔夫子、柏拉图的古老关切。假如他们相遇，大概也可以坐下来谈谈，吵吵。

于是就有了这本小册子的副书名：从柏拉图到德鲁克。

小册子取名"亚特兰蒂斯的水手"，也跟柏拉图和德鲁克有关。德鲁克写过一本名为《旁观者》的自传。那里，他复述过一个沉没之城亚特兰蒂斯的故事，柏拉图也写过这座城：

> 很久很久以前，有座城叫作亚特兰蒂斯，因城中的人骄傲、自大和贪婪而没入海中。有个水手在船触礁之后，发现自己身在其中。他发觉在这沉没之城中，还有许多居民，每个星期天，钟声响起，大家都到奢华的教堂做礼拜，为的就是希望一个星期

的其他六天都可以把"上帝"抛在脑后，互相欺诈……那个从阳世来的水手，目睹了这一切，顿时目瞪口呆，他知道自己要小心，不能被发现，要不然，就永远见不到陆地与阳光，不能享受爱情、生命与死亡。[①]

故事里的水手，见识过真正的生活，因而能够认出貌似生活的伪生活。他为自己确立的使命是，哪怕身处沉没之城，他也得努力盼望、保守真正的生活。我把这则故事当成德鲁克全部写作的隐喻。世界已经沉没过多次，很可能再度沉没。但总得有人在遭受惩罚的地方理解生活，捍卫生活。这个人，可以是水手、作家、哲人、诗人、信徒、管理学家，也可以是经理、校长和职员。亚特兰蒂斯的悲惨，不在于沉没，而在于根本没人知道自己已经沉没。

五

十篇札记都曾发表于广州的《作品》杂志。整理的时候，我尽量保留发表时的原貌，包括一些开篇闲话。那些闲话记录了一个人的中年困惑。没有它们，就没有这些阅读和这本书。感谢《作品》的王十月老师、梁红老师，没有他们的鼓励和督促，我可能至今还是一个懒散的读者。感谢好友康至军，他把那篇德鲁克札记推荐给"管理学"友人，这让我有机会见识、了解书斋之外的生活方式，也让我有机会摆脱书斋生活导致的固陋，以及自以为是的不惑。感谢好友伍绍

[①]〔美〕彼得·德鲁克：《旁观者：管理大师德鲁克回忆录》，廖月娟译，机械工业出版社，2018年，第60页。

东,他一直耐心等着、催着这本小册子。感谢挚友邓军海,这些年,我从他的"邓译路易斯"那里所学甚多。老邓可能是这本书最早也最认真的读者。他花了很大心力帮我校对全书,连标点符号都仔细推敲。我常笑他对文字有洁癖。他则反问:写字的人怎能连洁癖都没有。感谢诗人林放,他为书里提到的十位作者勾勒了素雅肖像。感谢画家何涵,他为这本小册子画了灿烂的封面和插图。还记得第一次见到那张油画时的震撼:那座海底都市,就是我心中的沉没之城,那个向着光的溺水者,就是亚特兰蒂斯的水手。十位作者,是十束光。而每一位水手,都得自寻办法,也总会自有办法。

感谢读过、即将读到这些文字的人。感谢生活的不惑者们,困惑者们。生活,是兄弟相认的艺术。

2022 年 9 月 17 日　记

2024 年 1 月 27 日　补记

辑
一

灵魂现象学

在旅途中兄弟相认:
读《理想国》

　　去年秋天,跟几个朋友聊了一次《理想国》(亦译《王制》)。话音刚落,一位小伙子起身质问:你讲了这么久,只是讲故事,能不能总结一下柏拉图的观点、立场?

　　我立刻像个遭到投诉的淘宝卖家,细问客户需求。小伙子说,他在教科书或专业论文里读到的柏拉图,都是有观点有立场的柏拉图。所有那些观点、立场,都可以简化成一句话或一个公式,等待现代聪明人的检验、反驳。小伙子认为,一场关于柏拉图的讲座,应该让聪明人就柏拉图的"文学观""妇女观""教育观""国家观"展开辩论,而不是浪费一个小时讲故事。讲故事,是"理论思维"贫乏的表现。我唯唯。

　　那事过去了很久。我仍然自顾自看书,偶尔会友,有时给小朋友们讲些故事。越来越觉得,这是一个人们酷爱观点、立场、公式、辩论的时代。人人都想用辩论战胜别人,但没有一场辩论不是不欢而散,不了了之,或者沦为叫骂。人人都自信,人人都不耐烦。有一天,重新翻开《理想国》,我忽然发现,柏拉图要处理的,就是我正面临的困境:在一个城邦里,同胞之间丧失了共识。关于什么是好什么是坏,什么是正义,什么是败坏,每个人都充满意见,却无法彼此理解,也不耐烦去理解。更可怕的是,人们多半不知道自己的意见来自何处,也不知道顺着自己的意见将会走向何方。于是，整个城邦陷入无聊、无序的争吵，甚至从争吵生出相互轻蔑、仇恨、攻击和迫害。柏拉图对这种精神空气有非常深刻的体认。当代国人，只要上过网，逛过论坛、贴吧、聊过微信群，参加过朋友聚会，也都会多少感受到类似的精神空气。《理想国》，用很庄严也很诗意的方式应对这种精神空气。柏拉图似乎是要告诉读者：辩论并不总是有效；当辩论总是无效时，人们得首先诊疗自己的心灵。而在诊疗心灵这件事上，故事可能比观点更有用。

感谢那位小伙子。他让我更加珍惜《理想国》这个故事。

一　旅行

现代人所熟知的雅典，是两次大战之间的雅典。前者是希波战争，后者是伯罗奔尼撒战争。希波战争，使雅典迎来了五十年繁荣。当然，这个繁荣建立在雅典霸权基础上。伯罗奔尼撒战争，使雅典走向衰落。雅典陷入民主（雅典的民主，与现代论战话题无关）—僭主循环，直至崩溃。对政治，雅典人似乎失去了想象力和鉴别力。

苏格拉底死于民主的疯狂；柏拉图把民主视为有待诊断的问题。雅典人民认为民主和僭主是敌对的关系；柏拉图则认为民主和僭主是因果关系。正是崇拜民主却又不理解民主的人们，亲自迎来了僭主的奴役。这个洞见，贯穿了《理想国》这个故事。

整部《理想国》，有一个上行、下行的结构，我称之为一场"上穷碧落下黄泉"的旅行。

苏格拉底和格劳孔（Glaucon）从雅典城出来往下走，来到比雷埃夫斯港口,向女神祈祷,观看群众庆典。然后上行回城。中途遇见几个朋友,一起到波勒马库斯(Polemarchus)家里用餐。朋友们一边用餐一边讨论何谓"正义"。苏格拉底遭到几位朋友猛烈的攻击。这是空间中的下行、上行。

为了应对这些攻击,他邀请大家跟他一起,用言辞建立一座好的城邦。大家从现实城邦出发,在言辞中向着那座理想城邦迈进。这又是上行。在第四卷,朋友们已经对什么是好城邦达成了共识。然后又讨论城邦治理的具体问题。高潮,就是最好的城邦需要最智慧的统治者——哲人王。这是上行的顶点。

最后两卷,苏格拉底带着朋友们从顶峰下行,一路参观好城邦如何逐步败坏成坏城邦。下行的终点,就是朋友们正在饮酒、清谈的当代雅典。整个故事,是由朋友们的争吵引发的。苏格拉底没有直接回答朋友们的逼问,而是带着朋友们进行了一次精神上的上行、下行之旅。当旅行结束的时候,朋友们看到了从前未曾看到的东西,视野更新了,原先的问题似乎也就不再是问题。这是思想中的上行、下行。两个上行、下行结构套嵌在一起,正是苏格拉底终生从事的事业:让自己下行,继而引领同伴上行,是这位教育者的工作使命;从当前生活振起,上行,继而带着新的眼界回归当前生活,是这位教育者的工作方法。

促成这次旅行的,是两个思想实验。

刚开始,大家只是做常规的讨论。苏格拉底想通过概念分析澄清"正义"的意义。聊着聊着,一个朋友发怒了。这个人就是塞拉西马柯(Therasymachus)。他对"正义"不耐烦。他认为,所谓"正义",无非是弱者编造出来保护自己的谎言,而这种谎言归根结底只能约束弱者。强者是不在乎"正义"的。强者只做自己想做的。强者的欲望是什么,"正义"就是什么。

塞拉西马柯还有两个帮手。一个是格劳孔,一个是阿狄曼图(Ade-imantus)。格劳孔也不大确信有所谓"正义"。他设计了一个著名的思想实验:吕底亚人的指环。如果一个牧羊人得到一枚隐身指环,他可以在无人知晓的状态下做任何事,他会做什么? 如果没有任何东西阻挡他实现欲望,他还有什么理由压制欲望? 紧接着,格劳孔又给出第二个实验。假如有两个人:一个终生不义却骗过所有人,有义人之名;另一个终生行义,却遭受所有人的误解,有恶人之名。哪种生活更值得过? 格劳孔认为答案很清楚。如果行义的代价是一生,作恶的成本是零,没人会有不同的选择。

格劳孔的思想实验已经把苏格拉底逼到绝路。因为那几乎是说,人不可能在自己的灵魂中产生"正义"。或者说,人不可能管住自己的欲望,欲望远比"正义"真实、有力。如果"正义"不是人的自律,那就只能是神的他律。于是,阿狄曼图上场了。他说,雅典人关于神的知识,都来自于诗人。诗人们说,神是喜怒无常的,神是可以贿赂的。这就意味着,一个人可以做尽坏事,但只要有钱,就可以用很多奉献贿赂神,逃脱惩罚。这当然也就意味着,根据雅典诗人的教诲,"正义"不在神那里。这是对苏格拉底的最后一击。 如果"正义"既不在人的灵魂里,也不源于神,那就只能是强者、弱者互相斗争时的工具或谎言了。塞拉西马柯、格劳孔、阿狄曼图是患上"正义不耐烦症"的人,他们偏偏催促苏格拉底快速证明"正义"。

要想摆脱这个困局,旅行比辩论有用。如果塞拉西马柯真的相信所有人都想为所欲为,强者的美德正是为所欲为;如果格劳孔真的相信独处的灵魂只能听命于欲望;如果阿狄曼图真的相信神就是喜怒无常的有超能力的受贿者;那么这场辩论根本不必继续下去。苏格拉底根本不可能说服对手。因为这根本不是修辞、逻辑的问题。这是视野的问题。你不可能为非洲朋友描述雪,除非他亲自看到。所以,苏格拉底建议大家,暂且搁置口舌之勇,保持友谊和耐心,跟他来一场精神巡游。辩论场上解决不了的问题,说不定可以靠旅行解决。

二 哲人王

旅行的目的:见识过好的,才能认出坏的。整个《理想国》就是一场关于旅行的故事。苏格拉底先跟朋友们一起探索什么是好的城邦,什么是好的灵魂。然后再以好为参照,认识什么是坏的城邦、坏的灵魂,坏在哪里。道理很简单:一辈子只见过印刷品和赝品的人,没能力鉴别古玩书画。他得见过足够多的真东西,才有可能辨别真假、好坏。

什么是好城邦? 苏格拉底给出的初步结论不复杂:好城邦,就是正义的城邦;正义,就是各司其职。王做王该做的,并且做好;士兵做士兵该做的,并且做好;铁匠、诗人、农民做该做的,并且做好。换个方向说,得让最适合做王的人做王,最适合做士兵的人做士兵。这看起来不是什么深刻的道理。不过,如果再给苏格拉底一点儿耐心,它的力量就显现出来了。

我们暂且不要追问什么样的人适合当王，什么样的人适合当士兵。重要的是，正义即各司其职，这意味着什么？这首先意味着，城邦不是均质的，或者说，城邦不是由同一种人组成的。塞拉西马柯、格劳孔都坚信城邦只有一种人。强者、弱者其实是一种人，都是为欲望驱动的人，只不过强者因为力量而外拓、侵略，弱者因为无力而内敛、防御。如果城邦只有这一种人，那是无所谓各司其职的。因为所有人都是食物争夺者，只不过因为实力的差异，暂时接受某种恐怖秩序。这样的城邦可能是现实的城邦，但绝不是好的城邦。

好的城邦里，人应该千姿百态，因此也该过适合各自状态的生活。人为什么千姿百态呢？因为人的灵魂千姿百态。塞拉西马柯、格劳孔之所以认定城邦里只有一种人，是因为他们认定人的灵魂都是一个样子：欲望是灵魂的主宰，不受管辖，不受教训，不受节制。他们在当代的雅典城里见过太多这样的灵魂，以至于把这样的灵魂当成灵魂的模型。可是当他们踏上寻找理想国的旅途，他们也认为，好的城邦不该充斥这种灵魂，灵魂该有别的可能。正义的城邦，意味着城邦中的各种人各司其职。正义的灵魂，则意味着灵魂中的各个部分各司其职。这当然首先意味着，灵魂当中，不只有欲望一样东西。除了欲望，还有别的，比如理智、情感……

苏格拉底设法让朋友们相信，正义即各司其职。这已经把朋友们的视野打开了。因为在此之前，朋友们都相信"天下乌鸦一般黑"。接下来的问题是，什么才是真正的各司其职。各司其职意味着秩序。铁匠铺有铁匠铺的秩序，学校有学校的秩序，军营有军营的秩序。仅仅依照铁匠铺的秩序建造城邦，或者仅仅依照军营的原则建造城邦，那非但不是有序，而且是极端失序。城邦，是要容纳所有这些小秩序，在多元的小秩序中形成整全的秩序。同样的道理，灵魂也应该有一个整全的秩序。欲望有它的权利，但灵魂不能仅仅满足欲望的权利。最好的灵魂，是让欲望、理智、情感相互玉成，形成整全秩序的灵魂。理解了什么是好的城邦，也就理解了什么是好的灵魂，反过来也成立。苏格拉底告诉朋友们，灵魂和城邦是互喻的。灵魂是小写的字母，城邦是大写的同一个字母。人们不愿意生活在强盗横行的混乱城邦里，那么他就不该欣赏为欲望奴役的灵魂。

在言辞中，苏格拉底引导着朋友们向王道城邦攀升。政治操心的过程中，心灵也渐次敞亮。一个相信灵魂就是欲望的奴隶的人，无论如何也不能理解王道城邦，连在言辞之中隐约看见都不行。因为他能理解的制度，只能是围绕欲望的生存斗争，以及在长期斗争之后达成的一套算法。一个饱览城邦恶斗、团体党派尔虞我诈的人，无论如何也不能想象配得上行使统治的好灵魂，连在言辞中姑且认可都不行。因为他能想象的灵魂，无不被贪欲驱使。对他而言，真相只是成王败寇，德性云云不过是欲望战争的包装。苏格拉底带领朋友们上行，就是要把他们从两种视野封闭中解放出来。唯有如此，才能理解好城邦、好灵魂。二者，要么同时理解，要么同时不理解，不可能取一舍一。

哲人王，是城邦、灵魂互喻的顶点，两重视野交汇之处。

一个能让理智、激情、欲望各司其职的灵魂，便是一个健康灵魂。当然，各司其职的意思是理智引导激情，理智照料欲望。一个健康的灵魂是这样的：他依凭理智坚持这某些"正确见解"；这些"正确见解"，让他知晓自己之当为、不当为；他以全部理智、激情为所当为；当为之中，既有正当欲望的满足，也有不当欲望的罢黜。他就这样在自己的位置上过了一生。他的一生，没有沦为欲望的奴隶，他让理智做了自己的主人。用苏格拉底的话说，他的生活节制，且正义。这样一个人，足以成为好父亲、好兄弟、好工匠、好商人、好战士。城邦需要这样的公民，但只有他们还不够。那些足以指导他们生活的"正确见解"，不足以指导城邦。

"见解"总是破碎的、临时的，总是对自己的源头不甚了然的。一个铁匠，终生谨守某些关于铁匠生活的见解，就够了。城邦的教育者、指导者则不行。根据定义，"正义"就是城邦的有序。有序的城邦，首先要求整全的视野。一个满足于破碎的、临时的见解的人，不可能获得整全视野。唯有从"见解"上行，追寻世界之实相的人，才有可能获得整全的视野、健全的判断。苏格拉底称之为智慧。

所以，哲人首先得是灵魂有序者；但他不能满足于"见解"之有序，得从见解上行，寻求智慧。现实中的城邦统治者，往往是爱好某种"见解"的人。不完整的"见解"或许足以整饬一个铁匠的生活，却足以导致一个城邦的失序。哲人，则是爱智慧者。爱智慧者，是让灵魂之秩序接通了真理之源头的人。苏格拉底引导朋友们在言辞中看见这样一个人。大家都同意，如果真有这样一个人，必须把城邦交托于他，不管他乐不乐意。

哲人王的话题，从第五卷持续到第七卷。这是《理想国》最"哲学"的部分。苏格拉底帮朋友们区分"爱意见"与"爱智慧"，"型"与"物"，"实在"与"影像"。苏格拉底还区分了"理性""理智""信念"。当然，苏格拉底还提出了那个著名的洞穴譬喻。

苏格拉底要做的,是向朋友们展示真理与生活的关系。他要在真理和生活之间划定边界,还要让真理和生活之间保留通道。他即将谈论的城邦败坏,无非源于真理、生活之间的关系错乱:或者错把生活意见当成真理,或者把真理逐出生活。

谈论哲人王时,苏格拉底顺便提及城邦对哲人的侮辱和损害。第六卷的航船譬喻、第七卷的洞穴譬喻都与此有关。哲人在城邦中遭受侮辱和损害,这正是城邦败坏的标志之一。它意味着,城邦的诸成员合谋切断生活与真理的联络:

> 如果他又下到洞中,再坐回他原来的位置,由于突然离开阳光而进入洞穴,他的眼睛难道不会因为黑暗而什么也看不见吗? ……如果这个时候那些终生监禁的囚徒要和他一道"评价"洞中的阴影,而这个时候他的视力还很模糊,还来不及适应黑暗,因为重新习惯黑暗也需要一段不短的时间,那么他难道不会招来讥笑吗? 那些囚徒难道不会说他上去走了一趟以后就把眼睛弄坏了,因此连产生上去的念头都是不值得的吗? 要是那些囚徒有可能抓住这个想要解救他们,把他们带出洞穴的人,他们难道不会杀了他吗? ①

苏格拉底的譬喻里,真理的消息会让从未听闻真理的人焦虑、愤怒。愤怒的人们会联合起来抵制那个传递消息的人,杀掉他,诋毁

①《柏拉图全集》卷二《理想国》,王晓朝译,人民出版社,2018年。

他。或者，假冒他。败坏的城邦里会有大量假冒哲人的人。不配研究哲学的人假冒哲学家，这等于奴隶假冒自由人，僭主假冒王。败坏的城邦到处都有这种似是而非。

谈了哲人王，王道城邦的建造才算完整。王道城邦当然得是正义的。正义的意思，是各种灵魂各当其位各司其职。为了正义，城邦必须向真理敞开，与真理保持沟通。哲人就是城邦与真理之间的通道。为了灵魂，也为了城邦，他向真理发起"神圣的凝望"，再把真理的消息带回城邦。当他的眼睛从"神圣的凝望"回转人间，会出现"暂时失明"。任何人从亮处回到暗处，都会如此。这就对决心追求正义的城邦提出了要求。它得信任哲人，甚至得依赖哲人。就是说，它知道，与真理的联络是性命攸关的事。同时，它还得对哲人有耐心。它不能用培养律师、修辞学家的方式培养哲人，也不能到法庭、议会、智术学校当中去寻找哲人，更不能任由党派分子、群众鼓动家嘲讽、诋毁哲人。这样，王道城邦就有三层美德：接受真理的指导，向真理敞开，抵制对真理的轻佻。这就意味着，一个把自己封闭起来的、只爱自己不爱真理的城邦，注定败坏。

苏格拉底引领朋友们，在言辞中眺望到王道城邦。这个城邦是否能在日光下实现？当然可能，因为它是一切城邦的型。一切模仿品都在趋近或背离自己的型。只要眺望到型，并且决心趋近它，可能性就永远不会封闭。可是，答案也可以是当然不能。因为王道城邦向日光下的城邦要求的，首先不是模拟，而是悔过。尤其需要悔过的，是那些拙劣的赝品制造者——僭主，以及僭主的帮闲——轻佻的诗人、假冒的哲人。

苏格拉底带领朋友们见识了好城邦和哲人王,这是旅行中最快乐的攀登部分。当哲人王重回洞穴之后,旅行就进入阴森恐怖的下半程了。

三 雄蜂与僭主

旅行的上半程是说,朋友们有可能走到洞穴之外;旅行的下半程是说,人类历史的主要故事,是洞穴里面的故事。洞穴里面的故事是什么呢?首先是洞穴居民集体拒绝和迫害哲人。接下来,就是洞穴里面的城邦退化和灵魂退化。

第八卷、第九卷,苏格拉底推演了一个败坏的因果链:荣誉政制、寡头政制、民主政制(柏拉图意义上的"民主",与各种现代争论暂时无关)、僭主政制。和政制败坏对应的,是灵魂的败坏。

如果说"正义"就是各当其位、各司其职,就是城邦与灵魂的有序,那么败坏的过程就是失序的过程,就是最不配统治的人篡夺了统治。这件事,既发生在城邦里,也发生在灵魂里。

荣誉政制靠少数人的荣誉维系,荣誉是一种指向德性的激情。

寡头政制,靠少数人的财富维系。当城邦膨胀,党争蜂起之时,财富比荣誉更有效。荣誉感通常是阴谋家的绊脚石。

民主政制,靠人的数量维系。从寡头制到民主制,往往经由革命,多数穷人对少数富人的革命。所谓革命,其实不是生活原则的更替。相反,少数寡头的生活情调成了全体民众的生活指南。民主,是让每个人都成为小寡头,好利的欲望统治着他们的生活。民主时代的好利,质量要比寡头时代更低下。寡头时代的寡头们,身上尚有荣誉时代的遗迹,珍惜荣誉,崇尚节制。民主时代的私人寡头们,则在私人生活和灵魂里放逐了荣誉、节制之类的牵绊。节制代表着有序。放逐了节制,意味着对秩序的无视。在一个民主灵魂里,理智、激情、欲望之间不需要秩序,各色欲望之间不需要秩序,只要一物在,它就该在。与民主灵魂匹配的,是社会的"自由"气氛。苏格拉底说,那种"自由"其实是失序的代称。从寡头政制蜕变而来的民主政制,在其初期,总是振奋人心的,看上去五彩斑斓,生机勃勃。五彩斑斓底下,却是善恶、美丑、好坏、高贵卑劣的杂陈。人们逐渐丧失辨识拣择的能力,也逐渐丧失辨识拣择的愿望。人们宽宏大量,对所有事物一视同仁,给它们平等竞争的机会。人们相信,在自由竞争中迟早会形成某种自发秩序,那将是最好的秩序。人们无比信靠这种"自由",对未来无比乐观。人们不知道,"自由"正在走向末日。

灵魂里的民主原则,意味着灵魂失序。依照"正义"原则,理智领导激情,照看欲望,那样的灵魂是自由的(真正的自由),那样的城邦是自由的(真正的自由)。依照民主原则,理智、激情、欲望绝对平等,公平竞赛,胜者优先。其结果,只能是利爪戳瞎眼睛,欲望践踏理智。人们盲目信赖自发秩序,等来的则是丛林里的自发秩序。当然,对公平竞争抱有幼稚幻想的心灵会说:如果善是好的,就该自动战胜恶,连自己都不能保护的善,也没办法证明自己。如果他真的这么想,那他已经为迎接僭主做好了准备。僭主,就是那个用丛林里的胜利证明了自己的人。

苏格拉底意义上的"民主心灵",不只是热爱城邦里的民主投票的心灵,更是让理智、激情、欲望施行民主选举,争夺灵魂主权的心灵。争夺的结果,通常是欲望称霸。苏格拉底用"雄蜂"比喻欲望,以及被欲望驱使的人。日光之下,没有任何地方干净到没有雄蜂。雄蜂永远是城邦和灵魂的一部分。有序状态里,雄蜂是被统治、被照料、被规训的对象。而城邦和灵魂的败坏史,则是雄蜂的解放史、奋斗史、称霸史。僭主政制丝毫也不深奥,无非是城邦里雄蜂窃取了其不配拥有的统治权。与之相应的,则是灵魂里的雄蜂获得了对灵魂的独裁。僭主制就是雄蜂的称霸,雄蜂称霸的前身,则是对雄蜂的放任。无节制的"自由",最终为雄蜂贡献了一片通往专制的花路。

僭主是看穿民主、利用民主的人。民主心灵总是乐观的,乐观里带着一点儿善良和很多天真。借助民主气氛崛起的僭主可不善良,更不天真。他早就看穿了养育了自己的那种"自由",一旦掌权,他会毫不容情地终止自由。终止自由是一个系统工程。城邦里的诛除异己,只是常规战术。更隐秘也更重要的,是在灵魂里诛除异己。苏格拉底把僭主比作带刺的雄蜂。带刺的雄蜂最乐意统治的,是无刺的雄蜂。当他发现城邦里无刺的雄蜂太少,便会为自己制造合适的臣民。制造方法也不难,只要让欲望在大多数人的灵魂里行使统治就可以了。有时只要一点儿威逼,一点儿利诱,有时则需要编造一些新的"哲学"。这都难不住僭主。他必须动用他所知道的一切手段,维护统治。他对统治的全部理解,可能就是杀掉自由。僭主是最聪明的小市民,最有力的傻子。

民主心灵失去了对好的理解力,因此失去了对坏的反抗力。有人指责苏格拉底鄙视民主,这不是实情。民主本身不值得鄙视,民主里面那种导致僭政的可能性,则须警惕。更加值得警惕的是,大多数纯正的民主心灵丧失了警惕的能力。丧失自我理解之力的民主,是通往僭政之路。此事，在他的时代已经发生了，在此后的时代还将反复发生。

从哲人王一路下行到民主政制、僭主政制，苏格拉底就帮朋友们理解了当下的处境：当下的雅典，已经卷入民主、僭主的乏味循环。这个乏味循环，不是个别政客的责任，是由城邦公民的灵魂状态决定的。当公民的灵魂已经退化成雄蜂的水平，他们便只配接受僭主的奴役，而且，他们根本不能理解自己的被奴役状态。这种对自身状态的不理解，典型代表，就是塞拉西马柯、格劳孔。他们欣赏强者，因此是僭主灵魂；他们又假定所有人都是欲望的奴隶，因此又是民主灵魂。他们已经意识不到灵魂还有别的可能，因此无法理解政治的其他可能，因此不能理解"正义"，甚至对"正义"不耐烦。他们其实是把退化了的灵魂的样子，当成灵魂本来的样子。他们自以为对人性非常了解，其实对自己一无所知。苏格拉底带领他们旅行，不是要说服他们，只是让他们见世面，改换视野。他们的问题，不是错误，而是偏狭。一旦脱离偏狭，他们自会重新审视自己、城邦及时代。

四　诗人何为

《理想国》里有两次重要的"驱逐"。前面提到过，败坏的城邦总是要驱逐哲人。那意味着，它总是试图崇拜自己，切断自己与真理的关系。另一次"驱逐"，则发生在建国之旅的开端。建国之旅刚一开始，苏格拉底就发起对诗人的"驱逐"。这是一次常遭误解的、著名的"驱逐"。

苏格拉底让朋友们想想，拿什么教育城邦的卫士，该把城邦的卫士教育成什么人。雅典人都活在荷马、赫西俄德的教诲里。不管荷马说了什么,他唱出的诗句塑造了雅典人的灵魂,训导着雅典人的生活。神是什么性情,英雄是什么风度?他们就是荷马诗句里的样子。荷马就是教养,雅典人不可以选择。但是此刻,朋友们打算建一个全新的城邦。苏格拉底问大家:要不要把荷马原封不动带到那里去?那实际是问:要不要把今日雅典街头的同胞带到新的城邦?

诗人,是建国之旅遭遇的第一个问题。苏格拉底并非小题大做,强行引入。实际上,他是接着阿狄曼图谈。阿狄曼图的最后陈词,提到了诗人。他把荷马、赫西俄德视为雅典人的生活导师。雅典人依照他们的教诲认识神。那些自相矛盾的说法在雅典人头脑里造成混乱,那些任性的可以贿赂的神,那些感情用事动不动就撕扯头发的英雄,让雅典人的生活变得轻佻。如果人和神的关系就是这样,如果"正义"就是源自这样的神,那么人没理由不把"正义"当成一个圈套或一出戏。阿狄曼图的陈词已是对"诗之罪"的举证。诗人是风俗的引导者,因此也得对风俗的败坏承担责任。诗人是危险的,因为诗的魔力太大,诗人的技艺太惊人。诗人能向幼嫩的灵魂灌注正确的见解,也能从哪怕苍老的灵魂里把正确的见解抹掉。阿狄曼图的困惑表明,诗为雅典人带来的,是混乱的见解。苏格拉底紧接着阿狄曼图发言,首先谈论诗人,水到渠成。

苏格拉底问朋友们:新的城邦要不要诗,如果要,要什么样的诗?这不是文学问题,是教育问题、政治问题。最重要的,这是由何谓"正义"引出的教育问题、政治问题。参与建国实践的人都清楚,"正义"不可能是一个公式、一套论证。"正义"只发生于健康的灵魂,只存在于健康的城邦。而健康的灵魂和城邦,只能在时间当中栽培,成长。

这就是教育。苏格拉底的朋友们立刻领会了这个意思。他们都爱荷马，但他们都明白，眼下的工作，不是捍卫荷马，而是捍卫城邦。这就好像一帮父亲讨论该拿什么饮料喂养孩子，无论多么热爱美酒，也不会有人高喊美酒适合喂养。

苏格拉底的朋友们明白当前问题的实质。柏拉图的读者们未必明白。《理想国》有很多著名的段落，审判诗人就是其中之一。在大学的文学课堂上，这段常被视为柏拉图的罪状。教材和老师经常提醒学生：柏拉图的文艺思想是敌视文艺；柏拉图的政治思想，带有迫害文艺的倾向；允许城邦迫害诗人，是现代暴政的古代先兆。类似的说法很多，几乎已经变成常识。

其实，败坏社会之所以败坏，不是因为它驱逐诗人，而是因为它驱逐好诗人。而在此之前，它必定首先容忍、怂恿坏诗人；而在此之前，它的人民早已丧失了辨别好坏的能力；而在此之前，人民和诗人都忘了诗何为，诗人何为。

这样一个社会，人们仅仅把诗当成娱乐，觉得用诗娱乐就够了。多数人把诗当成娱乐工具的地方，就会有少数人出来，把娱乐当成宣传工具。仅仅把诗当成娱乐的人，一定是对宣传失去抵抗力的人。对宣传失去抵抗力的人，一定会被最坏的宣传俘获。当诗成了坏宣传的工具时，驱逐诗人的事情就发生了。败坏的城邦，会把那些威胁到自身之败坏的好诗人驱逐出去。驱逐诗人的人，一定是重视诗的人。他知道诗是捏造人心的武器，得把它抓在自己手里。他能抓住这件武器，乃是因为大多数人早已抛弃这件武器，根本不知道它是武器。没人善用诗，就有人滥用诗。

苏格拉底提议在王道城邦里驱逐诗人,恰恰是提醒那些关心正义的朋友:必须重视诗,重申、重建"诗"与"正义"的联系。诗能影响灵魂,所以诗关乎世道人心。如果说诗人有罪,罪不在诗,而在于诗人忘了诗与正义的联系。诗人技艺卓绝,想要惊心动魄,简直易如反掌。足能惊心动魄的诗人,常常忘记,技艺本身不是目的,而应该是"正义"之事业的一环。一旦忘记这点,诗人的技艺就可能被滥用,被他自己滥用,被僭主滥用。

苏格拉底当然不是仇恨诗,仇恨诗人。他如此严苛地谈论诗,其实是要引导朋友们理解秩序。

在一个日益浮华、腐化的社会里,诗,常被认为与秩序无关。正因如此,苏格拉底才在建国之初,把逍遥于化外的诗拉回"正义"的视野。不只是诗,城邦里的所有技艺都得如其所是地守住自己的职分。任何一种技艺,忘记或错置与更高事业的关联,即为不义。鞋匠忘了鞋要为脚服务,是为不义,但此事极少发生。铁匠以为自己是城邦的导师,是为不义,但此事极少发生。诗人则经常忘了自己对"正义"的责任,却又同时想要扮演众生的导师。这是经常发生的不义。

苏格拉底和朋友们的建国之旅,始于诗人问题,终于诗人问题。那是因为诗是雅典生活的重要表征,也是雅典人最引以为傲的光荣事业。要想诊断生活的问题,人们必须从最珍视的那部分开始。

僭主在现实的败坏城邦里驱逐诗人,苏格拉底在言辞的王道城邦里驱逐诗人。因为苏格拉底知道,能够对抗败坏的,不是空洞无物的宽容(不是说宽容全都空洞无物,柏拉图鄙夷空洞无物的宽容),而是捍卫正义的斗争。不想遭受僭主迫害的诗人,必须加入斗争。至少,他不可以在城邦里助涨那种滋生僭主的败坏。

苏格拉底的建国之旅始于不宽容，正是要帮助人们记起比宽容更重要的事，那才是宽容的根基。

五　兄弟相认

旅行比辩论有用。当两个没见过世面的人各抱一孔之见争论不休时，他们需要的不是胜利，而是旅行。旅行的好处，是拓展视野。视野的拓展，会让人意识到比战胜对手更紧迫的事：认识自己。一个不认识自己的人，到处发现敌人，却永远认不出兄弟。《理想国》就是一个关于旅行的故事。当然，这是发生在灵魂里的旅行。发生在灵魂里的旅行，苏格拉底称之为"辩证法"。

第七卷末尾，苏格拉底谈到自己的技艺：不是向灵魂注入本来没有的，而是让灵魂恢复原本就有的。那是一种由伟大视力而来的伟大知识。当灵魂深陷泥淖不能自拔时，唯有依靠这种视力自救。苏格拉底的技艺，就是帮助人们恢复这种视力。他称之为辩证法。

苏格拉底所谓的辩证法，是使灵魂获得解放的技艺。只见过欲望的灵魂，便只能盯住欲望不放。褊狭的视野是灵魂的累赘，压着人，让他永远往下看。等他见识了荣誉、理智、理性、神，沉重的累赘就消失了。他可以在一个更大的视野里重新面对欲望，给欲望一个合宜的位置。于是，他成了"辩证法家"：在事物的相互联系中认识事物的人。使他得以眺望真理的，不是苏格拉底的耳提面命，而是他自己那恢复了的"辩证法家"的视力。苏格拉底只是帮他促成了这个恢复。

苏格拉底和朋友们的旅行，上穷碧落下黄泉。可是，这样的旅行有什么用呢？它既不能把天上的王道城邦带到尘世，也不能把僭主从地上赶走，终归只是一场谈话而已。但这样的谈话，保存着反抗奴役的希望。僭政的实质，是僭主与人民之间的内战，是全体人民之间的内战，是每个人灵魂中的内战，是为欲望驱使的雄蜂与雄蜂之间的火拼。苏格拉底的言辞旅行，则是让人们兄弟相认的艺术。首先，他让听众意识到自己是人，而非雄蜂，或欲望的奴隶；继而，他让人们在旅途中兄弟相认，结成伙伴。这意味着，世上至少有几个活生生的人。他们在共同的旅途中见过些世面，见识了好，因而有能力辨别坏，因而摆脱了僭政赖以维系的、无教养的精神土壤。

别忘了，《理想国》的出发点，根本不是依照观点、立场、公式建造人间天国。苏格拉底讲述一个漫长的故事，只是为了治愈朋友们对正义的"不耐烦"。

《高尔吉亚篇》：

> 我们认为自己是很好的伙伴，但我们却不能对同一问题拥有相同的看法，而这些问题是一切问题中最重要的，我们缺乏教养到了何等可悲的地步。①

每次读到这段话，我都想起自己的时代。

2019年6月

———————————

① 〔古希腊〕柏拉图：《柏拉图全集》（第二卷），王晓朝译，人民出版社，2018年，第426页。

教育家伊阿古：
读《奥赛罗》

把伊阿古当成《奥赛罗》①的主角，不合适，因为悲剧的主角只能是英雄。伊阿古不是英雄，是英雄的教育者。

败坏的心灵永远先于败坏的事情。每出悲剧，都少不了为败坏心灵铺路的人。他们见多识广，也有耐心，不动声色、不厌其烦地改造同侪、同胞、同类的心灵，为悲剧时刻的降临做足准备。他们为各自的古老世界制造出新灵魂，古老世界随之面目全非。他们是古老世界里最有成效的灵魂工程师。他们的劳作，常常遭受不公正的忽视。比如伊阿古，总是被轻描淡写地贬抑为小人、坏人。这不公正。我认为，他是教育家，是某种我所熟悉的教育的先驱。直到最近，我才意识到这件事。我想从教育家伊阿古的角度重读《奥赛罗》。

一

伊阿古必须败坏掉一些男人和女人，但动机不明。

他不止一次提到自己的怨恨和嫉妒，那些理由反不如他在奥赛罗面前的一句慨叹："缺少作恶的本能，往往使我不能做我所要做的

①〔英〕威廉·莎士比亚：《莎士比亚全集》（第三卷），朱生豪译，人民文学出版社，2010年。

事。"(第一幕第二场)最真诚的话,往往表露于最不该暴露真诚的地方。推动伊阿古的,可能正是他称之为"作恶的本能"的东西。他不只要败坏,他还从自己的败坏里获得乐趣,孩子一般的纯真乐趣。莎士比亚不操心伊阿古的心灵史。伊阿古的心灵,是《奥赛罗》这出悲剧的预定条件。莎士比亚要讲述的,是伊阿古这位教育家的奋斗史。教育家的志业,不是探究自己的心灵成因,而是培育与自己相像的心灵。成功的教育家,能让与自己相去甚远的心灵变得有几分像自己。伊阿古做到了。

伊阿古不是深谋远虑的战略家。他要毁掉奥赛罗。起初,他以为只要一点儿挑拨离间就够了。

奥赛罗与苔丝狄蒙娜相爱。一个是摩尔黑鬼,一个是威尼斯元老的掌上明珠。这份爱情,无论如何都够不上世人眼里的般配。不管奥赛罗如何功勋卓著,如何虔信基督,他都是个外来人、下等人、野蛮人。身为恋人,他也太老,太丑,太粗鄙。伊阿古抓住这点,反复申说。他在勃拉班修面前敢于使用最刺耳因而也最有煽动性的比喻:"您的女儿给一头黑马骑了。"伊阿古成功挑起元老勃拉班修的愤怒。但事情没有朝着他想要的方向发展。一场军事危机截断了好戏。土耳其人攻打塞浦路斯。奥赛罗是领兵戡乱的最佳人选。尽管心有不甘,勃拉班修还是在公爵的议事厅承认了这桩两厢情愿的婚事。

伊阿古的第一次教育努力,失败了。他本打算在邦国内部制造歧视和仇视。他不知道结果如何,但他料定这会给奥赛罗添麻烦,可能还是很大的麻烦。可是,外敌入侵暂时中止了内部分裂。威尼斯议事厅里的公爵、元老、将军，都有足够的荣誉感、分寸感和克己精神。门第、种族的偏见，在共同的危机面前，全都不值得大惊小怪，斤斤计较。这些人，知道什么才是真正的大事。人很麻烦。教育家伊阿古必须更加耐心才行。

教育家伊阿古的伟大成功，发生于塞浦路斯的军营。他的教育成果有三：威尼斯绅士罗得利哥，副将凯西奥，奥赛罗。

罗得利哥是伊阿古最杰出的作品。伊阿古选中他，因为他是可造之材。他对苔丝狄蒙娜有热情。这种热情，他自己也不知道是什么。里面有欲念，也有欣赏，有仰望，可能还有爱。伊阿古的教育技艺，是把所有可能把人引向克制、内省的东西，从罗得利哥的热情里剔除出去。剩下的，只有欲望本身。伊阿古进一步教导罗得利哥：所谓欲望，真正的主人不是所欲的对象，而是有所欲的自己。终止欲望，牺牲，自残，是弱者所为。强者，该当在欲望的潮水里乘风破浪。罗得利哥很快被说服。第一幕的结尾，他欣喜地宣布："我已经变了一个人了。"晦暗不清的爱欲，是罗得利哥最重要的人生关切。在这最重要的问题上，他的心灵"伊阿古化"了。他成了替伊阿古行动的人。教育家不必行动。教育家为自己制造出一个行动的人偶。

在伊阿古面前，罗得利哥没有抵抗力，他太弱小了。改造凯西奥和奥赛罗，则困难得多。凯西奥忠诚、纯良、温和、优雅。奥赛罗虔诚、正大、自信、深情。人性光谱上，他们属于离伊阿古最远的类型。这样的心灵，很难彻底"伊阿古化"。但是，优秀的教育家懂得因材施教，四两拨千斤。伊阿古深信，心灵当中总有某个点，可以加以改造、利用。那个点,看似最强大,却也可能最脆弱。从山顶滑落的石块,可能毁灭一座山。

在庆祝胜利的欢宴上,伊阿古劝凯西奥喝酒,由此挑起一场斗殴。奥赛罗将酒后失态的凯西奥免职。至此为止,伊阿古还没有什么通盘的计划。他恨奥赛罗,也恨凯西奥。他不能忍受风平浪静。只要挑起事端就好,不管受损的是谁,他都能从中嗅到新的机会。

凯西奥是那种对日常心灵状况颇具经验的绅士。他知道酒是自己德性修养的豁口,因此一直明智地回避贪杯。经过塞浦路斯的醉酒之夜,他更是悔恨不已。假若只是怂恿凯西奥贪杯,伊阿古充其量只是一个投机主义者,因为,他只是利用凯西奥本来的弱点制造混乱。教育家伊阿古并不满足于此。在凯西奥陷入懊悔的时候,他以知己兄弟的身份出现。他要做的,是把凯西奥的心灵从沉重的罪感里拯救出来。凯西奥不断诅咒酒,也诅咒自己:

> 上帝啊！人们居然会把一个仇敌放进自己的嘴里,让它偷去他们的头脑！我们居然会在欢天喜地之中,把自己变成了畜生！(第二幕第三场)

伊阿古说:

> 得啦,你也太认真了。

伊阿古教导罗得利哥,让他认真服侍自己的欲望,却教导凯西奥对待愧悔切莫认真。这就是教育家的技艺。他要把一个枯涩的心灵绑在欲望上,他还得把一个敏感的心灵从罪感中解放出来。他需要行动的人。有人行动,他才能捕捉机会。懦弱到逃避欲望的心灵,敏感到沉溺于愧悔的心灵,都不能为他所用。教育家和机会主义者的区别在于:后者只能等待偶然的机会;前者则为自己制造机会,为了制造机会,先行改造心灵。

伊阿古成功地卸除了凯西奥的罪感。这样做的好处是,凯西奥重又对世界提出要求。一个深陷罪感的人,觉得自己不配对世界有任何要求。而解放了的人,则急于要回应得之物。现在,凯西奥急于要回自己失去的职位。

伊阿古不奢求把凯西奥改造成罗得利哥。他只是悄悄改变了凯西奥心灵当中最宝贵的那个点:荣誉。遭受处罚之后,凯西奥的第一次慨叹,是把荣誉和罪联系起来:

> 名誉,名誉,名誉!啊,我的名誉已经一败涂地了!我已经失去我的生命中不死的一部分,留下来的也就跟畜生没有分别了。(第二幕第三场)

名誉败坏,是因为生命的败坏。罪,使荣誉一劳永逸地丧失了。这是凯西奥的初始想法。而解放之后,他希望重燃。伊阿古帮助他把心灵焦点从荣誉转向了职位。似乎,恢复职位即等于恢复荣誉。就恢复职位这件事而言,找门路托关系要比悔罪实际得多。伊阿古告诉凯西奥,苔丝狄蒙娜是唯一的希望所在。

伊阿古教育罗得利哥，只是用他制造乱子。即便制造了两场混乱，罗得利哥仍为所有人无视。这是低级心灵应得的待遇。伊阿古教育凯西奥，则是要用他制造心灵灾难：奥赛罗的愤怒。要让一个高贵的心灵变成野兽，必须以同样高贵的心灵充当牺牲品。伊阿古选中了凯西奥和苔丝狄蒙娜。

<h2 style="text-align:center">二</h2>

奥赛罗是伊阿古最后的教育对象，凯西奥和苔丝狄蒙娜是他的教具。

伊阿古从不相信凯西奥和苔丝狄蒙娜的纯洁，但他也从未打算利用他们的不纯洁。他需要的，只是在奥赛罗眼里、心里制造不纯洁的幻象。这不容易，也不难。

人们热衷谈论奥赛罗的嫉妒。奥赛罗的嫉妒，当然不同于罗得利哥的，也不同于伊阿古的。他的嫉妒，是高贵心灵开出的恶之花。

奥赛罗的心灵，不只高贵，甚至有些过分高贵。直至最后一刻降临之前，他都坚信自己是近乎自足的：他无所求于世界，世界有求于他。

奥赛罗的高贵的自足，有两个支柱：事业和爱情。

奥赛罗是成功的冒险者，勇猛的将军，威尼斯不可或缺的军事雇员。巨大的功业给了他扎实的自信。这种自信，可以让他无视来自门第、种族、肤色、教养的差异和歧视。当然，自信不只源于外在成功积攒的社会资本，还与他的心灵努力有关。摩尔人奥赛罗归信了基督教，还对雇主威尼斯建立起休戚之情。在威尼斯的议事厅和军营，他觉得自己不是外人。威尼斯似乎不能再给他什么,他却能给威尼斯安全。他是功成名就的自足英雄。剧本的第一幕展现了他的自信:威尼斯元老勃拉班修盛怒之下说了不少歧视的话,却根本没有激怒奥赛罗。他的信心,比几句刺耳的话扎实得多。同样也是第一幕,暗示了奥赛罗自信的土壤多么贫瘠:他辛苦克服了的歧视、嫌隙、仇视,根本无须死灰复燃,它们一直在。

奥赛罗的爱情是这样的。他的英雄故事打动了苔丝狄蒙娜。苔丝狄蒙娜说:"我的心灵完全为他的高贵的德性所征服;我先认识他那颗心,然后认识他那奇伟的仪表。"(第一幕第三场)奥赛罗说:"她为了我所经历的种种患难而爱我,我为了她对我所抱的同情而爱她。"(第一幕第三场)不同于伊阿古所渲染的,也不同于勃拉班修乐于相信的,奥赛罗不是主动的捕猎者,他是高贵的回报者。他甚至强调,自己在欲望上也不是贪婪的求索者:"青春的热情在我已成过去了;我的唯一动机,只是不忍使她失望。"(第一幕第三场)对威尼斯,对苔丝狄蒙娜,奥赛罗都是岿然的赠予者,像神,不像人。

第二幕始于一场海上风暴。奥赛罗与苔丝狄蒙娜失散之后重聚。这场虚惊,让奥赛罗一下子更像人,更像一个人间的恋人。他远比自己所以为的更依赖苔丝狄蒙娜,更依赖爱情。对这位久经沙场的老英雄而言,爱情竟然也是性命攸关的事情。而这,正是教育家伊阿古得以施展技艺的地方。

伊阿古对罗得利哥的教育,也是从爱情入手。他教导罗得利哥看穿爱情。罗得利哥是那种很容易放弃精神生活的人,精神层面的追求和苦痛，在他是累赘和折磨，放弃才是解脱。伊阿古只是助他一臂之力。这种方法，不能用到奥赛罗身上。奥赛罗不是罗得利哥。让他看轻精神和信仰，无异于让他看轻自己。伊阿古必须因材施教。他不教导奥赛罗看轻爱情，而是要他崇拜自己的爱情。他告诉奥赛罗，可能遇到了配不上高贵爱情的人。

教育罗得利哥，伊阿古靠的是像极了哲学的花言巧语。这种东西对贫瘠的头脑和心灵有奇效。教育凯西奥，伊阿古则依靠杯酒之间的同袍之谊。这种东西有助于替知耻的心灵祛除洁癖。教育奥赛罗，伊阿古先填饱他的骄傲，再向他展示一个配不上他的世界。为此，伊阿古要给奥赛罗补充一种全新的知识：人之常情。

奇怪得很。曾经出生入死的冒险家奥赛罗偏偏缺乏关于"人之常情"的知识。他当然不缺人生经验。他的经验，是传奇式的经验，光怪陆离，富于美感，也不乏德性。可伊阿古传授给他的"人之常情"是完全不同的东西。它是一种把世界和人拉平的知识。它试图让受教育者相信，世间之事大抵如此。即便对于那些仍然固执地相信高贵的人，"人之常情"也至少为他凿开了看穿高贵、发现庸俗的眼睛。伊阿古为奥赛罗凿开了这样的眼睛。

奥赛罗借以打动苔丝狄蒙娜的，是他所经历的往昔奇迹。苔丝狄蒙娜对奥赛罗的爱，同样是一桩奇迹。所谓奇迹，正是无法为"人之常情"理解之事。就算是勃拉班修那样的慈父，也不理解。当初，奥赛罗对勃拉班修的不理解视若无物。现在，伊阿古要引导他像勃拉班修那样看问题。

伊阿古把一份奇迹般的爱情转换成索然乏味的爱情心理学。怎么理解苔丝狄蒙娜的热情呢？伊阿古说，那只是所有女人的欲望平均数："我知道我们国里娘们儿的脾气。"（第三幕第三场）怎么理解苔丝狄蒙娜在爱情上的自作主张呢？伊阿古说，那意味着她有说谎的禀赋："她当初跟您结婚，曾经骗过她的父亲；当她好像对您的容貌战栗畏惧的时候，她的心里却在热烈地爱着他。"（第三幕第三场）怎么证明苔丝狄蒙娜只是普通的女人呢？伊阿古说，没有女人不是普通的女人："哪一个人的心胸这样纯洁，没有一些污秽的念头和正大的思想分庭抗礼呢？"（第三幕第三场）

伊阿古把苔丝狄蒙娜的爱情拉低成普通女人的欲望，不仅如此，他还提醒奥赛罗，这个女人是威尼斯女人。这意味着，她不但共享女人的平庸欲念，还共享威尼斯人对摩尔黑鬼的歧视：

> 问题就在这儿。说句大胆的话，当初多少跟她同国族、同肤色、同阶级的人向她求婚，照我们看来，要是成功了，那真是天作之合，可是她都置之不理，这明明是违反常情的举动；嘿！从这儿就可以看到一个荒唐的意志、乖僻的习性和不近人情的思想。
>
> （第三幕第三场）

只要教奥赛罗懂得"人之常情"，就能教他从不近常情的地方看到可疑之处。这是伊阿古最伟大的技艺：他把奥赛罗自信的两根支柱一并戳穿。原本有奇迹的地方，现在只有阴谋和苟且。

做到这一步，教育家伊阿古的工作大功告成。他为奥赛罗构筑了全新的视野，一个把奇迹和高贵排除在外的视野。奥赛罗不是不相信高贵，只是不相信别人的高贵。于是，他能信靠的唯有高贵的自己。他从爱人变成了法官。

法官只相信证据。但法官不知道，视野永远先于证据。这个奥秘，只有教育家才知道。教育家伊阿古已经控制了奥赛罗的视野，也就控制了奥赛罗解读证据的方式。奥赛罗从眼前事里读出的，只能是伊阿古想让他读出的东西。

奥赛罗杀了苔丝狄蒙娜，理由不是嫉妒，是公正：

> 我要杀死你，然后再爱你。再一个吻，这是最后的一吻了；这样销魂，却又是这样无比的惨痛！我必须哭泣，然而这些是无情的眼泪。这一阵阵悲伤是神圣的，因为它要惩罚的正是它最疼爱的。(第五幕第二场)

作为被爱者，奥赛罗的信心已经崩塌。但他仍然信仰自己高贵的爱和不可置疑的公正。高贵的爱容不得玷污。所以，他必须先作为法官帮助爱人洗清玷污。伊阿古教导奥赛罗把苔丝狄蒙娜贬抑为庸众，奥赛罗顺理成章地扮演起审判庸众的上帝。他的严酷，就是他的爱。

教育家伊阿古成功了吗？

伊阿古不只败坏了一桩婚姻，几条生命。比这更重要的，是他成功改造了几种不同的心灵。他让罗得利哥彻底"伊阿古化"了。他让凯西奥的某些地方"伊阿古化"了。他让奥赛罗在某些时刻"非奥赛罗化"了。不能不算成功。

可是,伊阿古的教育竟然有盲区。盲区是一个女人:伊阿古自己的妻子爱米利娅。

爱米利娅是伊阿古的妻子,也是教育家伊阿古最失职、失败的对象。她是最接近教育家的人,因此该是饱受教育的人。但也因此,她可能被教育家默认为无须教育的人。伊阿古戳穿一切。戳穿伊阿古的,是爱米利娅。爱米利娅是第一个说出真相的人,是伊阿古事业的拐点。她的动机很简单:她见识过苔丝狄蒙娜的忠贞,那个忠贞是未经歪曲和玷污的,她不能容忍它被歪曲和玷污。另外,她比苔丝狄蒙娜多了些身为女人的经验。身为女人的经验之一是:掌握语言的男人可能很坏,可能很傻。这些,是她的知识。为了把这点儿知识说出来,她不怕丈夫,以及死。

三

教育成为一门专业和职业,只是最近的事。但人类历史上从不缺少操心教育的人。

什么是操心教育的人呢?他们不只关注行动,还关注心灵和语言。心灵为行动提供动机,语言为行动提供理由。有些人是纯粹的行动者。另有一些人,对心灵和语言格外敏感,并且善于通过心灵和语言影响旁人。这种影响,就是教育。卓有成效的影响者,就是教育家。伊甸园里有两个教育家,一个是上帝,另一个是蛇。上帝创造心灵,蛇改造心灵。蛇无须拆毁伊甸园。蛇只是对女人说话。女人自己摘下树上的果子,然后被驱逐。少了教育家,失乐园的故事成不了。文学、历史,几乎所有惊心动魄的故事都是失乐园的尘世翻版。

失乐园的故事千姿百态，也千篇一律。

研习历史之际，人们喜欢揣摩神意，甚或颁布历史规律。神意难测，规律可疑。反倒是历史舞台边缘的小人物，常能帮我看清，自己何以成为自己，今日何以成为今日。

没有伊阿古，奥赛罗始终是奥赛罗；有了伊阿古，奥赛罗在某一刻成了变质的奥赛罗。没有伊阿古，罗得利哥只是浑浑噩噩的罗得利哥；有了伊阿古，那个坏得坦荡彻底的罗得利哥被放了出来。

伊阿古不是英雄，不在舞台中心。他更像我们的身边人。遇见奥赛罗、苔丝狄蒙娜，永远令人惊叹。身边有个伊阿古，实在没啥大不了的。可是，正是身边人伊阿古，悄然改造人们的心灵，一点儿或全部。连奥赛罗也逃不掉。假若罗得利哥、凯西奥、奥赛罗有机会各写一部自传，他们应该不惜笔墨研究一下伊阿古。是研究，不是控诉。不是仅仅指责伊阿古的坏，而是研究伊阿古的伟力，看他对自己的心灵做了什么。

教育家伊阿古的技艺之一，是制造"我们"。

伊阿古从来不说"你们"，他是制造"我们"的高手。他对罗得利哥倾诉自己的仇恨。因为罗得利哥急需军师和同党，不会把高贵者当成自己人。他在凯西奥的身边说些关于酒和女人的俏皮话。因为凯西奥需要兄弟之情，兄弟必须是赤诚相待的汉子。在优雅的绅士面前泄露一些粗俗，会让绅士以为幸遇一个直爽的兄弟。至于奥赛罗，他需要对美德的崇敬，特别是对自己身上那些美德的崇敬。伊阿古就跟他一起崇敬。奥赛罗有心灵的洁癖，伊阿古就跟他一起谴责污秽。奥赛罗鄙视嫉妒，伊阿古就跟他一起鄙视。伊阿古总是恰到好处。他要比罗得利哥高一点,要比凯西奥低一点,要比奥赛罗低很多。于是他成了这些人各自所需的"我们"。然后,大家一起毁掉"他们"。

制造"我们",从来不是教育家的目的。但只有先制造"我们",教育才能奏效。肩并肩的时候,言语最容易灌进耳朵和心。

教育家伊阿古的技艺之二,是制造"解放"。

伊阿古不会对罗得利哥说:"来,我们作恶吧!"

伊阿古不会对奥赛罗说:"来,我们嫉妒吧!"

教育家永远鼓励受教育者做应该做的事情。只不过,得对"应该"重新定义。这就是哲学的工作了。好的教育家,都是哲学家。世上有好多种哲学。有些哲学为心灵构筑堤坝,有些哲学往堤坝里放几只白蚁。

罗得利哥分不清欲望和爱情。伊阿古帮他认清:"我认为你所称为爱情的,也不过是情欲冲动而已。"(第一幕第三场)

罗得利哥脑子里竟然还有"圣洁"这个词。伊阿古帮他清理干净:"他妈的圣洁!她喝的酒也是用葡萄酿成的;她要是圣洁,她就不会爱这摩尔人了。哼,圣洁!"(第二幕第一场)

罗得利哥还残存一点儿小人物的自知之明。小人物,宁肯自怨自艾也不敢放胆行凶。伊阿古给他注入一点儿狂飙精神:"投水自杀!什么话!那根本就不用提;你宁可因为追求你的快乐而被人吊死,总不要在没有一亲她的香泽以前投水自杀。"(第一幕第三场)

醉酒的凯西奥陷入罪感之中。他相信生命由两部分组成,一部分近于畜生,另一部分永恒不死。酒不只撂倒一具肉身,更重要的是腐蚀了生命中不死的那部分，所以是罪。伊阿古轻而易举帮他解除了罪感："得啦，你也太认真了。"

罗得利哥是毫无哲学的人，伊阿古就给他大量哲学。凯西奥有自己的哲学，伊阿古就帮他避开哲学。没有哲学的庸人，不敢行动。让哲学捆住的贤人，厌恶行动。大谈哲学，不谈哲学，都是伊阿古的技艺。

他的使命，是戳穿心灵堤坝，把受教育者解放出来。

伊阿古在奥赛罗耳边叨念"人之常情"，也是解放哲学。它的功效是，把奥赛罗从对奇迹的信仰中解放出来。苔丝狄蒙娜对奥赛罗的爱，是一个奇迹。所有奇迹，都是独一无二的，无比独特，无比具体。苔丝狄蒙娜爱上的，不是摩尔人奥赛罗，黑人奥赛罗，冒险家奥赛罗，只是奥赛罗这个人。苔丝狄蒙娜不是作为威尼斯人而爱，不是作为威尼斯女人而爱，只是作为苔丝狄蒙娜而爱。伊阿古的"人之常情"，把苔丝狄蒙娜贬低为威尼斯的娘们儿，把奇迹般的爱贬低为欲望的平均数。索然乏味的抽象的"人之常情"取代了奇迹。伊阿古替奥赛罗的眼睛和心做了祛魅手术。

伊阿古这样的教育家，是心灵解放者。他有好几套解放心灵的方便法门。他的哲学，乃是为解放他人服务。至于他自己相信什么，不重要。伊阿古说："世人所知道的我，并不是实在的我。"他自己也未必知道。

教育家伊阿古的技艺之三，是提供"事实"。

哲学有各种功用。其中一种，是框定人的视野。一个把生活当成无止境的道德抉择的人，和一个把生活当成无止境的生存计算的人,看到的世界不会一样。视野永远先于事实。很多时候,视野决定事实。

聪明的教育家不会把此事和盘托出。他宁愿让受教育者相信:你眼里的事实就是全部事实。他最欢迎那些崇拜自己同时也崇拜事实的受教育者。这样的人总是大喊:我是自己心灵的主宰,因为我只相信我看到的。

因此,教育家,既是哲学家,又是史学家。他不但不会蒙上受教育者的眼睛,反而要鼓励他看,用大量事实填饱他们的眼睛。

伊阿古利用罗得利哥制造了第一场混乱,导致凯西奥被免职。奥赛罗是法官,伊阿古为他提供做出裁决的全部信息。史家伊阿古把事情经过裁成碎片,没有一个碎片是假的。他让奥赛罗自己把许多真碎片拼成一个假故事,据此判罚。没人质疑奥赛罗的公正,除了伊阿古。但他恰恰不在乎公正。

伊阿古把嫉妒乔装成义愤注入奥赛罗的心。妒火中烧的奥赛罗只想报复,但他误以为自己是要执行正义的惩罚。伊阿古总能让奥赛罗深信自己是唯一够格的法官。法官是什么人呢？正是崇拜自己的公正和眼睛的人。法官和史家,是最亲密的职业搭档。奥赛罗威胁伊阿古,如果拿不出确凿的证据,就给他好看。伊阿古合情合理地讨价还价:"要是这一类间接的旁证可以替您解除疑惑,那倒是不难让您得到的。"(第三幕第三场)奥赛罗回答:"给我一个充分的理由,证明她已经失节。"(第三幕第三场)确凿的证据——间接的旁证——充分的理由,公正的条件越降越低,法官仍然对自己的眼睛满怀信心。

慷慨的史家伊阿古向奥赛罗提供足够多的事实。奥赛罗如愿以偿地看见了。伊阿古如愿以偿地防止了奥赛罗看见更多。所有痛苦和暴行都由此而来。奥赛罗说："滚开！你害得我好苦。与其知道得不明不白，还是糊里糊涂受人家欺弄的好。"(第三幕第三场)

伟大的教育家，总是有本事让受教育者看到的足够多，又足够少。

教育家伊阿古的终极技艺，是制造失语的"罪人"。

哲学家、史家，都属于喋喋不休的人。他们太依赖语言，太依赖受教育者的眼睛和耳朵。

教育家的高级阶段，是制造失语者。失语者是无力表达自己的人，留给他们的唯一命运，是被捏造，被处置。

伊阿古没有机会教育苔丝狄蒙娜。他能做的只是让苔丝狄蒙娜失去表达自己的能力。苔丝狄蒙娜是罗得利哥的欲望对象，是凯西奥的仕途期待，是奥赛罗的爱人。她被欲望，被期待，被爱。但她没有办法表达自己。所有的语言，思考欲望、期待、爱的语言，都被教育家伊阿古改造了。苔丝狄蒙娜对爱米利娅说："我不愿以恶为师。"(第四幕第三场)可是，教人行凶之时，教育家伊阿古早已不需要"恶"这个词。

伊阿古毁掉奥赛罗的方式，是让他犯罪；毁掉苔丝狄蒙娜的方式，是把罪安在她身上。苔丝狄蒙娜纯洁，给了奥赛罗奇迹般的爱。但她是纯洁的人，不是论证纯洁的人；她是奇迹，却不能证明奇迹。所有用来描述女人和爱情的语言，都被伊阿古篡改了，继而被奥赛罗习得。奥赛罗盯着苔丝狄蒙娜："你不是一个娼妇吗？……什么！你不是一个娼妇吗？"(第四幕第二场)苔丝狄蒙娜唯一的辩驳，是发誓:"不,我发誓我不是,否则我就不是一个基督徒……不,否则我死后没有得救的希望……"她的这些撕心自白,在受过伊阿古训练的奥赛罗的耳朵里,早已成为无意义的噪音。这是全剧最阴森的时刻。

2017年7月

从洞穴到地下室:
读陀思妥耶夫斯基

　　那晚,填完一堆表格,正喝闷酒,老友电话响起。每次都是这样,没有半点寒暄,劈头一句:"我咋觉得陀思妥耶夫斯基很像柏拉图?"我放下酒,表格推到一边:"这个话题好玩,愿闻其详。"

　　老友说:"陀老在《少年》里提到三种坏蛋,第一、三两种是丧失罪感的人。这很像柏拉图的不可治愈的愚人。"

　　我说:"《罪与罚》里拉斯科尼柯夫们说的那些有权杀人的最新理论,《高尔吉亚篇》的卡利克勒、《理想国》的塞拉西马柯早就说过了。"

　　老友说:"柏拉图说当代雅典心灵的处境,是身处洞穴而仇恨光。陀老说当代俄罗斯心灵的处境是身处地下室而仇恨空气。洞穴和地下室,多有意味。"

　　我说:"此语甚有机锋,挂电话吧,这就去找你。"

　　那晚,我先填了一堆表格,然后跑去跟老友聊陀思妥耶夫斯基。直至深夜,不亦乐乎。

　　下面的内容,是对夜谈的追忆。本想写成柏拉图对话录的样子。写了几行,我决定删掉"老友说""我说"之类的废话。因为,这一点也不重要。

一 洞穴与地下室

写苏格拉底对话的柏拉图、写《地下室手记》和《卡拉马佐夫兄弟》的陀思妥耶夫斯基，都是为灵魂分类的大师。现代人也热衷于分类。比如某些主义，断言人是经济动物，由此划分阵营，区别敌我。比如当代某些大学，把人贬低成表格动物，并用表格填报成功率评定等级。陀思妥耶夫斯基让他的"白痴"梅什金公爵说："只是由于懒惰，人们才从表面上把人加以分类。"①他和柏拉图关心的，不是这些外在事物，而是人的灵魂。他们辨别灵魂等级的尺度，是灵魂与光的关系，或者直接说，灵魂与光的距离。

《理想国》里，柏拉图把哲人定义为热爱光（智慧）、看见光的人。城邦里的多数人，则生活在洞穴里。洞穴里的人，未必不需要光，却惧怕光，渐渐忘记光，恼恨那些带来光之消息的人。《理想国》第8卷、第9卷，柏拉图写了一部政治的败坏史：从贵族制到寡头制，再到民主制，再到僭主制。现代读者往往忽视，这部政治败坏史，同时也是灵魂沉降史。依照柏拉图，每种政体类型都对应一种灵魂类型。僭主政体当然是由僭主心灵缔造的，但僭主城邦里不只有一个僭主心灵。一个僭主城邦，会把城中所有臣民塑造成潜在的僭主。而在柏拉图那里，所谓僭主心灵，无非是欲望对灵魂实施独裁。僭主自己就是这样，他也需要把所有的臣民扭曲成这样。僭主心灵、僭主城邦，是洞穴人向洞穴深处沉降的最后绝境。洞穴人从依稀记得光，沉降成恨

①〔俄〕费·陀思妥耶夫斯基：《费·陀思妥耶夫斯基全集（第9册）·白痴（上）》，张捷、郭奇格译，河北教育出版社，2010年，第35页。

光之人。

　　1864年,陀思妥耶夫斯基发表《地下室手记》。陀老的这位"地下室人",是现代版的洞穴人——恨光者。柏拉图笔下的僭主心灵,已被欲望接管,因而与光隔绝。尽管如此,他们仍有强悍的行动力、行动欲。柏拉图强调他们的盲目和狂暴。陀老的"地下室人"则连行动欲都已丧失。他高喊"地下室万岁",却不热爱地下室。他只是害怕光,害怕人,害怕行动,因而除了地下室无处安身。跟柏拉图一样,陀思妥耶夫斯基也用人与光的距离辨识灵魂的沉降。所谓害怕光,是对正义、爱欲、美善失去基本的反应能力。比如,"地下室人"反复思考复仇的问题。他说,对于过去的人而言,受辱、复仇,是本能一样自然的事。而在地下室,他可以不费吹灰之力,找到各种时髦理论,把受辱解释成公式般的必然,把复仇稀释成可笑的冲动。这位"地下室人",从不缺少理论。他的理论太多了,以至于从前的人们凭借德性、血性做出的任何事,在他这里都变得不可能。那些把他包裹起来的理论,个个不同,个个相似。每一个理论,都想要把世界简化成一个公式,或一张表格。而人,则只是一个代表必然性的统计数字、逻辑符号。当一个人被这样的理论俘获,他就仇恨自己身上的血性、德性,仇恨日光下的爱与正义。爱是累赘,正义是谎言。当然,这位"地下室人"仍旧喜欢"美""崇高"之类字眼。他如何喜欢呢? 四十岁那年,他在地下室斟上一杯酒,又往酒里滴几滴眼泪,"然后再为一切美与崇高的事物把酒喝干"[1]。从此,他成了美与崇高的爱好者,"会在

_____

　　[1]〔俄〕费·陀思妥耶夫斯基:《费·陀思妥耶夫斯基全集(第6册)·中短篇小说集》,刘逢祺、刘文飞、刘宗次、臧仲伦译,河北教育出版社,2010年,第185页。

最丑恶、最无可怀疑的肮脏之中"找到它们，并且随时准备为它们哭泣，随时"眼泪汪汪，像一块湿海绵"①。他并不为此自豪，他只是无可奈何。他早已被公式表格、科学规律、历史逻辑驯化了。他知道在这些之外还有光、空气、生活，还有关于人的神秘。但他已是地下室的土著居民，公式表格、科学规律、历史逻辑是地下室的精神食粮。离开这些，他根本活不下去。他想出各种比喻，用以贬损自己："没有个性的人"，"耗子"，"蒸馏瓶人"，"没有意志的琴键"，"不是活生生的父亲所生"……在贬损自己这件事上，他真诚极了，坦荡极了。只可惜，他仍然只能是他：在地下室呆了四十年，且将一直呆下去。

1864年很重要，陀思妥耶夫斯基发现了"地下室人"。1866年，他发表《罪与罚》。1868，《白痴》。1871，《群魔》。1875，《少年》。1880，《卡拉马佐夫兄弟》。这些杰作里，"地下室人"的身影贯穿始终：拉斯科尼柯夫"不习惯人群"，"一个月以来，天天躲在角落里"，他的转租的小屋，像个衣柜②；斯维德里盖洛夫对拉斯科尼柯夫说，地狱未必是什么庞然大物，可能只是"一间小房子，像乡下被熏得漆黑的澡堂，屋里个个角落都爬满蜘蛛"，直到永远③；肺痨少年伊波利特寄居斗室，撰写对人类的控诉词，他也在梦里看见了满屋子蜘蛛④；工程师基里

---

① 〔俄〕费·陀思妥耶夫斯基：《费·陀思妥耶夫斯基全集（第6册）·中短篇小说集》，刘逢祺、刘文飞、刘宗次、臧仲伦译，河北教育出版社，2010年，第185页。

② 〔俄〕费·陀思妥耶夫斯基：《费·陀思妥耶夫斯基全集（第7册）·罪与罚（上）》，力冈、袁亚楠译，白春仁校，河北教育出版社，2010年，第4页。

③ 〔俄〕费·陀思妥耶夫斯基：《费·陀思妥耶夫斯基全集（第8册）·罪与罚（下）》，袁亚楠译，白春仁校，河北教育出版社，2010年，第367页。

④ 〔俄〕费·陀思妥耶夫斯基：《费·陀思妥耶夫斯基全集（第10册）·白痴（下）》，张捷、郭奇格译，河北教育出版社，2010年，第553页。

洛夫坚信,唯有自杀才能证明人就是上帝,他在空荡荡的小屋里彻夜喝茶沉思,等待那一刻的到来①;另一间小屋里,革命青年沙托夫对革命失望,却又不知除革命之外哪里还有上帝,他也等着,等着革命组织的裁决②;基里洛夫、沙托夫有个共同的导师——斯塔罗夫金,他在空气清新的瑞士买了一幢"小小的房子"。一场人间闹剧之后,他回到小小的房间,把自己吊死③;大学生伊万·费奥多罗维奇·卡拉马佐夫,在自己的斗室里撰写宗教大法官判处上帝死刑的诗剧,也是在这里,与夜访的魔鬼相互谩骂④;而伊凡的追随者和代理人斯梅尔佳科夫,杀人之后,在另一间斗室把自己吊死在一颗钉子上⑤。这些在逼仄空间里绝望着的人,是陀氏小说最阴郁最毛骨悚然的部分。

陀思妥耶夫斯基的真正主题,不是这些令人毛骨悚然的绝望,而是信、望、爱。但陀老之所以是陀老,是因为他发现了一件重要的事:要想在现代世界谈论信、望、爱,必须首先研究这种毛骨悚然的绝望;戳穿地下室,才能把人从地下室里拉出来,让他们重新记起光。

---

①〔俄〕费·陀思妥耶夫斯基:《费·陀思妥耶夫斯基全集(第11册)·群魔(上)》,冯昭玛译,河北教育出版社,2010年,第143页。

②〔俄〕费·陀思妥耶夫斯基:《费·陀思妥耶夫斯基全集(第12册)·群魔(下)》,冯昭玛译,河北教育出版社,2010年,第699页。

③同上,第831页。

④参见河北教育出版社全集版第15册、第16册《卡拉马佐夫兄弟》第二部分卷五、第三部分卷十一。

⑤〔俄〕费·陀思妥耶夫斯基:《费·陀思妥耶夫斯基全集(第16册)·卡拉马佐夫兄弟(下)》,臧仲伦译,河北教育出版社,2010年,第1009页。

二　上行与下行

别林斯基只喜欢《穷人》。纪德则说《地下室手记》是陀老小说的穿顶。

只写《穷人》的陀老，不是陀老。《穷人》干净、慈悲，却尚未降至灵魂深处，因而未曾触碰现代心灵之苦况。只写《地下室手记》的陀老，也不是陀老。《地下室手记》锋利、残酷，降得够深，绝望至极。但陀老并非那种热衷于摆弄绝望的存在主义作家。他把灵魂推到绝望的边缘，是要为救赎廓清道路。正如柏拉图，不是要用僭主统治诅咒雅典人，而是要用僭主绝境提醒雅典人：生活不应如此。

《理想国》里，苏格拉底引导着朋友们，开启一次先上行再下行的心灵之旅。上行之旅，朋友们见识了城邦和灵魂应有的样子。然后，大家带着对美善事物的见识下行，渐次辨别灵魂的败坏。必须见识过好，才能识别坏；对好见多识广的人，才能对坏辨析幽微。这是柏拉图的重要洞见。所以，他笔下的心灵之旅，必须先上行，再下行。最终，朋友们见识了好，也识别了坏。旅行结束，生活重启。带着这些见识，朋友们得以重审自身之处境，并对自己的灵魂状况施以诊疗：那是生活的上行。

陀老的小说，也有类似的上行、下行结构。他要用《穷人》写出人的美与善，也要用《地下室手记》写出人的罪与愚。《罪与罚》之后的每一部杰作，陀老都用一群"上行人物"照亮一群"下行人物"。他的意图，是让"下行人物"认出自己。在他笔下，所有灵魂沉降的"下行人物"都喜欢喋喋不休地谈论自己，但他们全都无力认识自己。唯有通过"上行人物"的引导、映衬、照亮,他们才能认识罪,接受罚,重启"活生生的生活"。没有苏格拉底的引导,卡利克勒和塞拉西马柯会永远陶醉于权力即正义的梦话(《高尔吉亚篇》《理想国》)。没有拉祖米欣和索尼娅的爱,拉斯科尼柯夫会永远相信自己是偶然失手的拿破仑(《罪与罚》)。没有梅什金公爵白痴般的慈悲,罗戈任、娜斯塔霞的疯癫爱欲就得不到宽恕和洁净(《白痴》)。没有朝圣者马卡尔的爽朗笑声,少年阿尔卡季有可能成长为另一个拉斯科尼柯夫(《少年》)。没有阿廖沙的墓畔赠言,伊凡的"宗教大法官"可能被误会成终极真理。没有那些"上行人物","下行人物"们会陷入自我崇拜,自以为发现了真理,自以为可以用"真理"捏造出某种全新生活。直至某个神秘时刻,他们忽然发现,自己所谓的真理和生活,只是地下室里的虚构;而"活生生的生活",就在大地之上。每当写到这里,陀老都会说:那将是另一个故事了[①]。他笔下所有的明净故事、阴暗故事,都是为了引人眺望、开启那"另一个故事"。

柏拉图和陀思妥耶夫斯基都是灵魂分类大师。他们各自上穷碧落下黄泉,探索灵魂的光谱。《理想国》里,柏拉图谈论了五种心灵。《斐德罗篇》里,灵魂等级扩充为九种。要把握陀老笔下的灵魂光谱,最方便的参照,是《卡拉马佐夫兄弟》:老三阿廖沙,是那种怀抱信、望、爱的"上行的人";老大米佳,代表活在"玛利亚和索多玛"之间的"大地上的人";老二伊凡,是那种憎恨信、望、爱的智力高超的"下行人物",或者说,"地下室人"。

---

① 〔俄〕费·陀思妥耶夫斯基:《费·陀思妥耶夫斯基全集(第8册)·罪与罚(下)》,袁亚楠译,白春仁校,河北教育出版社,2010年,第693页。

三　上行的人

《白痴》的梅什金公爵、《群魔》的吉洪①、《少年》的马卡尔·伊万诺维奇、《卡拉马佐夫兄弟》的佐西马长老和阿廖沙，他们是陀老笔下的"上行的人"。

"上行的人"是苏格拉底和他的朋友们在心灵的上行之旅渐至顶点时，才能见识到的灵魂。这样的灵魂，柏拉图称之为"哲人""爱智者"。他们的主要特征，不是良善、纯洁，而是灵魂向世界的神性本源敞开。套用柏拉图的譬喻，他们是热爱光、见过光的人，是在洞穴人中间徒劳叮咛、想要帮人们记起光的人。这样的人，在洞穴人眼里，是笨拙、啰嗦的废物，是对洞穴生存技术一无所知的白痴。故而，洞穴人总要羞辱他们、赶走他们、除掉他们，以求清静。柏拉图却坚称，只有这样的人才配成为城邦的王和法官。柏拉图的"哲人王"常常遭到现代读者的误解和指控。那不过是因为，现代读者太过熟悉僭主心灵，根本不相信灵魂还有别的可能。对他们而言，"哲人王"只能意味着满口谎言的僭主。其实提到"哲人王"时，柏拉图强调的并非王的无限权力，而是哲人的有序灵魂。哲人的灵魂，向神性本源敞开，受神性本源整饬，因而完整有序。哲人既知道欲望的苦乐，也知道理智的价值，更知道智慧的神圣。哲人是对灵魂里的一切事务深有体验的人。他见识过好的，因而能认出坏的，还能识别各种伪装成好的坏。

这就是柏拉图的心理学：知道什么是完整，才能理解破碎；体尝

---

① 〔俄〕费·陀思妥耶夫斯基：《费·陀思妥耶夫斯基全集(第12册)·群魔(下)》附录部分，冯昭玛译，河北教育出版社，2010年。

过有序,才能懂得无序;向上眺望过的眼睛,才能凝视深渊。人对人的理解,只能自上而下,反之则荒唐。柏拉图说:"那些没有经历智慧和美德,始终热衷于吃喝的人会下降,终其一生就在中间和下面变动,绝无可能超越这个范围。他们不会向上仰望真正的上界,或向上攀援进入这个区域……他们的眼睛只会向下看……永远那么贪婪。"①一个永远向下看的人,永远不会明白向上看的人在说些什么,甚至永远也不会知道自己是在向下看。除非,他因机缘巧合,把一个完整有序的灵魂当成自己的镜子。

陀老笔下的"上行的人",很难让人想起"哲人王"。因为他们身上无不带着浓厚的斯拉夫、东正教情调。但恰恰在最重要的一点上,陀老和柏拉图相通:唯有圣徒,才拥有最广博最深刻的理解力;唯有圣徒才能洞悉发生在灵魂里的那些事:苦、爱、恨、罪、愚。柏拉图并未赋予"哲人王"真实的肉身,也未让"哲人王"实施现实的建国和统治。他的"哲人王"更像折射日光的镜子,用以帮人识别伪装成哲人的僭主。陀老的现代圣徒们,也都不是积极的行动者。陀老让他们穿行于人群之中,唯有透过他们,陀老才能说清那些发生于现代灵魂里的惊悚故事。

白痴梅什金公爵,是陀老创造的第一位"上行的人"。他自幼为癫痫所苦,寄养在瑞士深山,对人间事务缺乏基本的认识。经过一番人间的情欲闹剧,他又回到瑞士深山,彻底丧失意识,成为名副其实的白痴。这位白痴,匆匆闯进人间,又匆匆离去,没有改变任何事,没有挽救任何人。但正是这位白痴,让一幕乏味的情欲闹剧,变成一部

---

① 〔古希腊〕柏拉图:《柏拉图全集》(第二卷),王晓朝译,人民出版社,2018年,第603页。

可以理解的灵魂悲剧。小说一开篇，陀老就把最为惊人的心理洞察力赋予白痴。他津津有味地谈论狱中的囚徒、断头台前的濒死者。他从这些濒死者的心里发现重生的渴望。他能理解罪人，也能理解孩子。在瑞士深山里，他能很快让孩子们敞开心扉。他能理解短暂人间之旅遇见的每一个人。只有他知道，被侮辱被损害的娜斯塔霞为何渴望自毁；只有他看出，被情欲、嫉妒折磨的罗戈任，竟是一位挣扎在罪与信之间的斗士；只有他明白，那个一边忏悔一边骗钱的无赖，也能在虚假的忏悔里说出一些高尚的实情。无赖这样评价白痴：

> 您那样忠厚老实，那样天真无邪，即使在黄金时代也闻所未闻，与此同时，您突然用无比深刻的心理观察，像利剑一样把人都看穿了[1]。

肺痨少年伊波利特，在自己的世界里怨恨人类，却又不知拿尚未消失的对人的爱意如何是好。只有在白痴面前，他才发表那番绝望的独白。他对白痴说："您什么也不要说；您站好……我想要看看您的眼睛……您就这样站着，让我看。我要跟一个大写的人告别。"[2]

梅什金公爵，既是白痴，又是无比深刻的心理学家，既是无足轻重的外乡人，又是闯入故乡的大写的人。他诚然未曾改变任何事。

---

[1]〔俄〕费·陀思妥耶夫斯基：《费·陀思妥耶夫斯基全集（第9册）·白痴（上）》，张捷、郭奇格译，河北教育出版社，2010年，第424页。

[2]〔俄〕费·陀思妥耶夫斯基：《费·陀思妥耶夫斯基全集（第10册）·白痴（下）》，张捷、郭奇格译，河北教育出版社，2010年，第566页。

但他把爱给了渴望自毁的娜斯塔霞;他与行凶者罗戈任成了兄弟,替他安魂;他倾听了每一个愤怒者、绝望者。他也曾感到疲惫,想要逃离:"他突然想撇下这里的一切,回到他来的地方去,到更远的地方,到穷乡僻壤去,而且马上就走。"①但是没过十分钟,他就意识到逃跑是不行的:"在他面前摆着一些难题,他甚至没有任何权利不去解决它们,或者至少也应尽全力去解决。他这样想着,回到了家。"②等到爱了、宽恕了、倾听了,他才再次回到来的地方。这位"上行的人",为一大事因缘进入人间。因缘已尽,又离开人间,归于寂灭。他的身上,有耶稣和佛陀的光影。

《白痴》之后的"上行的人",也都被赋予深邃的心理洞察力。《群魔》中最令人毛骨悚然的人物,是斯塔罗夫金。斯塔罗夫金最坦诚的自白,发表于谒见吉洪长老的时刻。斯塔罗夫金不停地说,吉洪只是听。他在不经意间说了一句"我爱您",又在不经意间告诉斯塔罗夫金,他离耶稣并不像想象中那么远。这时,斯塔罗夫金生气了。这个人几乎从来不生气,这次不同寻常,他觉得好像被人看穿了:

> 听我说,我不喜欢密探和心理学家,至少是那些探测我的心灵的人。我不呼唤任何人进入到我的心灵里来,我不需要任何人,我自己能够对付。③

---

① 〔俄〕费·陀思妥耶夫斯基:《费·陀思妥耶夫斯基全集(第10册)·白痴(下)》,张捷、郭奇格译,河北教育出版社,2010年,第421页。
② 同上,第422页。
③ 同上,第846页。

这是整部小说里,魔鬼斯塔罗夫金最虚张声势的时刻。《少年》里的马卡尔·伊万诺维奇、《卡拉马佐夫兄弟》里的佐西马长老,共享很多信念和言论。陀老可能有意借助他们表达自己对某些最重要问题的看法。比如,对俄罗斯命运的看法,对东正教使命的看法,对现代的科学主义的看法,对虔敬生活的看法。

马卡尔给少年讲了很多罪人和无神论者的故事。让少年惊异的是,这个几乎不识字的乡下人,对现代科学家的生活相当熟悉,更对现代那些博学的无神论者的心灵状况洞若观火。作为现代心灵战争主要论题的"科学与信仰之争",在马卡尔那里,竟然轻易化解了。他告诉少年,科学家的显微镜很好:"这是伟大的了不起的事,是上帝赐予人的本领。上帝不是白白地将生气吹在人的鼻孔里的:'活着,去认识一切吧。'"可是别忘了,与显微镜无关的秘密同样很好。马卡尔说,他见过的最博学的人,也解决不了他们自己这个大秘密。只不过,有的人因秘密而快活,有的人因秘密而愁眉苦脸,瞎忙。马卡尔不认为那些愁眉苦脸的无神论者是上帝的敌人,只是同情他们的瞎忙。

佐西马是卡拉马佐夫三兄弟的导师。他给老三阿廖沙的建议之一,是走入人间,让信仰经受淬炼,尤其是经受种种现代偶像崇拜的淬炼。他给阿廖沙的另一个建议,是在这场悲剧落幕之前,尽可能去陪伴父亲和兄长,听他们说话。阿廖沙的这个使命,很像梅什金公爵进入人间的使命——充当镜子。那些陷进苦难和仇恨的人需要这面镜子。没有这面镜子,他们会把自己想得太好(不信),或把自己想得太坏(不望),骨肉相连却骨肉相残(不爱)。

　　陪伴父兄，是阿廖沙走入人间的第一桩试炼。老卡拉马佐夫为情欲所苦。老大米佳的情欲里还包含着嫉妒、羞愧、愤怒。老二伊凡为思想所困。他跟着自己的思想沉降到心灵至暗之地，他对世界的愤怒，远比米佳贫血，远比米佳冷酷。三人各自受苦，彼此羞辱。他们绝不相信可以彼此理解，甚至不相信可以弄明白自己。但他们都向阿廖沙袒露心迹。倘若世间还有人可以明白这些沉降灵魂的苦，那只能是阿廖沙这样的人。

　　梅什金公爵的人间之行草草结束。马卡尔和佐西马分别指导了一个少年，然后离开。阿廖沙则属于未来。在《作者的话》里，陀老说他"尚未定型，难以捉摸"，而且因为"明净如水"，肯定被这个时代视为"怪物"①。但是，陀老说，像这样的"怪物"，说不定在某个时候就会成为社会的中心。而现在，只是因为某种奇怪的风潮，大家暂时远离他而已。这可能就是陀老对"上行的人"的期待：生活需要他们，他们本该成为生活的中心；但他们往往被需要他们的人视为异类；但他们毕竟是人间的镜子，也是人间的种子。这不就是柏拉图"哲人王"的命运吗？

　　《卡拉马佐夫兄弟》没有写完。据说，陀老打算让阿廖沙投身革命，然后死去。陀老留给未来的革命，肯定不是《群魔》里的那种革命。正如柏拉图在《理想国》里隐约看见的城邦，不是处死苏格拉底的雅典。这部未完成之作，结束于阿廖沙的墓畔谈话。阿廖沙在一群孩子的环绕中讲述爱与记忆。这是陀老小说里最明净的、献给未来的段落——恰到好处的未完成。

----

　　①〔俄〕费·陀思妥耶夫斯基：《费·陀思妥耶夫斯基全集（第10册）·白痴（下）》，张捷、郭奇格译，河北教育出版社，2010年，第1216页。

四　大地上的人

《卡拉马佐夫》开篇不久，米佳和伊凡分别找阿廖沙长谈。伊凡的谈话，就包括那篇著名的《宗教大法官》。哲学家和评论家们太看重伊凡的沉思了。其实，唯有把伊凡的看似深刻的沉思跟米佳的醉话连在一起，它才是可以理解的。

《宗教大法官》说：为了如今的卑微生灵，必须把奥秘从大地上割除；那带着奥秘重回大地的人，必须放逐或杀死；卑微的生灵担不起赐给他们的自由，所以只配活在一个强者的自由的奴役之下。从开篇的《宗教大法官》到结尾的《魔鬼夜访伊凡》，伊凡的所有煎熬，都围绕着这个"秘密"。他想凭理智破解这个秘密。他带着这个雄心沉降到灵魂的至暗之地，活在仇恨秘密、否定秘密，又渴望秘密的撕裂之中。

陀老的小说，几乎都有一个常见于报纸的刑侦故事外壳。参照这个外壳，伊凡是查无实证的弑父者，米佳则是最像凶手的蒙冤者。杀人与未曾杀人，根本不是米佳和伊凡的真正区别。他们的真正区别是：一个仇恨秘密，一个承认秘密。

见到阿廖沙时，米佳喝了不少酒。他絮絮叨叨讲述自己的情欲经历，忽然就背起普希金和席勒来。他说，每当沉湎于最最无耻的荒淫之中，就背诵席勒。他知道自己马上就要掉进深渊，但他还想亲吻上帝裙摆。他感到怨愤、耻辱，但他也时常感到爱和快乐。单单从他自己身上，他就知道，人，是一个很大的谜。人，不是玛利亚，也不是索多玛，而是从玛利亚到索多玛之间的广阔疆域。单单从他自己身上，他就知道，这片疆域何其广大，不可捉摸：

糟就糟在这里,因为一切在世界上都是一个谜!……有许多神秘莫测的东西!人世间,有许许多多哑谜压在我们头上……有的人,甚至心灵高尚、智力超群的人,也是从圣母的理想开始,以索多玛的理想告终。更可怕的是有人心里已经抱着索多玛的理想,但是他又不否认圣母的理想,而且他的心还在因此而燃烧,真的,真的在燃烧,就像天真无邪的少年时代那样。不,人是博大的,甚至太博大了,我恨不得他能够偏狭些。鬼才知道这究竟是怎么回事。①

一些人爱着、恨着、受苦、犯罪,但他们始终承认世界是个谜。特别是当他们对自己感到无能为力时,他们感到自己就是最难解的谜。既然是谜,就可以堕落得很深很深,也可能在奇迹中重生。米佳是个大老粗,但陀老让他用酒话道出了人之真相。

人之真相,即,人是秘密。博学善辩的伊凡,则耗尽心智否定这个真相。他用才智建造碉堡,把真相挡在外面。米佳希望人能变得偏狭些,因为那样人就会活得轻松。比如,如果偏狭成昆虫,人就可以轻松自在享受情欲。可是米佳知道,那不可能。伊凡在斗室里思考出一种偏狭的人,偏狭如虱子或蜘蛛的人。然后,他觉得自己有权力蔑视这样的人、碾死这样的人。当然,他并未因此感到轻松。他病得比米佳深,罪得比米佳深。米佳是大地上的人,伊凡凭借才智沉降为地下室人。

讲述大地上的人的故事,陀老堪称大师。几乎所有伟大的俄罗

---

① 〔俄〕费·陀思妥耶夫斯基:《费·陀思妥耶夫斯基全集(第15册)·卡拉马佐夫兄弟(上)》,臧仲伦译,河北教育出版社,2010年,第164页。

斯小说家，都是这方面的大师。陀老的惊人之处是，不只写出人之复杂，更写出人之广阔。他的确在玛利亚和索多玛这个无比广阔的领域里观察人。《穷人》《白夜》都是感人肺腑的大地上的人的故事。那是水一般明净温柔的大地上的人。《被侮辱与被损害的》写受辱者的愤恨、宽恕、在爱中救赎，也写那种以行凶为美的属灵的罪。《死屋手记》写那些被社会弃绝的罪人，在他们身上发现美、善，也发现无法由司法审判割除的恶。西伯利亚的那座囚堡，似乎是陀老后来所有小说的隐喻：一群罪人生活在一起，谁又不是罪人呢；人的使命，是在罪人中认识罪，也在罪人中发现美和善。

在《死屋手记》《地下室手记》之后那些更伟大的长篇里，陀老写了无数个"大地上的人"。他们大多数属于次要角色。但他们每一个都在玛利亚和索多玛之间挣扎浮沉，身上有黑暗，也有光。而他们的复杂光影，只有在"上行的人"的观照之下，才显得完整。

《白痴》里的列别捷夫，是社会意义上的平庸狡猾之辈。陀老借着梅什金公爵的眼睛，在他身上发现对家人的爱、对时代的悲愤。罗戈任是刑事意义的凶徒。梅什金公爵在他身上发现一个挣扎在情欲和信仰之间的斗士。《卡拉马佐夫兄弟》里革职的步兵上尉斯涅吉廖夫怯懦卑微，他的儿子伊柳沙暴躁无礼。只有阿廖沙，在他们身上看到了对尊严和爱的渴欲。《少年》里那个叫马克西姆·伊万诺维奇的地主，依照大地上所有标准，都是不可原谅的恶人。可是朝圣者马卡尔从容不迫地讲述了他的一生：行凶、恐惧、悔改、救赎。马卡尔讲述这个故事，是想让少年知道，对于人这个谜，要给予多大的耐心和敬畏。

"上行的人"看得见这个谜，带着谜上路。"大地上的人"，在谜里挣扎,忍耐,盼望。"地下室人",不相信这个谜。不相信这个谜的人,也就不再相信罪与救赎。反过来,他们崇拜自己的才智和权力。陀老的那些"大地上的人",没有一个傲慢至此。酒鬼马拉美多夫磕磕巴巴地对看热闹的人讲《路加福音》:

> 等把所有的人审判完毕,他就会对我们说:"你们也过来吧!过来吧,酒鬼们,过来吧,懦弱无力的人们,过来吧,不知羞耻的人们。"那时我们就一点儿不羞愧地站过去。他会说:"你们是一群猪!是牲口的模样,有着牲口的记号;不过,你们也来吧。"于是大智大慧和精通事理的人们说:"主啊,为什么接纳这些人哪?"他会说:"……我之所以接纳他们,是因为这些人当中没有一个认为自己对此是受之无愧的。"①

为何不会觉得受之无愧?因为对于"大地上的人",生活和天国,永远是个谜。米佳的坏脾气,跟伊凡的傲慢,是完全不同的东西:米佳的坏脾气,是大地上的坏脾气;伊凡的傲慢,是地下室的傲慢。

五 地下室人

《少年》里,少年阿尔卡沙为了炫耀聪明,说出了三种坏蛋的理论:

> 一种是无知的坏蛋,就是说,他们自信干的坏事绝顶高尚;

---

① 〔俄〕费·陀思妥耶夫斯基:《费·陀思妥耶夫斯基全集(第7册)·罪与罚(上)》,力冈、袁亚楠译,白春仁校,河北教育出版社,2010年,第29页。

第二种人是知道羞耻的坏蛋，就是说，他们对自己干的坏事感到
羞愧，但由于决心已定，还是继续干到底；最后一种是地道的坏
蛋，真正的坏蛋……他最大的乐趣就是：当穷人孩子快饿死的时
候，他用面包和肉去喂狗。①

那些有着耻感的坏蛋，正是陀老笔下一个个"大地上的人"，从不觉
得进天国就受之无愧的人。地道的以作恶为乐的坏蛋，是《被侮辱与被
损害的》里的瓦尔科夫斯基公爵，是《死屋手记》里的 A——夫，或者，
《少年》里的兰伯特。这样的人，陀老称之为"精神上的夸西莫多"②。他
写了这样的人，但似乎不愿多写。他要着意研究的，是所谓的"无知的
坏蛋"。这里的"无知"，与"受教育程度"毫无关系，甚至与识文断字毫
无关系。在柏拉图那里，根本的"无知"，是对正义的扭曲、对美善的麻
木。少年阿尔卡沙的表述，无意间接通了这个古老传统。

纯粹的坏蛋，不可治愈。无知的坏蛋，难以治愈。不可治愈，因
为毫无罪感。难以治愈，因为他们的罪感被他们的"无知"扭曲了。
这种"无知"，自古有之。陀老发现，在现代世界，"无知"常常表现为
博学。正是各种畸形的博学，让人把罪恶扭曲成崇高。"无知的坏蛋"
的另一种表述是，"地下室人"③。

———————

①〔俄〕费·陀思妥耶夫斯基：《费·陀思妥耶夫斯基全集（第13册）·少年（上）》，陆肇
明译，河北教育出版社，2010年，第72页。
②〔俄〕费·陀思妥耶夫斯基：《费·陀思妥耶夫斯基全集（第5册）·中短篇小说》，刘
逢祺、刘文飞、刘宗次、臧仲伦译，河北教育出版社，2010年，第98页。
③〔俄〕费·陀思妥耶夫斯基：《费·陀思妥耶夫斯基全集（第14册）·少年（下）》，附录
部分，陆肇明译，河北教育出版社，2010年。

《地下室手记》里,陀老的"地下室人"处于生活的瘫痪状态。这种瘫痪,是一种"理性的瘫痪"。地下室人是被各种现代理论喂养长大的。这些理论无不声称可以破解世界之谜、人之谜。破解之道,就是把世界压缩成规律、逻辑、统计表格,把人贬低成规律的注脚、逻辑的常量、表格的数字。于是,世界和人没有神秘可言,只剩下"理性"和"必然"。然而,根据"理性"和"必然",人可以做什么呢?什么都不能做,什么都无需做。一个崇拜"必然"的人会告诉自己:过去、现在、未来的一切,都是必然的,不可抗拒的,因此必须接受、忍受、享受;一切对规律的质疑、对逻辑的抗拒、对表格的厌恶,都是不理性的、徒劳的、蠢的。"地下室人"就被锁在"理性""必然"编造的牢笼里,无所事事。他可以忍受一切,但不是基督徒出于自由意志的忍辱。他忍受,只是看不到世界有任何自由可言。

紧接着《地下室手记》,是《罪与罚》《白痴》《群魔》《少年》《卡拉马佐夫兄弟》这几部大书。陀老把"地下室人"扩展成一个序列:《罪与罚》的拉斯科尼柯夫,《白痴》的伊波利特,《群魔》的群魔们,《少年》的韦尔西洛夫父子,《卡拉马佐夫兄弟》的伊凡……这是一组"地下室人"群像。陀老告诉读者,"地下室人"的病,不只有"理性的瘫痪",还有"理性的疯癫"。

在柏拉图那里,"理性"首先指灵魂对神圣本源的爱欲和探究。在陀老的19世纪,"理性"仅仅指合乎算术的心智模式。从18世纪到19世纪,这种算术心智成为人类最新的偶像崇拜。人们相信,它是真正的救世主。想要过上好生活,除了"理性",不需要别的。"地下室人"发现,对这种"理性"的崇拜,榨干了自己身上的血性、德性,因此生活瘫痪了。

假若他想挣脱这种瘫痪状态，唯一的办法是，更加疯狂地崇拜"理性"，按"理性"的指引大胆行事。"理性"的算术显示，需要杀人，那么就去杀人；"理性"的算术显示，需要自杀，那么就去自杀。要么陷入瘫痪无所事事，要么疯狂行事："地下室人"就在这两端徘徊。

《罪与罚》。大学生拉斯科尼柯夫根据"理性"推算，断言人只有两种：拿破仑和虱子。拿破仑是世界的主宰，虱子只不过是世界的材料。拿破仑当然可以碾死虱子，只要觉得必要。他穷困潦倒，把自己关在一间像是衣柜的小屋里，怕见女房东，怕见任何人。他就在屋子里推算拿破仑对虱子的权力。除此之外，无所事事。七月初的一天，他出门，杀了放高利贷的老女人和她的妹妹。

《群魔》。革命理论家希加廖夫根据"理性"推算，为人类规划了一条通往自由之路：把人类分成不相等的两个部分。十分之一的人享有自由和支配其余十分之九的人的无限权力。这十分之九的人应当丧失他们的个性，变成类似牲畜的群体。在无限权力和无限服从中，人类恢复原始人的淳朴，重回伊甸园。希加廖夫说，这就是人类的必然规律：从无限的自由出发，以无限的专制结束。革命小组的另一位理论家说，为了更快地改造世界，应该先砍掉一亿个脑袋。革命小组的头头韦尔霍文斯基说，这些理论仍然只是空想，远水不解近渴。当务之急，是在一切可能的地方制造混乱，砸碎旧世界。制造混乱的前提，是保证组织团结。保证组织团结的办法，是在谈论砍掉一亿个脑袋的空话之前切实杀掉一个人。于是，革命小组集体行动，杀了一个人。

《群魔》。美丽的魔鬼斯塔罗夫金，出于无聊，推演出两套理论。

一套是说,在没有上帝的时候,要把民族提升到上帝的地位。另一套是说,在没有上帝的时候,人要把自己提升到上帝的地位。前一套理论,征服了大学生沙托夫。于是,沙托夫参加旨在破坏的革命小组,又被革命小组杀掉,成为保持革命团结的祭品。后一套理论,征服了工程师基里洛夫。于是,基里洛夫把自杀当成头等大事。因为,没有上帝的时候,人是自己的绝对主宰。如何证明人对自己的主宰权呢?杀掉自己。基里洛夫根据这个理论杀了自己。

《少年》。性情宽和的年轻人克拉夫特对俄罗斯做了两年研究,根据生理学推导出数据坚实的结论:俄罗斯民族是世界上的二等民族,它的使命仅仅是给更卓越的民族充当材料。克拉夫特对自己的推理深信不疑,把自己这个二等民族的成员杀掉了。

《卡拉马佐夫兄弟》。对神学颇有研究的伊凡,在斗室里写了一部雄伟的诗剧。这部诗剧的主要理论是:上帝给人自由意志,要人用自由意志去信、望、爱。而人,根本不配拥有自由意志,承受不了自由之重负。唯一的办法,是由强者接管所有人的自由,背负起自由之重负。配不上自由的人,只能在强者的照管下,过他们配过的生活。这是他们最好的出路。为了帮这些弱者解除自由的重负,必须杀死重回人间的上帝。伊凡在笔记本里写下杀死上帝的诗剧。然后告诉自己的兄弟:如果没有上帝,什么事都可以做,包括杀人。同父异母的弟弟斯梅尔佳科夫听了这话,就杀掉了老卡拉马佐夫,又杀了自己。

"地下室人",或者依照理性瘫痪,或者依照理性疯狂。无论无所事事还是杀人、自杀,他们都被某种"理性"裹挟着。他们崇拜自己的"理性",以至于丧失了对世界和生活的直觉。仅凭直觉,米佳就知道人是个谜，就想要亲吻大地母亲和上帝的裙摆。拉斯科尼柯夫和伊凡却感觉不到。因此，他们只能效忠于"理性"，为"理性"杀人、自杀。当他们这样做时，甚至会从心底生出英雄气概：我是唯一有勇气接受冷冰冰的"理性"的人；我是唯一有能力推动"理性"早日降临于大地的人；我不是罪犯，我是英雄。

伊凡远比米佳有学问。但伊凡才是"无知的坏蛋"。他的学问和"理性"，是地下室里的学问和"理性"。或者说，这种学问和"理性"，就是心灵的地下室。正是这样的学问和"理性"，让他成了"无知的坏蛋"。

六　地下室人编年史

从"大地上的人"到"地下室人"，是灵魂的沉降。从《群魔》起，陀老不只关心"地下室人"这种灵魂现象，似乎还想梳理出一部"地下室人"的灵魂沉降史。《群魔》写了两代人，《少年》写了两代人，《卡拉马佐夫兄弟》也写了两代人。其中的"地下室人"之间，不仅有生理、社会上的代际关系，还有心灵上的代际关系。现代世界的形成，不只是苹果手机和原子弹的发明史，还是一部"地下室人"的编年史。

《群魔》的第一代，是自由主义者斯捷潘·特罗菲莫维奇。《少年》的第一代，是自由主义者韦尔西洛夫。陀老是在俄罗斯语境里使用"自由主义"这个词的。他们是把欧洲时髦词语、话题带回俄罗斯的人，他们相信，有了这些词语和话题，人们可以不必再去操心上帝。

《群魔》以斯捷潘·特罗菲莫维奇开篇，也以斯捷潘·特罗菲莫维奇结束。陀老为他画了一幅细腻的漫画。这幅漫画的主要特征，不是思想，不是行动，而是慵懒和闲谈。在斯捷潘·特罗菲莫维奇身边，聚集了一批"高级自由主义者"。这些人的每日工作，就是打牌和闲谈。老自由主义者时常无所事事，侧身而卧。他和牌友们一边打牌一边谴责："玩牌！我坐下来跟你们玩叶拉拉什牌！难道这相称吗？谁应对此负责？谁使我的事业归于毁灭而变成一场叶拉拉什？唉，让俄国完蛋吧！"①于是他气派十足地打出一张红桃五。这个妙语连珠的老名士，谈论俄国，也谈论上帝。他的本领，就是把一切都变成闲话。对于俄罗斯，这位接受女地主供养的清客早已隔膜。对于上帝，他已多年不读《福音书》，脱口而出的一点儿教义谈资，都是从敌基督者的书里看来的。小说快要结束时，他觉得被时代和恩主抛弃了。为了捍卫尊严，他发表了一篇演讲，然后离家出走。演讲时，他告诉听众，什么都可以没有，不能没有美。美在人类一切追求里是最高的，也是最终的。离家出走时，他对邂逅的女人编造往昔罗曼史，想要和这女人发生新的罗曼史。

《少年》的韦尔西洛夫似乎是斯捷潘·特罗菲莫维奇的改写。陀老去掉了加在斯捷潘身上的漫画成分。韦尔西洛夫自称是俄罗斯的"一千个自由主义者"之一②。他爱俄罗斯，也爱欧洲。他对欧洲的历史和思想了若指掌，甚至比法国人、德国人更能在欧洲找到故乡之感。他对现代欧洲和俄罗斯的情况甚为忧心。他知道，丧失信仰、敬畏、礼法之后，世界可能走向疯狂。但若有人问他此刻应该做些什

① 〔俄〕费·陀思妥耶夫斯基：《费·陀思妥耶夫斯基全集（第11册）·群魔（上）》，冯昭玙译，河北教育出版社，2010年，第13页。
② 〔俄〕费·陀思妥耶夫斯基：《费·陀思妥耶夫斯基全集（第14册）·少年（下）》，陆肇明译，河北教育出版社，2010年，第622页。

么,他说:"最好什么都不干,至少能因为什么都没有参与过而感到心安。"①他属于没落贵族,还保有对贵族风度的记忆和爱好。他知道应该爱人。但他说,他只能闭上眼睛、捂住鼻子才能不讨厌人。他知道应该担负责任。仅仅为了这个"应该",他才在几番抛弃之后,善待不合法的妻子。"他心里装着黄金时代,知道无神论的未来景象"②,这是儿子对他的概括。他的确是一个什么都"知道"的人。但这些"知道"只是抽象的道理,从这些"知道"里,长不出生活的力量和秩序。小说结尾,韦尔西洛夫分裂成"两个我"。一个是"知道"黄金时代的我,一个是为情欲所苦的我。"两个我"合力,卷入一场情欲闹剧。恰恰是在这里,读者隐约认出,他是斯捷潘·特罗菲莫维奇的兄弟。

陀老把韦尔西洛夫们叫作"退场者"(《少年》"结尾")。他们身上还有往昔时代的余晖。他们有理想,看重尊严,关心世界,颇有学问,还带着老派人物的高贵。但也正是他们,为新的时代制造了真空。生活上,他们自己就是失序者,因此无力为下一代提供秩序。思想上,他们是把旧日信仰、域外思想变成谈资的人。他们谈论一切,但也仅仅是谈论。他们所谈的,没有一样能在自己身上扎根,更没有什么能成为下一代人的根。充其量,他们只能让自己守住所剩不多的体面和激情。守住体面,是依靠对美的残存信念;守住激情,则只能靠自己也收拾不住的情欲。这些"退场者",以可怜可笑有时可悲的方式

①〔俄〕费·陀思妥耶夫斯基:《费·陀思妥耶夫斯基全集(第13册)·少年(上)》,陆肇明译,河北教育出版社,2010年,第281页。
②〔俄〕费·陀思妥耶夫斯基:《费·陀思妥耶夫斯基全集(第14册)·少年(下)》,陆肇明译,河北教育出版社,2010年,第644页。

终结了往昔时代。

陀老的意图很明显：正是这些"退场者"，担当了现代世界的教育者；可这些"退场者"，偏偏无力承担教育；他们留给未来的，不是遗产，而是真空。信仰的真空，思想的真空，生活秩序的真空。有真空的地方，就有填补真空的渴望。那些接受"退场者"教育的人，其实算是精神的失怙者。他们会带着复仇般的怨愤，把自己的精神真空填满。少年阿尔卡沙就是这样的人。他是韦尔西洛夫的私生子。开始，他想要抓住某种可靠的"思想"。审视了众多流俗"思想"之后，他决定发明一套自己的"思想"。这套"思想"是什么，并不重要。重要的是，他相信只要抓住它，就可以摆脱虚无，超越世俗。很快他就发现，"思想"本身就飘忽不定。"思想"可以为他所做的坏事开脱。同时，"思想"又从未坚定到压制他行善的渴望。既然如此，所谓"思想"就对生活起不了什么作用。少年求助于韦尔西洛夫，想从他的那些抽象谈话里获得生活指南。可是，他先是发现韦尔西洛夫只能谈论抽象的东西，继而亲历韦尔西洛夫的"分裂"和情欲闹剧。他能从父亲身上得到的启示，不像想象中那般坚实。直至遇到马卡尔·伊万诺维奇这个"上行人物"，少年才意识到"人品"比"思想"重要。少年所说的"人品"，可以理解为精神和生活的秩序。马卡尔让他见识到活在秩序里的样子。

《少年》是一个精神失怙的孩子谋求对自己的教育和拯救的故事。当一个人的心灵处于真空之时，很容易抓住某个"思想"，复仇般地崇拜它。少年阿尔卡沙启灵于自己编造的"思想"，很快又摆脱了。那些无力摆脱的人，便可能沉降为"地下室人"。《白痴》里的少年伊波利特,很像是不那么幸运的阿尔卡沙。

　　拉斯科尼柯夫、斯塔罗夫金、伊凡,都是自以为抓住"思想"其实是被"思想"抓住的人。陀老在很多地方都暗示,他们跟第一代的"退场者"有微妙的联系。伊凡处死上帝的想法并非什么独创,早在韦尔西洛夫的梦里就出现过了。而斯塔罗夫金则是斯捷潘·特罗菲莫维奇的学生。他看不起老师和老师的那些闲谈。但师生之间却在一个重要的地方保持一致:贫瘠到只剩下美感。老师崇拜的美,还包含对崇高精神的渴望。到了学生这里,美感则成了行动的唯一尺度。斯塔罗夫金坦白承认,自己对善恶毫无感觉。对善恶无感的人,可以什么都不做,也可以什么都做。斯塔罗夫金就是这样,他可以只为了美感和快感而行善,也可以只为了美感和快感而作恶。他也曾希望能从作恶中感到恐惧、羞耻、罪,但一无所获。除去为了美感和快感去行凶,他不知道还有什么能让他证明自己是个活着的人。那个抓住拉斯科尼柯夫的"思想",也把善恶之类的精神原则剔除净尽,贫瘠得只剩下美感。拉斯科尼柯夫说自己是"有审美感的虱子"①。他坚信自己有权杀死另一只虱子。用斧子杀死一个放高利贷的老女人,没什么不对,只是形式上欠妥而已。杀死上帝,留下美感,这就是"退场者"和"地下室人"之间的精神纽带。

　　像斯塔罗夫金、伊凡这样的人,在行动上仍是慵懒的。正如典型的"地下室人",并不特别感到要做什么。可是,他们有学问、有魅力,他们的"思想"能够死死抓住那些更贫瘠的心灵。当他们成了新一代

---

　　①〔俄〕费·陀思妥耶夫斯基:《费·陀思妥耶夫斯基全集(第7册)·罪与罚(上)》,力冈、袁亚楠译,白春仁校,河北教育出版社,2010年,第346页。

的教育者，就会培养出疯狂的行动者。

斯梅尔佳科夫是伊凡的弟弟，也是伊凡的学生。老师杀死上帝的"思想"，创造了这个杀死父亲的学生。斯塔罗夫金有三个学生。基里洛夫笃信一种"思想"而自杀。沙托夫笃信另一种"思想"而遭到谋杀。韦尔霍文斯基(斯捷潘·特罗菲莫维奇的儿子)根本不在乎什么"思想"，他着迷的，是破坏一切的行动。对于这种行动，他有惊人的实践智慧。但他知道，除了权术和煽动，行动还需要有一个新的神、新的导师。能够玩弄"思想"、含笑行凶的斯塔罗夫金，是最合适的人选。《群魔》快要结束的地方，陀老告诉读者，韦尔霍文斯基也有了自己的学生。"小傻瓜"埃尔克利是韦尔霍文斯基的崇拜者。他理解不了复杂的思想，只是真诚相信老师的革命宣言。他认真执行老师组织的谋杀和破坏。当老师仓皇逃跑时，他觉得怅然若失。

从无所事事的"退场者"，到被"思想"囚禁的"地下室人"，再到地上的自杀与暴行，人先沉降到一无可信，继而，一无可信催生出全新的狂信。这是陀老留给世界的现代启示录。

那晚，我先填了一堆表格，然后跑去跟老友聊陀思妥耶夫斯基。直至深夜，不亦乐乎。当我们谈论那些博学的"地下室人"的时候，好像是在谈论自己，以及自己那些精神上的父亲。我们知道，陀老那些阴郁故事的底色，是明媚的生活。他为所有"地下室人"留着通往生活的门。他们可以走出"地下室"，也应该走出"地下室"。但那属于另一个故事，也属于另一个晚上。

2019 年 7 月

辑二

生活的技艺

生活有个"契诃夫结"：
读契诃夫

一

　　还是米沃什一语中的:整个19世纪的俄罗斯,都在消化从欧洲传进来的科学和形而上学。这些陌生的新知识,成了对俄罗斯生活和信仰的解构力量。欧洲的土壤生产了它们,也自有办法消化它们。俄罗斯没有。这就是19世纪特有的、俄罗斯式的焦虑①。

　　遵循米沃什的指引,我才意识到俄罗斯小说的"神学味"。这味道,不只出现在陀思妥耶夫斯基身上,也出现在托尔斯泰身上,甚至还出现在笃信科学的安东·巴甫洛维奇·契诃夫医生身上。19世纪的俄罗斯小说,很像18世纪的康德形而上学。后者要在心灵中给上帝留个位置,前者要在生活中给上帝留个位置。即便不大热衷谈论上帝的契诃夫,也有这个冲动。

　　这是一篇想了很久的笔记。拟题目时就犯了犹豫:《生活有个"契诃夫结"》不错,《读托尔斯泰的契诃夫》也不错。"契诃夫结",是最近一年重读契诃夫时不知怎么冒出来的怪词。合上那些说不清道不明的让人惆怅的剧本和小说,心里空落落的,就剩下这个词。托尔斯

---

　　① 〔波兰〕切斯瓦夫·米沃什:《乌尔罗地》,韩新忠、闫文驰译,花城出版社,2019年。

泰,是我读契诃夫的参照,可能也是契诃夫为自己设立的参照。契诃夫看重托尔斯泰,我很晚才知道。但我很久以前就隐隐觉得,他俩很像。那种像,不是文体上的、风格上的、观念上的像,而是某种"基本问题"上的像。酷暑和严寒里的两个人,哪里都不像;盼着好天气,却是他们共同的"基本问题"。从同一个"基本问题"出发,托尔斯泰写出了生活的沦陷之痛,以及英雄式的悔改。到了契诃夫那里,痛与悔变成了一种晦暗的忧郁,不强烈,却黏稠难散,弥漫人心。无以名之,我叫它"契诃夫结"。

伯林有个著名的譬喻:狐狸多智,刺猬终生求一大智。据伯林观察,托尔斯泰明明是天生的狐狸,却误以为自己是刺猬,于是从艺术进入宗教,求信而不得,终生痛苦。要是套用伯林的譬喻,契诃夫肯定属于杰出的狐狸,并且安于当狐狸:一支笔写尽俄罗斯心灵万象,准确,节制,点到即止。契诃夫喜爱、敬佩托尔斯泰,首先也是因为他那巨大的狐狸式才华。契诃夫的书信里经常提到《克莱采奏鸣曲》《战争与和平》《复活》《霍尔斯托梅尔》。他惊赞的,是托翁那支随物赋形运转自如的如椽巨笔。可是,一触及托翁钟爱的主题,契诃夫总是忍不住发发牢骚。

托翁的主题,当然是城市精英的堕落,是科学、现代哲学、进化论对心灵的蒙蔽,是乡村农耕生活的救赎力量,是人为何不信、如何得信的"基本问题"。对这些,契诃夫不耐烦。契诃夫是农民的儿子,也是医生。作为农民的儿子,他深知农村生活的实情。他眼里的农民、农村,不是托翁式的渴求悔过自新的庄园主眼里的农民、农村。作为医生,契诃夫相信科学可以改善生活,相信同胞必定因为生活的改善变得更体面、更良善。因此,托翁那种对科学的敌视、对医学的无知,契诃夫颇为反感。总之,每当托翁要从狐狸转向刺猬的时候,契诃夫就感到不适。

事情似乎很简单:狐狸契诃夫,喜欢托尔斯泰的狐狸的一面。事情又似乎不那么简单:契诃夫从来也不曾摆脱那个刺猬托尔斯泰;困扰着刺猬托尔斯泰的问题,也以另外的方式困扰着他;特别是当他发现,不能用托尔斯泰的方式解答托尔斯泰的问题时,困扰加倍了。下面是两封信:

> 托尔斯泰的教义不再感动我了,现在我内心深处对它没有好感,而这当然是不公道的,在我身上流着农民的血,因此凭农民的一些美德是不能使我感到惊讶的。我从小就信仰进步,而且也不能不信仰,因为在打我和不再打我这两个时代之间,存在着巨大的差别……但托尔斯泰的哲学曾经强烈地感动过我,它控制了我六七年,而且对我起作用的并非一些基本论点,因为这些论点我以前也知道,而是托尔斯泰的表达方式,他的审慎明智,可能还有他那种独特的魅力。现在呢,我心中有一种东西在抗议……不管怎样,托尔斯泰已经消失,我心灵中已经没有他了,而他在从我心中出走时说:我把您的空房子留下来。现在没有什么人留宿在我的心灵中了。①
>
> 我怕托尔斯泰去世。如果他死了的话,那在我的生活中就

---

① 〔俄〕契诃夫:《契诃夫书信集》,朱逸森选译,上海译文出版社,2018年,第109页。

会形成一块大空白。第一，我没像爱他那样地爱过任何一个人；我不是教徒，但在一切信仰中我认为正是他的信仰对我来说最亲切和适宜。第二，如果托尔斯泰还在文学界，那么做一个文学家是件轻松而又愉快的事情；甚至在想到自己什么也没有做或不在做的时候也不感到可怕，因为托尔斯泰代大家做了。他的活动是对文学的种种期望和信赖的保证。第三，托尔斯泰脚跟站得稳，他的威望巨大，因此只要他还在，文学中的不良趣味、庸俗作风(厚颜无耻的和哭哭啼啼的庸俗作风)、各式各样粗糙的充满怨气的自尊心就都不会抛头露面。单凭他的道德威望就能使所谓文学界的士气和流派都保持在一定的水平上。没有了他的话，就会是没有牧羊人的羊群，或者就会是乱糟糟的一团。(1900年1月28日)①

　　这里有两个托尔斯泰。一个是在同各种辱没信仰的现代哲学辩论之后得出了一种替代哲学的托尔斯泰。在各种主义泛滥的19世纪末，他又为世人提供了一种托尔斯泰主义。另一个是诚实刚毅坚韧如圣徒的托尔斯泰，那是活生生的人，充实而有光辉的人。托尔斯泰主义，本是托尔斯泰这个人困而思之的文字记录。它曾经影响了很多人，包括契诃夫。但契诃夫渐渐觉得不满。对他而言，托尔斯泰主义对制度、时代、人性的意见太武断，有时还很无知；托尔斯泰主义对上帝和永生的论述，契诃夫也觉得不是那么有说服力。托尔斯泰主

---

　　①〔俄〕契诃夫：《契诃夫书信集》，朱逸森选译，上海译文出版社，2018年，第63页。

义,曾经为契诃夫提供了一套对世界的看法、说法。那套看法、说法不再重要。因此,"托尔斯泰已经消失,我心灵中已经没有他了"。可是,托尔斯泰这个人,仍然重要,始终重要。不再需要托尔斯泰主义的契诃夫,仍然害怕失去托尔斯泰。因为托尔斯泰代表着一种生活的可能性:为了一个困惑、一个理想,刚猛沉毅,穷探力索。是托尔斯泰提出了托尔斯泰主义,不是托尔斯泰主义造就了托尔斯泰。事实是,托尔斯泰主义造就不出托尔斯泰。这就是契诃夫面临的困局:他的时代,不乏托尔斯泰主义者,却再也不会有第二个托尔斯泰。人们不满意托尔斯泰给出的答案,同时也丧失了托尔斯泰那样的严肃面对问题的能力和勇气。舍弃托尔斯泰主义,契诃夫并不觉得空虚。因为他更满足于观察、探究具体的生活,不太急于为世界下结论。可是,想到可能失去托尔斯泰这个人,契诃夫会觉得不安。因为那代表着整个时代的空虚。空虚,不在于缺少答案,而在于人们渐渐不愿面对问题。

托尔斯泰的小说,总要有一个独自面对问题强探力索的自传人物:《战争与和平》的皮埃尔,《安娜·卡列尼娜》的列文,《复活》的聂赫留朵夫,甚至《伊凡·伊利奇之死》的伊凡。契诃夫描写的,则是隐隐觉得缺了点儿什么的整个时代。托尔斯泰让一个英雄式的人物承担问题。契诃夫让整个时代承受空虚。他承认,自己也在这空虚之中。

托尔斯泰有狐狸的才能,契诃夫也有。托尔斯泰有刺猬的痛苦,契诃夫也有。托尔斯泰式的刺猬说:问题很明确,必须找到答案。契诃夫式的刺猬说:答案不对劲儿,问题也渐渐不明朗,因此必须忍受入骨蚀肌的空虚。

二十九岁的契诃夫写了一篇《没意思的故事——摘自一个老人的札记》。人们觉得，它很像托尔斯泰那篇《伊凡·伊利奇之死》。两者都写功成名就的老人的死、死前的懊悔、懊悔引发的对生活的重审。但是，它们的情调很不一样。托尔斯泰留给伊凡的道路是明确的：死只是一道门槛，重要的是死之前的悔改，和死之后的那扇门。托尔斯泰为读者提供了极尽平庸的反传奇生活和惊心动魄的死亡体验，两种写法加在一起，却串联出一个关于悔改和重生的神学故事。契诃夫则不是。他关注的，就是生活里那无法表达的空虚。谁被它抓住，谁的生活就完了。他的男主角说：

> 此外什么也没有了。我想了又想，想了很久，什么也想不出来。不管我怎样费力地想，也不管我把思路引到什么地方去，我清楚地觉得我的欲望里缺乏一种主要的、一种非常重大的东西。我对科学的喜爱、我要生活下去的欲望、我在一张陌生的床上的静坐、我想了解自己的心意，凡是我根据种种事情所形成的思想、感情、概念，都缺乏一个共同点来把它们串联成一个整体。我的每一种思想和感情在我心中都是孤立存在的。凡是我对科学、戏剧、文学、学生所抱的见解，凡是我的想象所画出来的小小画面，就连顶精细的分析家也不能从中找出叫作中心思想或者活人的神的那种东西来。可是如果缺乏这个，那就等于什么都没有。在这样的贫乏下，只要害一场大病，只要有了对死亡的畏惧，只要受到环境和人们的影响，就足以把我从前认为是世界观的东西，我从中发现我的生活意义和生活乐

趣的东西,一齐推翻,打得粉碎。因此也难怪那些只有奴隶和野人才配有的思想和感情把我一生中最后这几个月弄得十分暗淡,到了现在,冷冷淡淡,连黎明的曙光也无心去看了。如果一个人缺乏一种比外界的一切影响更高超更坚强的东西,那么当然,只要害一回重伤风就足以使他失去常态,一看见鸟就认为是猫头鹰,一听见声音就以为是狗叫。在这种时候,所有他的乐观主义或者悲观主义以及他的伟大和渺小的思想,就只有病症的意义,没有别的意义了。①

这位功成名就的教授,痛苦之余,庆幸自己很晚才被这种空虚抓住。有些年轻人,早早就被抓住了。那他们,一辈子也别想安宁。后来,契诃夫写了很多这样的年轻人。那是他为自己的时代做的笔录。

二

契诃夫笔下的年轻人,大多处于爱无能的抑郁中。小说、剧本里的人物,都是如此。

契诃夫的剧本,很像一片苍茫唯剩情调的印象派风景。他的小说,粗看像是风景画里的斑驳色块,凑近一看,竟是无比精致的人物肖像。前者是时代的象征性全景,后者是时代的简笔素描。小说、剧本合力表达的,则是时代的空虚和忧郁。他说写《伊万诺夫》的初衷:

---

① 〔俄〕契诃夫:《契诃夫小说全集》(第八卷),汝龙译,人民文学出版社,2016年,第64页。

我本来抱有一个大胆的想法：把迄今写下的有关忧愁诉苦的人们的一切概括一下，并以我的《伊万诺夫》来使这类作品告终。(1889年1月7日)①

无处不在的忧愁诉苦，不是因为某个求而不得、爱而不见的目标，而是因为没有目标，没有爱，甚至丧失爱的能力。契诃夫的角色们，大都意识到这个问题，大都谈论这个问题，就是没办法解决这个问题。

从《没有父亲的人》到《樱桃园》，契诃夫每个剧本，都有一个即将凋敝的庄园。庄园里的人，无力撑起家，也无力撑起生活和自己。他们厌弃自己，彼此厌弃。想要爱，却不会爱；渴望工作，却只能在谈话中等待明天。他们知道自己病了，却束手无策。有些人忍受不了，结束生命。大多数人继续活着，带着病。那种病，通常只是淡淡的，并不致命，这正是它的致命之处。所有人的心里，都有个"契诃夫结"。

《林妖》和《万尼亚舅舅》是同一故事的两个变体。女主角叶莲娜，嫁给一位文学教授。夫妻俩住在教授前妻的庄园。庄园里还住着教授前妻的母亲、兄弟、女儿。教授怀念过去的声望，受不了乡村的枯寂。女儿看透了教授的虚妄。兄弟埋怨教授剥夺了自己的青春。老岳母崇拜教授的知识，除了写在小册子里的知识，对什么都不宽容。所有人都不相信叶莲娜对教授的爱。叶莲娜说：

---

① 〔俄〕契诃夫：《契诃夫书信集》，朱逸森译，上海译文出版社，2018年，第38页。

这是一场所有的人反对所有的人的战争。(《林妖》第二幕)①

所有人反对所有人的战争,这就是契诃夫笔下的庄园,一个核心的生活象喻。这当然不是马克思式的社会学断言,也不是托尔斯泰式的时代控诉。这是契诃夫观察到的心理郁结:那些生活在一起的人们,那些需要爱也渴望爱的人们,却不知怎么,丧失了爱的能力,活在恨的惯性里。

契诃夫的庄园里,人们恨邻人,但首先恨自己;正因恨自己,所以加倍恨邻人。《没有父亲的人》里的普拉东诺夫、《伊万诺夫》里的伊万、《林妖》和《万尼亚舅舅》里的沃依尼茨基、《三姊妹》里的安德烈,都是恨自己的高手。

普拉东诺夫看似有几分见识,可以就任何一个话题发表高论,并把结论引向怨愤。可他最怨愤的,是自己。他说自己是一块平放着的石头,天生要妨碍别人。可能正是这种忧郁的夸夸其谈,让他颇有魅力。将军夫人爱他,夫人继子的妻子爱他,一个二十岁的平凡姑娘爱他,当然他的妻子也爱他。可他不爱自己,因此爱不了任何人。他心知肚明:他在女人们眼里的那种忧郁,其实只是怯懦虚伪,只是对生活的无能为力。因此,他既不敢爱,也不敢拒绝爱,只能和所有女人保持毁灭性的暧昧。他不喜欢这样,又不敢不这样。因为他承担不了任何决断。而生活需要决断。回到旧生活,开启新生活,都需要

---

① 〔俄〕契诃夫:《契诃夫戏剧集》,焦菊隐译,上海译文出版社,1980年,第255页。

决断。女人们都在鼓励他，等着他。只有他知道，一切早就完了。他不会有任何决断，因为他根本不想生活，他害怕生活：

> 哈姆雷特害怕做梦……我害怕……生活！(《没有父亲的人》第四幕)①

> 我说已经够了。我不需要新的生活。旧的生活还不知道该怎安排……我什么也不需要了。(《没有父亲的人》第四幕)②

> 我早就已经腐烂，我的灵魂早就变成了一副骨头架子，已经再也没有可能把我复活！把我埋葬得远一点，不要让它污染了空气！最后一次相信我吧！(《没有父亲的人》第四幕)③

《没有父亲的人》是契诃夫少年时代的习作。普拉东诺夫却是他一生写作的"原型人物"。他的剧本、小说，几乎是在变换各种方式讲述同一个普拉东诺夫的故事。表面上，他们的生活平静如常，但他们自己知道，生活搁浅了。他们的选择只有两个：要么忍受这种搁浅的生活，要么用一颗子弹结束它。托尔斯泰式的悔改、复活，不在他们的选项里。当他们在搁浅的生活里苦苦忍受时，他们自己就成了怨恨的发源地。他们恨自己，却表现得像是恨世界。他们没完没了地谈话，只是为了把绝望的"恨"装扮成似乎深刻的"思想"。契诃夫还喜欢给"普拉东诺夫们"安排一些"恋爱逸事"。但那只是为了显示

---

① 〔俄〕契诃夫，《契诃夫戏剧集》，焦菊隐译，上海译文出版社，1980年，第215页。
② 同上，第202页。
③ 同上，第204页。

"普拉东诺夫们"对爱的无能为力,对恨的驾轻就熟。

"普拉东诺夫们"需要为搁浅的生活找一个看似宿命的理由。

普拉东诺夫说自己是"愚蠢的母亲和醉鬼父亲生下来的"。《林妖》和《万尼亚舅舅》里的沃依尼茨基则怪罪自己的姐夫,那位退休教授。沃依尼茨基曾经崇拜姐夫,热爱姐夫写的每本书,每篇文章、每句话。戏幕拉开的时候,他已经变成偶像的戳穿者。他说姐夫是个谈了一辈子艺术却丝毫不懂艺术的庸人、骗子。他指责姐夫耗尽了他的青春和生命。他还暗自埋怨姐夫糟蹋了一个本该由他来爱的女人。总之,沃依尼茨基不断重申:自己本可以做出很多事情,成为一个人物;可是生活彻底搁浅了,就因为那个幻灭了的偶像。《林妖》的结尾,沃依尼茨基用子弹结束了这种生活;《万尼亚舅舅》的结尾,沃依尼茨基让生活继续下去。

《三姊妹》里的安德烈,曾是姊妹们的希望所在,曾经爱恋一个女孩。他结婚了。然后生活就变成了唯有忍受的事情。他忍受妻子,也忍受姊妹。他把怨恨指向死水般的家乡:"我们这个城市,存在了有两百年了,里边住着十万居民,可是从来就没有遇见过一个人和其余的人有什么不同,无论在过去或者在现在,从来没有出过一个圣徒,一个学者,一个画家或者一个稍微不平凡一点的、能够引人羡慕或者想去效法的热望的人。"(《三姊妹》第四幕)[1]其实,生活之所以犹如死水,只是因为它早已浸泡在更大的死水里—— 一颗习惯怨恨的心,迁怒于整座城。

---

①〔俄〕契诃夫,《契诃夫戏剧集》,焦菊隐译,上海译文出版社,1980年,第170页。

小说《决斗》里的拉耶甫斯基，和情人私奔，从彼得堡来到外省。私奔的理由当然是爱情，爱情里面当然还包含着对外省生活的浪漫想象。可是一到外省，这个男人立刻被烦琐生活压垮了。他想尽办法，借钱、说谎，就想着扔掉这个女人，独自回到彼得堡。但他心里清楚：回到彼得堡，他还会遇到另一个女人，匆匆忙忙爱上，然后拼命想要逃开。这里的生活不值得过，无论哪里，都是这里。拉耶甫斯基不但知道生活搁浅了，还喜欢谈论这搁浅。他甚至声称找到了搁浅的罪魁祸首：文明对人性的腐蚀。"我们受文明的害多么深啊！"①这是他的口头语。他喜欢谈论奥涅金、毕巧林，拜伦的该隐，巴扎罗夫，他说自己是这些畸零人的精神子嗣。他张嘴就是时代、潮流、遗传。他自己，则是个神经衰弱的可怜人，这一切的受害者。

败坏的父母，幻灭的偶像，死寂的故乡，有毒的文明，这就是"普拉东诺夫们"的理由。

读契诃夫，先得学会应付那些连篇累牍的议论。那是跟托尔斯泰完全不同的议论。托尔斯泰会让《克莱采奏鸣曲》里的波兹内舍夫、《安娜·卡列尼娜》里的列文、《复活》里的聂赫留朵夫替自己议论，甚至会在《战争与和平》里亲自上阵。他对历史、文明、生活有太多话要说。那些话，都跟他自己的悔过和得救有关，因此也和每个读者的悔过和得救有关。在契诃夫那里，议论本身不那么重要。契诃夫常常提醒读者，那些看似高明的议论，不过是些陈词滥调而已。说它们的人，并不懂得它们，重要的不是它们说出了什么，而是它们正在被

①〔俄〕契诃夫：《契诃夫小说全集》，汝龙译，人民文学出版社，2016年，第127页。

病人们说着。它们虽是用词语编织而成,其实更接近病人的一声声呻吟。契诃夫要写的,就是这些虚弱到必须用词语把呻吟掩藏起来的人。当普拉东诺夫、沃依尼茨基、安德烈、拉耶甫斯基滔滔不绝地谈论社会、家乡、文明及自己时,他们只是在用不太真诚的方式表达痛苦。只有当他们放弃那些词语时,他们的痛苦才震撼人心。《没有父亲的人》第四幕,那个也爱着普拉东诺夫的女孩儿问:"您哪里痛?"普拉东诺夫说:

　　普拉东诺夫在痛。①

病着痛着的,不是某个地方,是整个人。人们病着,痛着,爱不成自己,也爱不成邻人。

<h2 style="text-align:center">三</h2>

整个人痛着,整个生活搁浅着,所有苦在其中的人都谈论着这件事,事情的原因却晦暗不明。这就是生活里的那个"契诃夫结"。

契诃夫只是把这一晦暗不明的生活状态呈现出来,却不打算断定原因,更不打算提供解决方案。如他所说,艺术家的职责,在于提出问题,不在于寻找答案。

不过,契诃夫笔下的痛着的"普拉东诺夫们"的确常常呈现出同一种病状:过剩的知识,失控的言语。知识——词语对生活的毒化,这

---

① 〔俄〕契诃夫:《契诃夫戏剧集》,焦菊隐译,上海译文出版社,1980年,第216页。

的确是契诃夫的一个重要主题,或许也算是他给出的一个答案。在这一点上,契诃夫、托尔斯泰、陀思妥耶夫斯基惊人地相似。他们都在抵抗一种对生活的解构力量。可惜,评论家们似乎未尝留意。除了米沃什。

契诃夫当然不是那种以信仰之名憎恨知识的人。那种托尔斯泰式的对现代知识的厌恶,恰恰让契诃夫反感。他曾在私下跟朋友说,要是托尔斯泰多一些医学常识,对现代医学多些善意,《战争与和平》里的安德烈公爵或许不至于死掉。契诃夫相信现代科学,相信科学知识的增益将会改善生活,让人们活得更舒适、更体面,甚至能让人们在摆脱生存之虞后变得更友善、更仁慈。对他而言,这个趋势无需论证,也无需多谈。他忧心的是另外一种知识。这种知识,并不改善什么,也不生产什么,只是各种词语碎片的排列组合。它让人们轻而易举地变成生活评论家。契诃夫看到,在他的时代,这种知识正在充斥人们的心灵。它让愚蠢的人自以为聪明了,让聪明的人不知不觉间疯狂了。当然,这种知识从不以同一副面孔出现。在不同的人那里,它化身不同的"主义":自由主义、保守主义、斯拉夫主义、乌克兰主义,甚至包括托尔斯泰主义。在契诃夫看来,所有这些主义都不是什么新鲜的发现,正确的真理,而是一些两面带刺的盔甲。穿上盔甲的人,一边忍受剧痛,一边彼此攻击。一言以蔽之,它们是"意识形态知识"。

出名之后的契诃夫常常被评论家追问:您究竟是自由主义者,还是保守主义者? 他对朋友说:

我怕的是那些人,他们总要在字里行间寻找倾向,一定要把我看作自由主义者或保守主义者。但我不是自由主义者,不是保守主义者,不是渐进论者,不是修道士,也不是旁观主义者。我倒愿意做一个自由的艺术家,就是这么一点愿望而已。(1888年10月4日)①

所谓"自由的艺术家",就是指可以不受这些以"主义"自居的"意识形态知识"的蛊惑,可以透过各种"主义"看到一个个的人。当然,被各种"主义"俘获,因而舌头膨胀、心灵萎缩的人,也是人,也是人的一种特殊样子。契诃夫很早就关注这样的人:

这些人虽然是一些呆板、平庸、乏味的懒汉,他们虽然头脑和心灵都很空虚,却要努力装出一副高于中等水平并且在起着作用的样子,为此就朝自己额头上贴一些标签。

这是一个打着60年代旗号、萎靡不振、无所事事的庸人,他在中学五年级读书时捉住了五六个属于别人的见解,以后就躺在这些思想上停滞不前,顽固地唠唠叨叨,一直到死。这不是骗子,而是傻瓜,他相信他自己念念不忘,但又知之甚少或者根本不懂的东西。(1888年10月9日)②

这是他在二十八岁的时候就想用小说描写的人,也是他此后用

---

① ② 〔俄〕契诃夫:《契诃夫书信集》,朱逸森选译,上海译文出版社,2018年,第26页。

各种题材、体裁反复描写的人。这就是他眼里的知识分子的形象。越到后期,他笔下的知识分子越有象征色彩。契诃夫的文学世界里,引人入胜的不是某个叫知识分子的特殊人群,而是几乎所有人都知识分子化了,都成了害怕生活的生活评论家。

《没意思的故事》是一个老知识分子的自白。他在生命终结之际,发现一生积累的所有知识,缺少一条一以贯之的线,没了这条线,所有知识都没有意义。于是,每周一次,他和朋友一起痛骂大学、大学生、文学、戏院,空气装满这些恶意的话语,变得越发稠密闷人。《林妖》和《万尼亚舅舅》里,沃依尼茨基用全部激情戳穿教授姐夫的虚妄,可他仍然相信,自己本该成为叔本华或尼采。《决斗》的主题,只是两个邻人间的怨愤。可那两个邻人,却各用一套"主义"包装自己,指责对方。当代的读者,可以从那两个邻人身上发现各种引发了20世纪人类灾难的意识形态。《第六病室》的两个主角、《套中人》里的别里科夫,更是这种知识心灵的典型。所有这些知识心灵的共通之处是,舌头膨胀,心灵萎缩,害怕生活。可惜,汉语评论家眼里,契诃夫只是借助别里科夫们批判"沙皇制度"。

就连最不该知识分子化的人,也知识分子化了。《林妖》和《万尼亚舅舅》里,沃依尼茨基那位除了哲学小册子对什么都不感兴趣的妈妈,"一只眼睛瞅着坟墓,另一只眼睛在聪明人写的书本里寻觅新生活的曙光"。而他的外甥女,一边在日记里感慨爱情之不可能,一边谈论哲学先验论。《在庄园里》的拉谢维奇,自称年老的大学生、理想主义者、堂·吉诃德,一刻也不停地谈论文明的退化、贱民对种群的玷污。其实他二十多年来什么书都不读,也没去过比省城更远的地方。

但他诚诚恳恳地谈论科学、艺术、道德,无论谈什么,都会变成谩骂和诅咒。只不过,每次谈完话,回到自己房间,他都有些难为情。不谈话的时候,他才意识到自己竟是个爱流眼泪的人,那个让他拼命说话的,可能是魔鬼。《佩彻涅格人》里的老农,不愿多看一眼妻子和儿子,彻夜不眠地谈着时代思潮、道德败坏、电报、电话、自行车对世道人心的毒害。

所有这些知识分子,或曰知识分子化了的人,都足够博学。无论那博学是来自书本还是来自道听途说,他们至少有足够的语词,就历史、世界、种族、文明发表高见。但他们几乎没有能力理解自己和邻人的愁苦。这就是那种让契诃夫忧心的、毒化着生活的知识。它把人装扮得博学、正义,却实际上把人性拉低到野蛮的状态。《没意思的故事》那位老教授,一边在密室里释放恶毒的词语,一边在日记里责怪自己堕落成了奴隶和野人。《妻子》里的妻子痛斥自以为洞明世事、手持正义的丈夫:"您受过教育,有教养,可是实际上您还是个……西徐亚人! 这是因为您过的是闭塞的、充满仇恨的生活,什么人也看不见。"《林妖》里的叶莲娜说:

> 这多么可耻! 青年人一起成长一起受教育,互相以"你"相称,常常拥抱接吻,他们应该生活在和平与和谐之中,但可能很快他们就要互相吞食。(第三幕)①

---

① 〔俄〕契诃夫:《契诃夫戏剧集》,焦菊隐译,上海译文出版社,1980年,第280页。

有些教育、有些知识，正在把庄园里的邻人培养成敌人。

只有在书信里，契诃夫才正面谈论知识分子问题："我不相信我们的知识界，伪善的、作假的、狂热的、无礼的、懒散的知识界，就连他们在痛苦和抱怨的时候我也不相信，因为他们的压迫者就产生于他们的内部。"（1899年2月22日）①知识分子处于此种心灵状态，因此他们格外热衷于捕捉敌人，挑起"主义"纷争：自由主义与保守主义之争，唯物主义与唯灵主义之争，科学主义与信仰复兴之争……当托尔斯泰的孤独求索变成新一代知识分子口中的托尔斯泰主义，也成了挑起纷争的借口之一。契诃夫不太关心各种"主义"之间的理论辨析。他关心的，是这种"主义"嗜好对人和生活的破坏。在他看来，没有哪种"主义"能重新唤起世间的理解和爱。那些嗜好"主义"的人们，对此也根本不敢兴趣。他们只是出于闲散，必须用词语毁掉些什么。《海鸥》里那位著名作家，灵机一动，在本子上写了几句话：

> 一片湖边，从幼小就住着一个很像你的小女孩子；她像海鸥那样爱这一片湖水，也像海鸥那样的幸福和自由。但是，偶然来了一个人，看见了她，因为没有事情可做，就把她，像这只海鸥一样，给毁灭了。（第二幕）②

知识分子总要游手好闲地毁灭些什么，这是契诃夫笔下最惊心

————————

①〔俄〕契诃夫：《契诃夫书信集》，朱逸森选译，上海译文出版社，2018年，第144页。

②〔俄〕契诃夫：《契诃夫戏剧集》，焦菊隐译，上海译文出版社，1980年，第144页。

动魄的现代世界图景。

四

生活的搁浅,心灵的疼痛,意识形态知识的荼毒,这是契诃夫的主题,也是托尔斯泰的主题。当然,他们都不会停留于此。托尔斯泰让他的主人公成为孤胆英雄,独自从困境中冲撞出一条生路:《战争与和平》里的皮埃尔,《安娜·卡列尼娜》里的列文,《复活》里的聂赫留朵夫,《克莱采奏鸣曲》里的波兹内舍夫,甚至《伊凡·伊利奇之死》里的濒死的伊凡,当然,还有《忏悔录》里的托尔斯泰本人。这些主人公大多冲破知识迷障,重新看见生活本身。对托尔斯泰而言,真正的生活,就在农庄、家庭,就在妻子儿女身边,就是春种夏长秋收冬藏偶尔的狩猎。重新看见生活,等于回到《福音书》的正统教诲。托尔斯泰的答案,恰恰是契诃夫不能接受的:

> 写呀,写呀,到后来一下子把什么都推诿到《福音书》的本文上去,这么做宗教气未免太重了。凭《福音书》上的本文来解决一切。这做法和把囚犯分成五种的写法一样,太随意了。(1900年1月28日)①

皮埃尔、列文、聂赫留朵夫、波兹内舍夫、伊凡的苦苦求索,就是托尔斯泰的苦苦求索。到了读者契诃夫这里,这些苦苦求索就只剩

---

① 〔俄〕契诃夫:《契诃夫书信集》,朱逸森选译,上海译文出版社,2018年,第163页。

下武断的答案。苦苦求索,是托尔斯泰的诚恳。不能把那些求索当作答案接受下来,是契诃夫的诚恳。托尔斯泰笔下的列文们,是任何时代都可能出现、任何时代都不可能量产的孤胆英雄。这样的孤胆英雄,不可能说服普通读者,也不必说服普通读者。托尔斯泰写他们,只是因为他得跟自己对话,并且必须把对话记录下来。契诃夫从来不关注孤胆英雄。他要描画的,是失去了孤胆英雄之后的时代的空气和氛围。换句话说,是那些以色块的方式堆积成印象派风景画的普通人。

所谓普通人,包括缺乏托尔斯泰式勇气的知识分子,包括染上知识分子病的家庭妇女、农民,恐怕也包括契诃夫自己。他们感受到生活里那个几乎解不开的"结"。但他们不会像托尔斯泰那样,穷尽一生去探究解"结"之道。他们当中最诚恳的一些,不打算相信托尔斯泰给出的那个解"结"之道。而这,正是契诃夫的处境,也是契诃夫的出发点。

如果只是满足于剖析生活的搁浅、展示心灵的疼痛、控诉意识形态知识的荼毒,那就不是契诃夫了。如果只是照收托尔斯泰的答案,那也不是契诃夫。尽管声称艺术家的职责不是提供答案,契诃夫还是给出了他自己的替代答案。他的答案,不像托尔斯泰那般斩钉截铁,义正词严,而那正是契诃夫的魅力所在。

如何解开"契诃夫结"? 契诃夫的答案之一,是寄望于未来。对未来的希翼,是契诃夫小说、戏剧的常见话题。越到后期,这个话题的分量越重。读过《林妖》《万尼亚舅舅》《三姊妹》《樱桃园》的读者,不可能不被那种渴望未来、相信未来的氛围打动。同样的氛围,也时常闪现在契诃夫的小说里，以至于不少评论家以为他是在期盼某种"主义"制造的人间天国。我想，契诃夫的"未来"，只是托尔斯泰式"福音"的替代品。托尔斯泰说：无论何等纠结之中，你总能回到正统，只能回到正统；而且那个"回到"，只能依靠你的决断。契诃夫则关心、同情那些无力决断的人们，他们永远是人类的大多数。对这样的人而言，只能把获救的希望寄托于某个集体的未来。契诃夫的"未来"，其实是托尔斯泰式"忏悔""复活"的替代品。

用"未来"替代"忏悔"和"复活"，这是契诃夫最不像托尔斯泰的地方，也是他们最相像的地方。相像，因为他们都不愿接受生活的搁浅，心灵的毒化；不像，因为"未来"和"忏悔"之间，有着神学的不相容。

如何解开"契诃夫结"？契诃夫的答案之二，是生活本相的忽然发现。《妻子》里那位丈夫，经过苦苦煎熬之后，忽然发现，只要放下那些"标签""尺度""原则"，就能看清眼前这个活生生的人。一旦拿起那些东西，就什么都看不见。《决斗》里的两个邻人，经过一次荒唐的决斗，忽然发现，可以不谈道理地彼此祝福。《大学生》里那位对神学失了兴味的神学生，忽然发现，乡间农夫和圣徒彼得处在一根琴弦的两端：

真理和美过去在花园里和大祭司的院子里指导过人的生活，而且至今一直连续不断地指导着生活，看来会永远成为人类生活中以及整个人世间的主要东西。于是青春、健康、力量的感觉，对于幸福，对于奥妙而神秘的幸福那种难于形容的甜蜜的向往,渐渐抓住他的心,于是生活依他看来,显得美妙、神奇,充满高尚的意义了。①

《花匠头目的故事》里的人们,忽然发现了"不需要理由的宽恕"②《在峡谷里》的受苦的人们,忽然发现受苦与获救的关联:

> 生来穷苦、准备照这样过一辈子、除去惊恐而温柔的灵魂以外愿意把一切都献给别人的丽巴和她母亲,也许在这一刹那间会隐约感到:在这广大神秘的世界里,在生命世世代代无穷的延续中,她们也是一种力量,而且比某些人上流吧。她们坐在坡上挺痛快,幸福地微笑着,却忘了她们还得走下斜坡回家去。

还忽然发现了类似于神恩的慈悲:

> 一种没法慰解的悲痛准备来抓住她们的心。可是她们觉着在高高的天上好像有人低下头来,从那一片布满星斗的蓝天里瞧着下界,看见了乌克列耶沃发生的种种事情,注视着。不管罪恶有多么强大,可是夜晚仍旧安静美丽,上帝创造的这个世界里现在有,将来也会有,同样恬静美丽的真理。人间万物,一心等着跟真理合成一体,如同月光和黑夜融合在一起一样。③

① 〔俄〕契诃夫:《契诃夫小说全集》,汝龙译,人民文学出版社,2016年,第216页。
② 同上,第259页。
③ 同上,第375页。

所有这些"发现",都忽然发生于关于生活的夸夸其谈之外。

有不少评论家说《大学生》是契诃夫最好的小说。我觉得,《大学生》是最不像契诃夫的小说。因为在这类作品中,向来不喜欢托尔斯泰式神学的契诃夫,给出了托尔斯泰式的神学。

在我所受的汉语教育里,契诃夫是个沙皇制度、资本主义生活的讽刺家。当我认真重读契诃夫时,发现他是托尔斯泰式的"神学家"。我所谓的"神学家",是对人之获救感兴趣的人。关于获救,托尔斯泰给出了方案。契诃夫则只是暧昧地保留获救的希望。这是他们最大的差异。可是关于人需要获救这件事,契诃夫大概要比托尔斯泰更胜一筹。因为他写的不是渴望获救的孤胆英雄,而是深陷"契诃夫结"里的我自己。

2019 年 3 月

守住日子：
读罗森茨维格

一

1920年,三十四岁的弗朗茨·罗森茨维格出版了《黑格尔与国家》。黑格尔,是他在弗莱堡读博士时的课题之一。他调阅、追踪了不少的一手文献,包括黑格尔的手稿,甚至从黑格尔的手稿里面发现了属于谢林的思想片段。他曾为这项智力工作激动不已。最后的结论也称得上深刻:黑格尔的国家观念里有一种强烈的反个体的冲动,这个冲动则植根于一种模糊的、僵化的、超人的命运观念;在黑格尔的体系中,作为命运之展开的历史和作为道德之建筑的国家,被设计出来反对每个个体。

罗森茨维格的导师梅因奈克相当欣赏他在学术上的才华和能力,主动提出给他一个大学讲师的职位。罗森茨维格为此写了一封长信,主题是拒绝。写信的时候,德裔犹太人罗森茨维格已经是一名虔敬的犹太教徒。虔敬的意思是,他严格遵守犹太律法,研习犹太典籍,并且决定致力于为上帝和人——当然,首先是犹太人——的救赎服务。为此,他愿意放弃自己的学术前程。

在给导师的信里,罗森茨维格尽量不谈信仰问题,大量的笔墨,用来解释职业激情的转向。他告诉导师,自己曾经是一名学术爱好者,尤其热衷于历史研究。那是一种把零碎信息搜集起来,研读、理解,最终赋予它们秩序的智力劳动。一个有天赋的年轻人,可以从这样的劳动里获得智力的、美学的满足。罗森茨维格深知其中滋味。他毫不怀疑,自己拥有这样的天赋,因此配得上这样的满足。可是,他忽然发现,自己可能是用批量制造的满足感掩盖真正的饥渴。从前他相信,顺从天赋是一个人必须遵守的生活律令。顺从天赋,取得成就,从而满足,是一个人所能过上的最好生活。现在他不这么想了。一切都反了过来:他坚信,对个人天赋的服从毫无意义,甚至可以说是自我奴役。有些地方,人没法随身带着天赋抵达。在那里,人该做的,不是寻找个性,而是让自己变成容器,让某些东西注入进来。罗森茨维格就在那个地方。他不断寻找隐喻,好让导师明白究竟发生了什么。但他知道这未必有效。所以,他也写下了最直白的句子:"认识(亦即对于知识的训练有素的、系统化的追求)对我来说已经不再是值得追求的目标。"(1920年8月30日,致弗里德里希·梅因奈克)①

梅因奈克教授的确不能理解学生的决定。一个有才华的青年,就这么放弃学术上的远大前程,把大好精力投注到所谓宗教事务上去。这很可能是一种虚无感之下的慌乱决定。战败之后,很多德国青年身上都有这种虚无感。从教授那方面看,这是唯一合理的解释。当然,教授错了。

---

① 〔美〕纳胡姆·格拉策:《罗森茨维格:生平与思想》,孙增霖译,漓江出版社,2017年,第150页。

二

罗森茨维格的转变发生于一个瞬间。那是一个漫长的瞬间,可以追溯到1913年。那时的罗森茨维格刚刚取得博士学位。他对黑格尔及黑格尔所属的哲学传统了解很深,他自己的心智也由这个传统养育。这个传统的标志之一,是一个体系接着一个体系,一个体系取代另一个体系。每个体系都宣称取得了重大进步。而所谓进步,当然是指人对真理的认识更真切了。

除了是一名渊博敏锐的哲学史学者,罗森茨维格还是一名犹太人,生于19世纪末,长于20世纪初的犹太人。这是什么意思呢?什么意思也不是。他写过大量文字,反省现代犹太人的处境。现代犹太人的重点,不在"犹太"而在"现代"。跟地球上所有老大民族一样,犹太人身处一股同化洪流之中,被现代西方世界同化。犹太青年,正在义无反顾地舍弃犹太生活。犹太哲人,则在拼命地论证传统经文与现代观念并不冲突。岂止不冲突,很多第一流的头脑几乎断言:经过提炼的犹太信仰,就等于现代人热爱的民主、自由、平等。

所以,一名现代犹太人,不多不少,正好等于一名现代人。犹太人天然与基督教保持距离。但一名现代犹太人对基督教的淡漠,只是现代心灵对信仰的淡漠,而非犹太教徒对异教信仰的淡漠。他不是不愿相信基督教的上帝,而是无法感知任何上帝。如何称呼上帝还是次要之事。问题的核心是,一个现代犹太心灵,跟其他现代心灵一样,很难与神圣事物发生关系。越是敏感、真诚的心灵,难度越大。

　　1913年前后的罗森茨维格，就拥有这样的现代心灵。他所接受的哲学养育，不断向他灌输这样的信念：真理，是一桩认识事业；所谓认识事业无非是说，彼处有一物，人类终有一天能够说明它"是什么"；设若上帝是真理，那么上帝亦是一桩认识事业——彼处有一上帝，人类终有一天能够说明它"是什么"，或者"什么也不是"。依照这种思维，人不可能走向上帝。人越奋力研究上帝，越使自己走向虚无。1913年，哲学史学者罗森茨维格发现，自己就是这种思维的造物。他所钻研的黑格尔哲学，要算哲学史上"认识上帝"的一桩伟业，也代表了"认识上帝"的绝路。黑格尔把上帝封印到历史当中，断言认识上帝即是认识历史。结果则是，上帝被简化成不死的拿破仑。简化了上帝，等于抹掉了上帝。和上帝一同被抹掉的，还有必死的拿破仑统治下的渺小个人。于是，唯一骇然矗立的，只剩下国家。这就是罗森茨维格在《黑格尔与国家》里推演的精神危机。

　　发现危机，表述危机，反省危机，不等于解决危机。相反，对黑格尔传统的剖析等于对自身心灵母体的剖析。对一名哲学史学者而言，这形同精神自尽。一个人，自断双足还想站立，自断头颅还想生存。不只荒谬，而且绝望。

三

　　1913年的罗森茨维格就经受着荒谬感、绝望感的双重夹击。他也向黑格尔之外、之后的哲学寻求救助，比如叔本华、克尔凯郭尔、尼采。情况并没有变好。越是研读哲学，他越是确信，自己的感觉无误。但这不是什么值得欣慰的事。准确地感知到荒谬与绝望，这有什么可欣慰的呢？

正在此时，罗森茨维格遇见了罗森斯托克。

罗森斯托克是一位博学的朋友，精研哲学、法学、社会学，也是一位虔敬的基督徒。二人在学识和心智上旗鼓相当，唯一的不同是：一个深陷荒谬感、绝望感之中，另一个愿意随时祈祷。对罗森茨维格而言，遇见罗森斯托克，是一件大事。如果这样一位学者和思想家都能够接受宗教，并以之为人生指南，这至少说明，思想和信仰相结合是可能的。罗森茨维格曾经在黑格尔的体系里寻找这种结合，什么都没找到。

有一天，罗森茨维格问："如果所有的答案都无济于事，又该如何？"罗森斯托克说："那时我会走到下一所教堂，跪下，并且尝试着再次祈祷。"对于提问者，这句话比所有关于上帝的思考都有力，比所有在黑格尔和尼采之间的辨析抉择都有力。因为他让罗森茨维格看到的，不是一条严谨的论证，而是一个鲜活的生命。

1913年7月7日的晚上，罗森茨维格决定皈依基督教。他把决定透露给母亲，母子关系一度紧张。毕竟，这是一个犹太家庭。

1913年10月11日，罗森茨维格在柏林参加犹太教的赎罪日祭典，决定保留犹太人身份。从此，他的生活发生转向。他从一名学者（现代学术体系意义上的学者）变为一名学习者。这个现代犹太青年，开始学习做一名犹太人，并向世人讲述这件事意味着什么。

没人知道1913年10月11日那个赎罪日发生了什么，罗森茨维格自己也不曾清楚地说明。多年以后他在一篇随笔里谈论"奇迹"：

　　每一个奇迹都可以解释——但要等到事后。并不是因为奇
迹不是奇迹，而是因为解释只是解释。

　　……

　　关于奇迹，没有任何神奇之处，除了它确实来临。(《生平与思
想》第366—367页)

　　在写给导师的那封信里，他同样拒绝解释和说明，宁愿用一个可
能让旁观者感到失望却又安心的表述：

　　1913年，有些事情在我身上发生了，对它们，只能恰当地用
"崩溃"来形容。[1]

四

　　1913年，罗森茨维格已经在黑格尔的政治哲学上花了三年时
间。但那本《黑格尔与国家》还是拖到七年之后才出版的。出版的
时候，他已经不把这本书看得有多重要了。因为他业已发现更重要
的事。

　　从1913年到1920年，罗森茨维格的生活主题有三：参加一战，创
办教育机构、推广犹太教育，撰写《救赎之星》。

　　战争裹挟了每一个德国人，乃至每一个欧洲人，因此无需详述。

　　推行犹太教育的想法，萌生于战争期间。直至生命终了，罗森茨

──────────

[1]〔美〕纳胡姆·格拉策：《罗森茨维格：生平与思想》，孙增霖译，漓江出版社，2017
年，第151页。

维格都把这当成头等大事。但要理解此事之重要,还得先了解那本
《救赎之星》。

1918年8月22日,在回归巴尔干前线的途中,罗森茨维格开始撰
写《救赎之星》。1919年2月,写完。1921年,出版。

后世读者很难给《救赎之星》定位。它既不是宗教之书,也不是
哲学之书。不是宗教之书,因为它谈论的既不是犹太教也不是基督
教的正统神学。不是哲学之书,因为它既不是像黑格尔那样讲哲学,
也不是像20世纪的哲学教授那样搞哲学,尽管它的作者本有可能成
为哲学史专家。

罗森茨维格自己还是愿意称此书为哲学。用他的话说:

> 每个人都应该在自己的人生的某个时刻尝试一下哲学工
> 作,发挥他自身的优势,仔细观察一下四周。但这样的审视不
> 应该局限在自身之内。这本书并不是终极目标,它甚至算不上
> 短期目标。它更应该不断完善自身,或者被类似的东西所超
> 越,它自身必须得到修正。而这样的修正就发生在日常的生活
> 过程中。①

作为哲学作品的《救赎之星》,正是罗森茨维格对生命的修正之
书,或者说,一个修正的起点。

---

① 〔美〕纳胡姆·格拉策:《罗森茨维格:生平与思想》,孙增霖译,漓江出版社,2017
年,第26页。

五

修正的需求,源于1913年赎罪日的那场"崩溃"。某个瞬间,发生了某些不可言说的事情。相似的事情,罗森茨维格也曾在罗森斯托克身上看到过。正是这些不可言说之事,把他接引到信仰面前。但这并不意味着他必须因此放弃理智。罗森斯托克是博学而谨严的学者,罗森茨维格也是。他不是作为反智者迎接那一瞬间的。比这更重要的是,他从未打算接受那种似是而非的流俗说法:一个人得分别为信仰和理智开立两个账户。正因如此,他在某个瞬间猝然领受了一件事,还得用漫长的时间消化这件事,尤其是让理智消化它。

《救赎之星》之所以被作者视为哲学书,原因就在这里。它的使命,是帮助一位哲学探险家消化一件事,世俗意义上的哲学消化不了的事。所以,罗森茨维格把从《救赎之星》里发端的哲学称为"新哲学""新思维"。

所谓"新",并无与"旧"分庭抗礼、建立新体系、标划新时代之意。这恰恰是旧哲学常有的冲动。罗森茨维格强调的"新",无非是指出"旧"日哲学之路的绝境。

无论是康德、黑格尔,还是堪称现代宗教的实证主义,都把人与上帝的关系视为一桩认识事业。所有认识事业的核心问题,都是"是":他是谁,他是什么。此种发问还有更深层的假设:一切认识的阿基米德支点,是"我";我发问,我探索,我知晓,我怀疑,我否定;而所有这些"我",又被假定为普遍的、抽象的、公式般的东西。

　　所有受到现代哲学养育的心灵，无不带着这些假设寻求真理。他们坚信有一个公式般的"我"，坚信可以靠这个"我"找到一个公式般的"上帝"，找不到，就否定他。不是只有读过康德、黑格尔的人才受他们的哲学养育。那些继承了他们词语碎片却浑然不觉的人，受到更深的养育，深到忘了源头。此种哲学、此种思维、此种心灵，必然把人引向怀疑和虚无。因为这无非意味着，人们要仅仅依靠理智，觅得一个为理智批准的上帝。等到寻觅失败，他们就把对理智的求全之怒转嫁给上帝。这就好像，人拼命用手把自己提向天空。手失败，人却手指天空，破口大骂。

　　依凭抽象之自我，寻找抽象之上帝。这是一种现代冲动。这也正是罗森茨维格所指称的"旧哲学"。这种对"抽象"的爱好，像恶魔一样吸引着每个现代心灵，让他们疑虑重重，被怀疑主义和理智上的种种不信任拖累得精疲力尽。罗森茨维格在自己身上也发现了一个这样的人。

　　因此，《救赎之星》是一本战争之书。罗森茨维格要为自己而战，为一个精疲力尽的现代心灵而战。战争的对象，则是诸种把人引向绝望的旧哲学。但是，罗森茨维格的"新哲学"并不声称提供新道路。他的所有努力，只是为"开端"开辟一种可能。长久以来，这个"开端"被诸种旧哲学封堵了。在一篇笔记里，罗森茨维格说，"开端"所需的全部，无非是人的谦逊。而旧哲学向人提供的全部武器，都在封堵这份谦逊。至于"开端"之后的事情，不可以由任何哲学来规划。"规划"这个词，指的是人对制造物的权力。而"开端"所指向的，不是人的造物。

　　在生命中特别需要哲学的时候，罗森茨维格从一个哲学史学者变成哲学家。但他根本不希望让写在《救赎之星》里的哲学成为哲学史上新的一种。他盼望的，只是通过告别旧哲学，开启一种新生活。旧哲学，训练心灵成为真理的法官。新生活，则要求人成为真理的容器。

1920年，罗森茨维格拒绝了弗莱堡大学的讲师职位。那时，《黑格尔与国家》已经出版，《救赎之星》已经写完。梅因奈克教授在乎的，当然是前者。罗森茨维格自己则忍不住提及后者：

> 那个撰写了《救赎之星》并在不久之后由法兰克福的考夫曼出版社出版该书的人，跟《黑格尔与国家》的作者完全不同。①

导师希望他延续那条由《黑格尔与国家》开启的道路。罗森茨维格则必须听从另一个"开端"的召唤。当然，既然新生活已经开启，所谓的"新哲学"也就不那么重要了：

> 当所有的话都说完，所有的事都做过了之后，新出的书仅仅是——一本书而已。我并未给它添加任何过分的重要性。②

六

罗森茨维格拒绝了大学讲师职位，这意味着他拒绝做一名在讲

---

①②〔美〕纳胡姆·格拉策：《罗森茨维格：生平与思想》，孙增霖译，漓江出版社，2017年，第152页。

台上宣讲别人哲学的哲学史家。同样的,他终身致力于犹太教育,也不是要向学生宣讲自己的哲学。他从事的犹太教育,跟各色以"犹太"为名的政治运动毫无关联。他所谓的犹太教育,无非是帮助人摆脱"恶魔般的"对抽象的爱好,过上扎实而具体的生活。对一个犹太人而言,那当然优先意味着:犹太人的生活。他始终相信另一位老师瓦尔堡的格言:上帝是具体的。

正是在这个意义上,罗森茨维格的"新哲学"对每个渴望过具体生活的人都有教育意义,不止他的犹太学生。"新哲学"里两个词尤其重要:"和"与"时间"。

对于真理,旧哲学热衷于谈论"是"。罗森茨维格说,人与真理的关系,乃是"和"。热衷于谈论"是"的人,相信自己可以发现真理,评断真理,必要的时候制造真理。"和"则意味着,真理是某种从生命的外面涌进来的东西。人不能像拥有一物那样拥有真理,只能在某个瞬间跟真理相遇。人不可能用词语抓住真理的抽象本质,只能在猝然相遇那一刻决定自己和真理的关系。

诸种旧哲学所导向的对抽象事物的爱好,让人把真理视为"他物"。这只能让他止步于某些低级知识,比如"1+1=2",再比如,相对论。罗森茨维格说,相对论并不比个位数的加法高级多少,只要多花一点儿时间和脑力就能弄明白。可是那个至高的真理,不是什么"他物"。人和真理的关系,只能是一次又一次具体的相遇。

罗森茨维格和他的朋友们共享这一洞见。《救赎之星》出版于1921年。马丁·布伯则在次年出版的书里表述了相似的意思。那本书就名为《我与你》。布伯长罗森茨维格六岁。二人是犹太教育的亲

密合作者。罗森茨维格在生命的最后几年，与布伯合作，把希伯来文
《圣经》译成德语。

在《我与你》里，布伯区分了人与世界的两个原初词："我与它"，
"我与你"。前者，表达人与工具化世界的关系。后者，是人与真理的
关系。人总是靠着"我与它"掌控世界，也使自己被掌控。人必须依
靠"我与你"的相遇重获生机和自由。不去挖掘、掌控、驱使、奴役
"它"，人便无法生存。不和"你"相遇，人的生存便堕入虚无。"我与
你"的相遇，只能发生于瞬间。若封堵了这个瞬间，天长地久的生存
无非意味着天长地久的虚无和奴役。

罗森茨维格和布伯与之战斗的那些旧哲学，正是那些蓄意封堵
"我与你"之瞬间的哲学。这样的哲学，把人封堵在宇宙这个漫无边
际的牢笼里。

"和"的哲学导向一个更深刻的洞见：上帝与人的关系是直接的，只
能是直接的。换句话说，启示和救赎不以间接的方式发生。诸种旧哲
学向人们兜售了各色间接救赎：历史、国家、种族。正是各色间接救赎
的欺人之谈，导致一些人对另一些人的生活的剥夺，导致大多数人对自
己生活的舍弃。正是各色间接救赎的欺人之谈，让"我与你"的相遇蒙
受污名，遭受指控，竟至忙于用"我与它"的语汇自证清白。此事之荒
唐，一如让两个四目相对意乱情迷的恋人用心理学、社会学、生物学的
语汇自证幸福。此事之荒唐更在于，连当事人都渐渐不觉其荒唐。

"我与你"之相遇只能发生于瞬间。因此，那些封堵此一瞬间的
哲学势必致力于垄断人的时间。黑格尔的历史哲学、政治哲学，深刻
而凶险。因为它让国家、民族、种族成为个人生活的代理人。继而让

那些被辩证法规定了的"历史阶段"成为时间的基本单位。于是,那种让"我与你"相遇的瞬间,成了非法之事。这种非法感,不只是政治的、哲学的,而是弥漫心灵的。它让快要窒息而死的心灵,害怕和逃避性命攸关的瞬间。这是一种现代罪感。黑格尔哲学的众多继承者们,无不奋力巩固这一现代罪感。

人和真理只能在"我与你"中相遇,相遇只能发生于瞬间,瞬间只能植根于具体的生活。这就是"新哲学"想要告诉人们的。相反,各色旧哲学则渐渐蜕化彼此交织,终于在20世纪形成一种充斥世界的政治宣传:

> 当今世界上的国家会迫使我们放弃好多值得追求的事物,目的不是为了一个更好的明天,而是为了一个更好的世纪。①

七

罗森茨维格的"新哲学"意在让人们重审生活之根基。他和布伯等人一同倡导的犹太教育,则意在帮助学生成全具体生活。哲学是个开端。生活则是道路。只有在扎根的生活里,"我与你"才可能相遇。

就连"生活"这个词也容易成为一个用于抽象讨论的概念。在"自由犹太学社"里,"生活"不是哲学讨论的对象。"生活"首先意味着学习。这些犹太人,愿意学习过一种犹太生活:遵循律法,谨守节日,

①〔美〕纳胡姆·格拉策:《罗森茨维格:生平与思想》,孙增霖译,漓江出版社,2017年,第285页。

研读经书,祈祷。以及,在这些日子中倾听,奉献。对于犹太人,学习犹太生活,捍卫犹太生活,就是捍卫人的生活。理由很简单,不存在抽象的公式化的人的生活。具体的犹太人,必须领受、领会上帝具体的馈赠。

在犹太学社,罗森茨维格是教育者,也是学习者。对他而言,教育首先意味着学习。三十出头的他,不是犹太事务的专家,而是一个想要回家的人:

> 今天,没有哪一个人没有被异化,或者说,没有哪一个人不在自身之中蕴含着异化的碎片。对我们所有人来说,犹太教、做一个犹太人,再次变成了我们生活的核心……这是一种新型的学习……这就是说,不是那种犹太事物的专家;或者,如果他恰巧是这样的一个专家,那么他的成功不在于专业能力,而仅仅在于他是一个被异化过的人,就像一个摸索着回家的路人一样[1]。

这位学习者,努力守候犹太人的日子。1920年9月15日,他写信给要来拜访的朋友,给他一份犹太家庭时间表:

> 你什么时候来? 一定要保证不能来得太晚。我会给你一张

---

① 〔美〕纳胡姆·格拉策:《罗森茨维格:生平与思想》,孙增霖译,漓江出版社,2017年,第303页。

犹太节日的列表——其中所有的节日都很不幸地在这个时间接踵而至——以便你不会在来的时候正好闯进了一个你本来可以避免的节日。……但是除非有绝对的必要,请不要在未经事先通知的情况下突然造访,这对家里的主妇来说太过突然,她必须从周四开始就为安息日做准备——那确实是个累活——因为在安息日期间不能做任何工作。遇有紧急事件可以打破安息日,但它会把安息日弄得零散,而这样的碎片是毫无价值的。某天当我怀念海德堡的列车时所产生的不快并非无的放矢;一个破坏了的安息日是被从根本上摧毁的安息日,无论我自己是否该为之负责。(《生平与思想》①)

一个与神相遇的人,或曰一个"有信仰"的人,是努力捍卫这些日子、认真经验这些日子的人,而不是用某种特殊的语言谈论神的人。正是这些日子,唯有这些日子,以及在这些日子里发生的"相遇",才能给人的生活提供支点:

在此,"有信仰"一词并不意味着某种束缚人的教条,而是有能支撑一个人的全部存在的支点。在这个意义上,异教徒也可以是有信仰的,而极端正统派也可能是无信仰的。(《生平与思想》②)

---

① 〔美〕纳胡姆·格拉策:《罗森茨维格:生平与思想》,孙增霖译,漓江出版社,2017年,第155—156页。

② 同上,第281—282页。

八

1920 年 12 月,罗森茨维格和新婚妻子搬进舒曼大街 10 号的阁楼。一年之后,他首次注意到身体上某些严重的征兆。1922 年 2 月,他收到医疗检测结果:肌萎缩侧索硬化症伴随进行性延髓瘫痪。8 月,书写变得困难,语言逐渐不清。11 月,完全丧失写作能力。1923 年春,完全丧失语言能力。秋天,四肢完全瘫痪。1929 年 12 月 10 日,罗森茨维格在阁楼上去世。

瘫痪之后的六年,罗森茨维格与布伯合作,把希伯来文《圣经》译成德语。他还整理出版了《犹大·哈列维选集》,并为哈列维的诗作撰写注释。全部写作,都在夫人帮助下艰难进行:

除了大量的时间不得不花在穿衣脱衣和吃饭上,一天还剩下几个小时用于工作。1922 年 12 月,他无法再指挥自己的双手,病人不得不开始对他的妻子口述,他发现这样做非常困难。但是这种口述很快也停止了,因为语言器官也逐渐麻痹了。1923 年春天,为了促进交流买了一台打字机,这是由通用电气公司订制的特别型号。这台机器的结构是这样的:操作他的人只需要移动一根简单地放在包含着所有字母的圆盘上面的杠杆,直到指针指向了某个想要的字母的同时,按一下单个的键,把那个字母打印出来。一开始,罗森茨维格还能自己操作这台机器,但到了后来,他不得不用左手指点字母。病人的胳膊和手是由吊在他附近的一根杆子上的吊索支撑着的。按键由其他人操作,通

常是罗森茨维格夫人。最终他口述字母的能力也减弱了,因此人们不得不靠猜测来进行确认……①

正是在这段时间,诗人卡尔·沃尔夫斯凯尔登门拜访了罗森茨维格。他回忆,自己见到了一位自由国度的王:

无论是谁,只要他跨过了罗森茨维格的门槛,就像进入了一个神奇的世界,就像被某种轻柔而强大的魔法所击中——事实上,他自己也变成了一种有魔力的存在。日常生活的固定不变的、人所共知的形式消失不见,取而代之的则是种种的不可思议。在书桌后面,扶手椅上坐着的,并非是人们在上楼时想象的那个身患疾病、完全无力的、生命力几乎丧失殆尽、安抚和宽慰也无济于事的人;相反,在书桌后面,扶手椅上坐着的弗朗茨·罗森茨维格却活得像一位国王。每当我们的眼光相遇时,彼此之间就有了默契。所有有形的事物,无论是物体还是声音及其回响,都臣服于一种新的秩序,所有这些都在宽松的、无须刻意努力也无须刻意调整的情况下被整合进一种彻底而纯粹的、本真的、在美的光芒照耀下的生存状态中。在此绝不可能有别的情况发生,因为统治着这里的并不是压迫和强制,而是绝对的自由……

一扫而光的不仅是无聊的人类感情,焦虑和不安,得到升华

---

① 〔美〕纳胡姆·格拉策:《罗森茨维格:生平与思想》,孙增霖译,漓江出版社,2017年,第203页。

的也不仅仅是所有来自健康人的微不足道的、自我满足的同情心。在这里发生了更多的事情：随着这个人的出现，人自身的幸福确实是在最完全的意义上得到了保证，而且同他的精神完全协调一致。靠近弗朗茨·罗森茨维格，一个人就会找回自我，就会如释重负、不再压抑、一身轻松。无论谁来拜访，他都会引领他进入一场对话，而恰恰是他的倾听本身就是一种雄辩的说明、一种答复、一种召唤、一种肯定、一种指引，更不用说那令人难以忘怀的深沉而温暖的目光。①

九

2018年春节前那几天，我第一次听说罗森茨维格，第一次知道他是马丁·布伯的同道。整个春节，我一直读他的书。一本是《救赎之星》，一本是其学生编写的《罗森茨维格：生平与思想》。我抄了很多句子，也想了很多事，好像遇见一位庄严的父辈和兄长。1918年，他动笔写那本《救赎之星》。整整百年之后，我觉得是在跟他对面晤谈。

罗森茨维格生于1886年，比胡适大六岁，比冯友兰大十岁。当他从旧哲学的噩梦中警醒，以全部生命守护生活的时候，他与之斗争的那些旧哲学正争相以真理之名在中国蔓延。他当然不会知道，他曾描述的那种时间讹诈，将会逐渐垄断汉语心灵，直至今日：

---

①〔美〕纳胡姆·格拉策：《罗森茨维格：生平与思想》，孙增霖译，漓江出版社，2017年，第30—31页。

当今世界上的国家会迫使我们放弃好多值得追求的事物，目的不是为了一个更好的明天，而是为了一个更好的世纪。

等待更好世纪的汉语心灵，一边糟蹋自己的日子，一边顺从不死的拿破仑，崇拜必死的拿破仑。

2018年2月

不合时宜的人

曼的病人：
读托马斯·曼

一　祛魅与着魔

正月十五,没有鞭炮,不能出门,照旧活在手机屏幕里。这个时候,书上说的"邻人"变得格外抽象。大家天涯若比邻地亲近,咫尺若天涯般地陌生。每个邻人都尽量平和、温煦,又都很容易受伤、愤怒,我也是。至于生活的变化,其实不大。关掉手机,翻出读书卡片,随手摆弄,跟自己玩儿些面包、马戏、恺撒之外的游戏。1942年,C.S.路易斯写了《魔鬼家书》,1946年又写了《黑暗之劫》。1945年,埃利亚斯·卡内蒂动笔写他的《群众与权力》。1946年,恩斯特·卡西尔的《国家的神话》出版。下一年,托马斯·曼出版《浮士德博士》。再过几年,托尔金的《魔戒》(1945完成,1954—1955出版)也将陆续问世。在帝国勃然兴、忽然亡的那几年里,作者们用各自的文体、故事描述当代生活。他们使用的核心譬喻竟惊人地相似:着魔。

他们告诉读者,要想理解这个高度工业化、资本化、理性化世界里发生的事,就得认真对待魔鬼。魔鬼不会被汽车、飞机、望远镜、显微镜逐出世界,它只是脱去犄角和獠牙,换上制服和军装,随时准备接管人间。《魔鬼家书》里,魔鬼是精通心理分析、阶级分析的现代语言大师。《黑暗之劫》里,魔鬼的喽啰是大学里的文科教授。《魔戒》里,魔鬼是指环的迷恋者和半兽人的制造者。《浮士德博士》里，魔鬼穿着白色的礼服，衣领上围着蝴蝶结，像个给小报写评论的知识分子，他的爱好，是诱惑天才。魔鬼重临、魔鬼夜访，本不是什么新鲜题材。可正是在那几年里，作者们不约而同地发现，唯有这个老故事，才能准确定义眼下的新生活。

在托马斯·曼、托尔金、路易斯之前讲述魔鬼故事的伟大作家，大概是六十年前的陀思妥耶夫斯基。《地下室手记》(1864)、《群魔》(1871)和《卡拉马佐夫兄弟》(1880)的作者，可能是最早关注现代世界之"魔性"的人。《地下室手记》发表的那一年，马克斯·韦伯出生。韦伯和陀思妥耶夫斯基为20世纪的读者提供了截然不同的世界图景。韦伯告诉人们，世界正在不可逆转地"祛魅"。"祛魅"的意思，是信仰的解体、迷狂的消散，是理性的称王。人们将只崇拜"理性"，只过符合"理性"的生活。"理性"生活的样本，则是经济行为。换言之，未来的人类，不多不少，只是经济动物。这样的经济动物，与神无缘，也与魔无关。陀思妥耶夫斯基则要告诉现代人，一个杀死了神的世界，可能正是魔鬼的乐土。现代世界的魔鬼，正是陀老笔下的"地下室人"，以及层出不穷的心灵地下室。那俘获了拉斯科尼柯夫、斯塔罗夫金、伊凡们的心灵地下室，就是有待驱除的现代群魔。从《地下室手记》到《卡拉马佐夫兄弟》，陀老念兹在兹的，是为一个彻底祛魅的世界驱魔。而祛魅世界的魔鬼，可能才是魔鬼的真正样子。

韦伯的"祛魅"、陀老的"着魔"，是相反相承的两种世界景观。韦伯并非乐观主义者，却吸引了无数乐观主义信众。他们群集在大学的社会科学院系，把论文写成"现代化""进步"的赞歌。托马斯·曼、托尔金、路易斯、卡内蒂则是陀老的精神苗裔。他们忧心忡忡的,是笼罩了现代工业丛林的"魔性"。正是这"魔性",让天才、庸众、领袖携手并进,走向毁灭。20世纪40年代,卡西尔这样描述当代生活:"近十二年的全部悲哀的经验可能是最为可怕的。它可以和奥德赛在塞壬岛的经历相提并论,甚至还更坏一点。塞壬女妖把奥德赛的朋友和同伴变成各种各样的动物形态。但在这里却是人,受过教育的、有知识的人,突然放弃人的最高特权的诚实而正直的人。他们不再是自由和人格的主体了。他们表演着同样规定的仪式,开始用同样的方式感觉、思维和说话。他们的姿态是强烈而狂热的,但这只是一种做作的假的生活。事实上,他们是受外力所驱动的。他们的行动就像木偶剧里的挂线木偶,他甚至不知道,这个剧的绳子,以及人的整个个人生活和社会生活的绳子,都由政治领袖们在那里牵动。"①卡西尔的困惑是,"祛魅"了的现代绅士、公民,为何远比古代水手更容易被"魔性"俘获,被操控。而操控他们的,是粗糙的演说、报纸、广告,比起塞壬女妖的歌,不知要拙劣多少。

陀老只是预见了一个"着魔"的世界,卡西尔(1874)、托马斯·曼(1875)、托尔金(1892)、路易斯(1898)、卡内蒂(1905)则亲历了整个世界的"着魔"。这个被瘟疫拘禁的春天,我决定重读他们关于"着魔"的小说。

二 肺病与庸人

有些作者,初次相遇就能征服你,比如托尔金、路易斯。有些作

---

① 〔德〕恩斯特·卡西尔:《国家的神话》,范进等译,华夏出版社,2003年,第347页。

者一次次把你拒之门外，比如托马斯·曼。这与作者的水准无关，与读者的教养有关。《布登勃洛克一家》(1901)和《魔山》(1924)，大学时就读过。《浮士德博士》(1947)，前后翻过几次。每次读，都很努力，每次努力都很徒劳。因为，我找不到曼的声调。我始终相信，每位伟大作者都有他自己的声调，都用那个声调讲述一个贯穿所有故事的大故事。找不到那个声调，也就谈不上亲近那位作者。

这次重读，我隐隐觉得，托马斯·曼是对"着魔"这个问题特别着迷的人。在他的语汇里，"着魔"经常与"生病"相伴。他一辈子都在关注那些着了魔的病人。有些病人是天才，有些病人是庸众，有些病人是卡里斯马式(charisma，韦伯语)的大人物。所有这些病人，共同构成了曼的时代肖像。在曼看来，病人们终结了一个时代，把世界拖进前途未卜的未来。

随手替曼的病人们做了份年表。

布登勃洛克一家的末代子孙汉诺，生于1861。死于威尼斯的天才作家阿申巴赫，生于1861。魔山上的问题青年卡斯托普生于1885。与魔鬼缔约的音乐天才莱维屈恩，生于1885。而曼本人，生于1875。他用了整整一生时间理解这一代人：在他出生前后十年的一代人。他认为，这是关键的一代。在他们前面，是一个绵延了千百年的文明。这个文明，从中世纪一直延续到19世纪。它包含基督教信仰、德性，也包含源于古希腊的人文教养、科学精神，还包含资产阶级的工作伦理、市民美德。所有这些，终结于汉诺、阿申巴赫、卡斯托普、莱维屈恩。在他们之后，是权力、铁血、机械、狂欢群众结盟的时代。活在那个时代的人们，或许仍以文明自居。但那肯定不再是让曼留恋、想要捍卫的文明。

这一代人身上究竟发生了什么事呢？曼的事业，是绘制一代病人的精神地图。

布登伯洛克家的小汉诺死于伤寒。他是个来不及长大的人。他的夭折是个符号，象征旧世界的无以为继。他的父亲尽管早衰，至少谨守着资产阶级的工作伦理。他的祖父，兼具企业家的精明勤勉与基督徒的虔敬。他的曾祖父身上则有拓荒者的蓬勃生机。汉诺是这一切的终结者。他是个敏感、贫血的孩子。他并不反对这一切，他只是受不了这一切。祖辈赖以生存的活力、信念、习惯，在他身上都变成压抑、折磨、窒息。他是一朵对细菌极度敏感的娇花，忍受不了细菌，因此连泥土也不能忍受。他拒绝带着家族的细菌生活，因此也连家族的泥土一并拒绝。他出生，就是为了终结。一天，他打开家族记事簿，读到了曾祖父、祖父、父亲的名字，然后在自己的名字上面认认真真画了一条斜杠。他对愤怒的父亲说："我以为……我以为……以后再用不着它了。"①在父亲的守灵夜，他忽然笑了起来，"身子向前伏着，抖动着，抽着气，完全失掉控制自己的能力"②。大家以为他在哭，然而他并没有想到哭。

小汉诺是纯粹的终结者。可在他身上，他这一代人的命运还悬而未决。假如长大，他可能变成卡斯托普那样平凡得具有普遍意义的青年，也可能成为阿申巴赫、莱维屈恩那样的天才。但不管怎么说，他是第一个被打上"魔性"标记的病人。这个标记，就是那让人毛

①〔德〕托马斯·曼：《布登波洛克一家》，傅惟慈译，译林出版社，1997年，第523页。
②同上，第685页。

骨悚然的笑。这个笑声，贯穿了曼的所有伟大故事，多年以后，在《浮士德博士》里发展成一道地狱风景。曼让魔鬼揭示笑的意味："谁天生和诱惑者有关系，谁就会总是和常人的感情格格不入，谁就会总是在他们想哭的时候忍不住想笑。"①这种笑里，包含着对人类情感的蔑视与不耐烦。世界的冷漠、残忍，就源于这笑。

《魔山》的汉斯·卡斯托普，代表着汉诺的第一种成长之可能。写《魔山》的时候，托马斯·曼正在经历20世纪欧洲的第一场灾难。透过炮火和尸骸，曼看到的是弥漫欧洲的麻木、慵懒、无所适从。如果小汉诺能够活到20世纪，大概也会是一个麻木、慵懒、无所适从的青年。他们不能忍受祖辈得以扎根的土壤，自己又不知把根扎向哪里。不知把根扎向哪里的人，是既不能说"是"也不能说"不"的人。他们挥霍着祖产，刻意拖延生活，让生活停留在模棱两可之中。曼这样描述卡斯托普的性格："既非天才，也非傻瓜……那种体面意义上的平平庸庸。"这个青年不怕吃苦，但也不想工作。因为无论做什么，他都看不出任何必要。对他而言，整个生活都缺乏"必要性"。生活就是一种无可无不可的逆来顺受。这是老树一般扎根泥土的祖辈无法理解的情绪。曼说，卡斯托普的肖像也是整个时代的肖像。旧世界终结，新生活待定。关于生活的意义、目的，没人知道答案。人们只能用空洞的沉默掩饰惊惶，"那么，正好在那些秉性比较诚实的人身上，这种情况几乎就会不可避免地产生使他们变得麻木不仁的效果"②。

---

① 〔德〕托马斯·曼：《浮士德博士》，罗炜译，上海译文出版社，2012年，第270页。
② 〔德〕托马斯·曼：《魔山》，杨武能、洪天富、郑寿康等译，漓江出版社，1998年，第42页。

二十三岁的青年卡斯托普，替他的时代诚实地懒散着，麻木着，等待、寻找某个关于生活的"为什么"。他登上阿尔卑斯山，看望疗养院里的表哥，在那儿染上了肺病。这位病人在疗养院一住就是七年，成了"魔山"上的"睡鼠"，直至被炮火震醒。

死于伤寒的小汉诺，单是靠一个否定，就卸掉了生活的全部责任。二十三岁的肺病青年卡斯托普，则必须试着在这个模棱两可的时代理解生活。在魔山，他被称为"问题青年"。魔山成了这位"问题青年"的学校。曼笔下的"魔山"，很像路易斯在《天路归程》里写到的那个名唤"时代精神"(the spirit of the time)的石头牢笼。它们吞噬一切到访者，通过规训与惩罚，把所有访客变成囚徒。

疗养院是时代生活的象征。国王般的院长、教士般的医师、警察般的护士、含混不清却又不容置疑的诊断、统一制式的纪律、定期的娱乐、定期的医学布道，以及永不现身却隐然可感的权力终端……这些正是现代极权生活的典型特征。这样的生活，一开始让卡斯托普不适。但他很快习惯了这样的生活，依恋这样的生活。他和他的病友们一样，把这种魔山化的生活当成故乡。有些病友，一旦被逐出魔山重回故土，便不知所措，抑郁而终。卡斯托普原打算只在魔山访问三个星期。结果是，他在山上滞留了七年。他很快归化了山上的规则：服从诊断、听从教诲。他很快学会了山上的技艺：熟练地闲聊、调情，熟练地用毛毯裹住自己。

疗养院里，卡斯托普遇到各种生活教师。国王般的院长，教他把生命理解为肌肉、骨骼、腺体。教士般的精神分析医师，教他把爱与疾病理解为性欲的扭曲。那位来自达吉斯坦的女士，教他抛弃市民道德,到危险、堕落、毁灭中寻找自由。他从女士那里得到的"爱情"信物,是一张 X 光透视的骨骼照片。他向女士发表他的爱情宣言:"啊,上帝,让我呼吸一下你髋骨皮肤散发出来的芬芳,其中有个重要的皮膜会分泌润滑的油!让我用我的嘴尽情地亲吻你的股动脉……让我啜饮你毛孔的气息,抚摸你柔软的汗毛,你这个由水和蛋白质组成的人类产物吧;它之所以产生,完全是为了重新化为尘埃。"①只用很短的时间,这位问题青年就学到一套全新的关于生命的语言。这套语言,让他父辈祖辈绵延数百年的生活教诲显得寡淡乏味。也是这套语言,让他把自己最具人性温度的爱情故事妆点得阴森可怖。

卡斯托普最重要的教师,是魔山上的两位学者:人文主义者塞特姆布里尼、教权主义者纳夫塔。塞特姆布里尼崇拜伏尔泰,相信启蒙,相信科学、进步与人类博爱。但他同时是个民族主义者。一提到祖国意大利的敌人,他就面目狰狞地渴望铁和血。纳夫塔看不起世俗国家,坚信未来的某一天会出现一个统一人类的神权帝国,那将是真正的人间天国。他对启蒙、科学、进步、博爱嗤之以鼻。他崇拜人的本能:仇恨、杀戮。他相信仇恨、杀戮是通往人间天国的唯一道路。这个相信上帝权柄的人,其实更加痴迷实行杀戮的人间权柄。两位老师没完没了地辩论,只为争夺卡斯托普这位弟子,让他遵照自己的教训审视世界。

卡斯托普很快发现,在概念上争来争去的两位老师,却有一个最根本的共同点:他们对流血的看法。他们都认为"在鲜血面前,不应

---

① 〔德〕托马斯·曼:《魔山》,杨武能、洪天富、郑寿康等译,漓江出版社,1998 年,第 455 页。

该将手缩回去"①。在盼望世界流血这件事上,启蒙之子、教会之子殊
途同归。其实,他们和卡斯托普一样,也是曼的病人、魔山的囚徒。
身为病人,他们似乎并不理解自己所说的东西。宣扬启蒙、进步、博
爱的人文主义者,用这套词汇挖苦一切、贬损一切。他以解除人类痛
苦为使命,却对身边人的具体痛苦冷嘲热讽。宣扬上帝与救赎的教
权主义者,不关心上帝之爱更不相信人之爱。对他而言,上帝只是高
悬人间的恫吓。谈论上帝时,他只是在谈论自己热衷的"神圣恐怖"
的一面旗帜②。他们,一个瞧不起信仰,一个把信仰变成残忍。他们
是各自词汇的囚徒,病态地亢奋着的空谈家③。

　　有经验的读者,会从卡斯托普的老师们身上发现 20 世纪初各种
知识明星的影子。世纪之交的普通大众,就是借助这些知识明星炮
制的词汇、概念理解生活的。曼的意思是,所有这些新教育,都毫不
犹豫地抛下往昔世界对灵魂、德性的操心,把受教育者导向对权力、
恐怖、铁血、物质生命的崇拜。而它们面对的受教育者,又恰恰是卡
斯托普这样的麻木、慵懒、无所适从的问题青年。

　　卡斯托普被各位教师吸引,在各种教育之间徘徊,但没被任何一
种教育俘获。因为他的身上还残留了一些祖辈的遗产。他的虔诚的
祖父,总是身穿黑衣,总是严守礼拜,总是对着家族的洗礼钵沉思默
祷,同时勤勉创业持家,像一株老树那样过完一生。就是这点印象,

---

　　①〔德〕托马斯·曼:《魔山》,杨武能、洪天富、郑寿康等译,漓江出版社,1998年,
第575页。
　　②同上,第888页。
　　③同上,第632页。

让卡斯托普守住了对生命的敬畏。正是这敬畏，让他对塞特姆布里尼的嘲讽保持怀疑，对纳夫塔的嘶吼由衷反感。至于把生命还原为肌肉、骨骼、腺体、性欲的科学教育，他也不能满足。于是他在魔山上开启了自我教育：探望濒死者，送花给他们，听他们讲故事，给他们时间，以及尊严。除此之外，以自己的方式思考爱、死亡及文明。一次，他在暴风雪中做了一个梦。他先看见明达知礼、互敬互爱的一群人。那群人身后的神庙里，却演着吃小孩的残忍祭礼。梦中的卡斯托普想：尽管在死亡和残酷面前，爱、礼法、理性显得一副蠢相，我还是愿意记住它们，保守它们；"一个明智友善的团体，一个美好的人类之国的形式和礼仪——在静观着人肉宴时也不改变。"①

在卡斯托普的时代，几乎所有的时髦教育都在把人引向对"人肉宴席"的崇拜、期待、服从，以及成为祭品之前的放纵。卡斯托普借助祖父那点老派遗风，挡住了诱惑。当然，不是一劳永逸地挡住。曼为卡斯托普安排了一场暴风雪，让他在暴风雪中思索文明。这件事，发生在小说中段。暴风雪过后，卡斯托普重又回到魔山，回到病友中间，重启懒散、麻木的病人生活。

魔山实施教育，卡斯托普接受教育。卡斯托普和魔山，构成了个人与时代的隐喻。魔山所象征的时代精神，慵懒、粗俗、放纵、琐碎，与此同时，正孕育着对残酷、恐怖的崇拜。卡斯托普没有完全被它俘获，但也无力从中挣脱。他能做的，只是带着一丝反讽，不让自己彻底陷入山上的狂欢。他是少数不愿把自己彻底交给魔山的人。除了

---

① 〔德〕托马斯·曼：《魔山》，杨武能、洪天富、郑寿康等译，漓江出版社，1998年，第633页。

祖辈的虔敬遗风，市民美德也帮了他。这种美德告诉他，理解生活，是每个个体的责任和荣誉。这个问题青年盼着，终有一天自己可以理解生活，为生活做出决断。他把这称为"执政"①。

他没有等到"执政"的那天。紧随慵懒的七年而来的，是残酷的战争。卡斯托普走进炮火，消失于炮火。这是他这一代青年的宿命。他们不曾从祖辈那里继承一种生活，也无力自己建造一种生活。他们只能惶然、慵懒地等待。等待某个假先知登高一呼，等待某场洪水从天而降。他们当中的大多数，都会追随某位先知，跳进某场洪水。魔山上的先知诱惑他们，魔山下的洪水等着他们。他们当中的少数几个，还幻想着"执政"，幻想着像个绅士那样守住"人肉宴席"之外的什么。但那也只能是幻想。因为他们不是英雄，不是天才，只是平平庸庸的问题青年。

借助肺病青年卡斯托普的魔山历险，托马斯·曼为20世纪的庸众勾勒了精神肖像。卡斯托普可能是庸众能有的最好的样子。

三　梅毒与天才

肺病疗养院里的麻木、慵懒，代表常人的精神状况。他们在慵懒中无所适从，在无所适从中等待被裹挟，甘愿被裹挟。梅毒，则象征着天才的通灵亢奋。肺病青年卡斯托普代表着小汉诺的一种可能，梅毒天才莱维屈恩代表小汉诺的另一种可能。

---

① 〔德〕托马斯·曼：《魔山》，杨武能、洪天富、郑寿康等译，漓江出版社，1998年，第502页。

二十一岁那年,出身工匠家庭的天才少年莱维屈恩只身来到莱比锡。某晚,街头混混把他领到妓院。在妓女的缠绕包围中,他弹了一段钢琴,大声说,钢琴是这个屋子里唯一有灵魂的东西,然后冲了出去。不久之后,他回到妓院,四处寻找那晚的深色女人。他找到了她,从她那里染了病。曼说,这个病,是他跟魔鬼立的约。魔鬼给他二十四年时间,也给他无尽的激情和灵感,足以冲破时代的平庸。二十四年之后,魔鬼拿走了他灵魂,继而拿走他的肉体。

天才与魔鬼立约,这是源远流长的古老故事。天才从妓女那里染病,这是曼从尼采那里借来的新素材。《浮士德博士》出版前后,曼还写过两篇有关天才的文章:《关于陀思妥耶夫斯基的适度评说》(1946),《我们的经验体认的尼采哲学》(1947)。他把陀思妥耶夫斯基和尼采视为19世纪最伟大的病态天才。他们因疾病而癫狂,因癫狂而拓宽对生命的感觉和知识。曼说,这样的病,不是生理和医学的事件,而是宗教和神秘事件。

《浮士德博士》里的莱维屈恩,很像尼采的兄弟,还带有些斯塔罗夫金(《群魔》)的影子。他那段妓院故事,就取材自尼采1865年的亲身经历(《我们的经验体认的尼采哲学》,见《多难而伟大的十九世纪》①)。曼当然不是把莱维屈恩的故事当成尼采传记。他关心的是,一位尼采式的人文、艺术天才,与20世纪这个蛮荒世界的关系。

莱维屈恩的天才首先表现为卓越的智力。童年时代,他就可以毫不费力地理解人类精神领域的一切成果。对他而言,学习是一件

---

① 〔德〕托马斯·曼:《多难而伟大的十九世纪》,朱雁冰译,浙江大学出版社,2013年,第176页。

过于容易也过于乏味的事。没有任何一门学问值得他投入、献身。他不费吹灰之力就可以得到知识，然后带着冷笑，超然物外。

卓越的智力，让这位天才凌驾于所有人间情感。用他自己的话说，是保持"绝对的冷"（这个说法，可能来自《群魔》里的斯塔罗夫金）。所谓"绝对的冷"，就是绝对的傲慢。绝对的傲慢，不只蔑视肉体，也蔑视灵魂。也就是说，这个冰冷的天才，总是感到自己站在人类的欲望和爱之外。莱维屈恩的标志性表情，是不合时宜的笑（别忘了小汉诺的笑）。这个笑，贯穿全书，不断提醒人们，发笑者与人之常情间的鸿沟。莱维屈恩自己很喜欢奥古斯丁在《上帝之城》里讲过的故事："只有诺亚的儿子和魔术师琐罗亚斯德的父亲哈姆，只有他俩是笑着出生的，不过，他们之所以能够在出生的时候笑得如此开心，却是由于得到了魔鬼的帮助。"①

天才莱维屈恩不是不知道自己的傲慢，不是不想医治这傲慢。他先是选择神学研究，想从关于上帝的学问中找到服从。很快，他又转向音乐，想从音乐中寻找秩序、纪律。他深知，自己那种超然于一切之上的绝对冷漠并非自由。于是，他就转而歌颂绝对的纪律和服从。当然，真正的纪律和服从也非他心之所愿，他只是用天才头脑里构想出来的纪律、服从来羞辱自由。那种自由，唯有降落到生活里的人才配得到。冷笑着的天才往往如此：蔑视自己配不上的东西；蔑视，只是为了羞辱自己的配不上。

除了纪律和服从，他还痴迷于人类原始的本能和激情，痴迷于残

---

① 〔德〕托马斯·曼：《浮士德博士》，罗炜译，上海译文出版社，2012年，第100页。

酷的诗和传说,痴迷于无节制的滑稽、戏谑。往昔的文明里,人们曾因仰望天堂而把某些事物封禁于深渊。天才莱维屈恩痴迷于凝望深渊,用自己的创作唤醒深渊。傲慢的天才无力仰望,似乎只能从俯视中获取激情。

就在这时,魔鬼出现在莱维屈恩的客厅。魔鬼夜访莱维屈恩,这是可以和魔鬼夜访伊凡①较量的文学段落。

魔鬼告诉莱维屈恩,它能给他的,不是他根本没有的新东西。魔鬼从不创造新东西,魔鬼只是帮人们把本已有之的东西释放出来,比如残忍的本能、对血的渴望。魔鬼说,在这个乏味的时代,只有这些激情才能创造新的生活。而某些人,就是被选定的,新生活的预言家。魔鬼知道,即便是莱维屈恩,也还对信仰、悔恨、救赎抱有期待。它劝他放弃期待。因为悔恨属于天真的人。这个时代,再也找不到天真的人了。既然与天堂决裂,那就不如拥抱地狱。魔鬼向天才许诺,他将开启一个全新的时代:

> 你将突破这些令人僵化的时代困难,但这是不够的。这个时代本身,这个文化时代,我要说的是,这个文化的和文化崇拜的时代将由你来突破,而你将不惜诉诸野蛮,双倍的野蛮。②

至于梅毒呢? 魔鬼说,那是给天才的大脑注射的"性激素"③。魔

---

① 〔俄〕陀思妥耶夫斯基:《卡拉马佐夫兄弟》,耿济之译,人民文学出版社,2020年。
② 〔德〕托马斯·曼:《浮士德博士》,罗炜译,上海译文出版社,2012年,第279页。
③ 同上,第284页。

鬼选中的天才,既鄙视肉体也鄙视灵魂,因此需要这样的"性激素"。

这就是魔鬼的神学。借助魔鬼的喋喋不休,曼宛转说出了自己的历史洞见:不同于平庸而忧郁的19世纪,20世纪的主题是野蛮——野蛮的群众政治、野蛮的群众文化。经历过两次浩劫的他,当然有资格这么说。而所谓野蛮,源于对人类原始本能和激情的释放、崇拜。在早先的文化里,这些东西自有其存身之处,但必须首先接受规训和教化。而在20世纪,它们成了世间的偶像,和王。

在魔山,卡斯托普的病友们早就做好投身野蛮的准备。但庸人的准备还远远不够。野蛮,需要天才为其正名。唯有天才,才能把野蛮提升为美。唯有提升为美的野蛮,才能成为俘获大众的新神。

曼从未指控尼采、莱维屈恩与20世纪的野蛮政治、文化有直接关联。尼采和莱维屈恩的精神特征,是彻底的反政治。他们的天才让他们从骨子里蔑视人间俗事。同时,他们拥有高度教养,是19世纪文化孕育出来的最伟大的花果。这样的人,怎会和野蛮扯上关系呢?曼的答案是:他们的天才和傲慢,让他们从养育了自己的文化里抽身出来;让他们自觉有权也有能力冲着文化冷笑、戏谑。天才的冷笑和戏谑,比任何腐蚀剂都要强力。崇尚教养的尼采从不鼓吹野蛮。但当他把往昔文化化约成心理学认知,文化就丧失了教化的能力。挣脱了教化的"强力意志",除了野蛮,不可能有别的样子。莱维屈恩也不鼓吹野蛮。他只是把野蛮转化成美。于是,文化、教化全都显得愚蠢。不再有什么善恶、是非,唯一的问题,是审美。美是一切的通行证。野蛮既然是美的,因此必定是对的。于是,对于与教化隔绝的群众而言,欣赏野蛮之美、崇拜强力之美,成了他们唯一的新文化。这种新文化,莱维屈恩和卡斯托普都还不熟悉。但是他们的下一代,将会成为这种文化的土著居民。

天才远离人群,在孤寂中萃取野蛮之美。用不了多久,被解放的野蛮就会变成大众的狂欢。《浮士德博士》里,曼对此再三致意:

> 凡是没有像我一样,用自己的灵魂体验过唯美主义和野蛮的近邻关系,体验过唯美主义就是野蛮的开路先锋的人,他是不可能跟上我的思路的。①

曼从不打算让莱维屈恩式的天才为20世纪的集体野蛮负责。他只是说,即使是在这样的孤独天才身上,也显现出野蛮的征兆。这位天才的故事告诉读者,一个时代里最杰出的头脑已经丧失信、望、爱、悔的能力。用魔鬼的话说,丧失了"天真"。于是,他只能从深渊中寻找灵感和激情。紧随天才的凝望而来的,便是大众的迷狂。

莱维屈恩不是曼写的第一个"唯美天才"。《死于威尼斯》(1911)里的阿申巴赫,可能比莱维屈恩更早,更出名。出场时,阿申巴赫是一位古典式的作家。曼写道:"古斯塔夫·阿申巴赫确实是所有那些辛勤工作、心力交瘁而仍能挺起腰板的人们的代言人,是现代一切有成就而道德高尚的人们的代言人。"②他向世人宣讲的,是一种"弱者的英雄主义",是那种在命运面前仍能克制、在痛苦面前仍能风雅的德

---

① 〔德〕托马斯·曼:《浮士德博士》,罗炜译,上海译文出版社,2012年,第422页。
② 〔德〕托马斯·曼:《托马斯·曼中短篇小说选》,钱鸿嘉、刘德中译,上海译文出版社,1986年,第312页。

性。这位以教化人心为己任的天才作家,在海边遇见美少年塔齐奥。他欣赏少年的美,继而崇拜,继而迷醉。他时而在远处静观,时而在身后尾随。他一边饕餮眼前的美,一边追忆苏格拉底,沉思美与智慧、德性之间的平衡。可是,他知道自己正在丧失这种平衡:

> 几乎每个艺术家天生都有一种任性而邪恶的倾向,那就是承认"美"所引起的非正义性,并对这种贵族式的偏袒心理加以同情和崇拜①。

威尼斯的海滩上、小巷中,阿申巴赫纵容、享受着自己的"邪恶倾向"。当瘟疫袭来,阿申巴赫心中窃喜:只要把瘟疫的秘密守住,就能让那美少年留在这里。"要是塔齐奥走了,今后的日子该怎么过啊。"②要是这里所有人都死了或者都跑了,只剩下他和塔齐奥,那该多好。这位信奉上帝、憎恨异端、崇尚英雄主义的作家,丧失了所有的英雄主义。为了那个"美",他宁愿和瘟疫结盟,和试图掩盖瘟疫的谎言结盟。他在海滩上做着混杂美与恶的梦:一群人正在跳祭神的舞,口角淌着白沫,用粗野的姿态和淫猥的手势相互逗引,时而大笑,时而呻吟……

曼用一个词概括这位天才作家:"着魔的阿申巴赫。"③着魔的标

---

① 〔德〕托马斯·曼:《托马斯·曼中短篇小说选》,钱鸿嘉、刘德中译,上海译文出版社,1986年,第328页。

② 同上,第359页。

③ 同上,第375页。

志，就是放弃信仰，投身野蛮。阿申巴赫这个关于邪神祭祀的梦，《魔山》里的卡斯托普也做过。同样的情境，平庸的问题青年卡斯托普选择站在文明一边，天才作家却径自投身野蛮。仅仅依靠祖辈遗风，平庸青年尚可在野蛮面前抵挡一阵。天才作家，早就放弃了抵挡的愿望。

评论家们喜欢谈论《死于威尼斯》的唯美情调。在曼那里，唯美情调与地狱式的阴森其实是一体两面。

四　狂欢与崩溃

肺病象征庸人。庸人慵懒漠然，无所适从，在甘为刀俎中岁月静好。梅毒象征天才。天才凝望深渊，祈灵于来自地狱的勇气和灵感。这就是托马斯·曼勾画的时代精神状况：各个层级的心灵，都已为野蛮的狂欢做好准备。只要有一个不那么天才也不那么平庸的恶棍出来，事情就成了。

1930年那篇《马里奥与魔术师》，把这种狂欢写得惊心动魄。在托勒，度假的父母领着孩子钻进帐篷，等候一场魔术表演。魔术师是一个丑陋的畸形人。他一边往肚子里灌酒，一边挥动手里的皮鞭。每灌一次酒，他都得到一阵亢奋。每当亢奋，他都抖动皮鞭。鞭声响起，观众便会受到控制，在他的指令下蜷曲、狞笑、舞蹈。深夜，帐篷里人群乱舞，一片狂欢。不是没有人想要抵抗。有几个勇敢的人想要凭借顽强的意志挣脱摆布。可是，"这坚强的意志在不停的打击和再三的催促之下，动摇起来"，他们终于加入人群，扭动，舞蹈。原先奋力抵抗的勇士，张着嘴笑，半闭着眼睛，慢慢学会了"享乐"。

帐篷里,有操控者,有服从者,有先是抗拒继而加倍享受的服从者,唯独没有自由可言。就算那些抵抗者,也谈不上捍卫自由。曼说:"在我看来那位绅士之所以失败,是由于他对战斗采取了消极的姿态。在精神上,人大概不能单靠否定来生活;拒绝做某事,从长远来说,不能成为生活的内容;不愿意做什么,同根本什么都不愿意,却仍然去做别人要求做的,这两者相距得那么近,以致自由的思想无法容身。"①

可是,从肺病庸人卡斯托普,到梅毒天才莱维屈恩,整个时代的精神氛围,就是纯粹的消极、否定。庸人慵懒拖延,天才冷笑着否定一切、嘲谑一切。从庸人到天才,都在为魔术师的登台铺路。当魔术师的皮鞭响起,帐篷里的绅士、流氓、勇者、懦夫、男人、女人,全都变成狰狞起舞的精神病人。当然,那个靠酒精维持亢奋的畸形魔术师,也是病人中的一员。他不能停止挥动皮鞭,不敢让他的俘虏醒来。他被他的俘虏俘虏了。

《马里奥与魔术师》的结尾,侍者马里奥从皮鞭梦魇中醒来,在屈辱和愤怒中杀掉魔术师。有些评论家说这是群众的胜利,象征邪恶统治的倒台。当然不是。那声枪响,意味着狂欢之后的崩溃。一个人在枪声中倒下,不代表所有人从鞭声中醒来。小说里,曼设置了比枪声更阴森的结局,那就是孩子们的无知。从头到尾,孩子们都不知道真正发生了什么。他们把帐篷里的一切当成好玩儿的游戏,渴望一直玩下去。一声枪响、一个死人,他们以为那是意犹未尽

---

① 〔德〕托马斯·曼:《托马斯·曼中短篇小说选》,钱鸿嘉、刘德中译,上海译文出版社,1986年,第461页。

的游戏尾声。孩子们不停追问着："那就是结局吗？那就是结局吗？"就这么跟着大人离开。显然，对他们而言，这个狂欢夜不会是狂欢的结局。

《马里奥与魔术师》预言了野蛮狂欢及其崩溃，《浮士德博士》则报道了狂欢和崩溃的实况。这部五百多页的故事，分两条线展开。讲述者，是莱维屈恩的童年好友、人文学者塞雷努斯。1943年到1945年，年过六旬的塞雷努斯正在经历着德国的狂欢和崩溃。崩溃的不只有城市、官府、军队，还有文化和人心。塞雷努斯一边报道身边的崩溃，一边讲述音乐天才莱维屈恩的生平。天才的孤寂生活与群众政治似乎全不相干。可是，天才凝望深渊、群众在魔术师的皮鞭下疯癫起舞，两者合一，才是一个完整的关于崩溃的故事：从天才的冷笑到群众的慵懒，这个帝国帐篷里已经没人能过一种肯定的生活，他们只能等待一位魔术师登台，解放自己。

塞雷努斯说，多年以来，他的同胞已经变成这个样子：会在选举日衣冠楚楚地为党投票，但也随时准备在必要的时候烧死一个女人，就像中世纪的人烧死女巫。①这些同胞当中最有教养的学者朋友，会在喝茶的时候谈论政治，像谈论市场景气那样谈论一个随时烧死人的政权。就像魔山上的塞特姆布里尼和纳夫塔，尽管信条不同，却都一致同意，权力不能在鲜血面前缩手。他们不是精神亢奋地高呼"必须如此"，就是萎顿懒散地慨叹"不得不如此"。就这样，所有人都准备加入一场吃人的狂欢。那是卡斯托普和阿申巴赫在梦里见过的狂

---

① 〔德〕托马斯·曼：《浮士德博士》，罗炜译，上海译文出版社，2012年，第42页。

欢。塞雷努斯正身处其中。

塞雷努斯不是《魔山》里塞特姆布里尼那样的人文主义者,后者只是爱好观念和嗜血的空谈家。塞雷努斯更像是在劫难中幸存并且老去的卡斯托普。他和卡斯托普一样,一直保有对祖辈虔敬精神的敬意,对人类精神遗存的眷恋,对优雅仪轨的偏好。就是因为这些,他和时代情绪拉开了距离,成了同胞眼中的异类。他说:作为国民,他盼望国家的胜利,但比起胜利,他更迫切地盼望国家的失败。因为他知道,国家的胜利,意味着彻底的毁灭,一切值得人类珍视的信念、精神、价值的毁灭。①就因为这种不合时宜的情绪,他的儿女与他断绝来往。真诚狂欢着的儿女们,根本不能理解他所操心的那种毁灭。

故事的结尾,帝国瓦解,狂欢崩溃。但塞雷努斯的儿女依然不回家,更不愿"原谅"父亲。他们早已是狂欢时代的土著居民。狂欢只是崩溃了,狂欢中的人不打算醒来。塞雷努斯说,十年前他曾被中学辞退。战争结束,他或许又可以重回学校,教授源于荷马、维吉尔的古典文学。但他不知如何面对狂欢中长大的新青年:

> 我担心,在那狂野的十年里成长起来的一代人恐怕很难理解我的语言,就像我也很难理解他们的语言一样,我担心,我的国家的这代青少年已经变得让我感到太陌生,以至于我不大可能再做他们的老师了。②

---

① 〔德〕托马斯·曼:《浮士德博士》,罗炜译,上海译文出版社,2012年,第35页。
② 同上,第576页。

他担心的这代青年，正是那些在帐篷里贪婪地欣赏魔术的孩子。直到枪声响起，孩子们仍然恋恋不舍："那就是结局吗？那就是结局吗？"

五　曼的病人与塞壬之歌

当陀老描述现代世界的"着魔"时，他主要忧心"上帝之死"。托马斯·曼除了忧心"上帝之死"，还忧心"斯文之死"。所谓"斯文"（the civil），就是塞雷努斯和卡斯托普那种对祖辈虔敬精神的敬意，对人类精神遗存的眷恋，对优雅仪轨的偏好。这些，是欧洲数百年人文传统的结晶。这是曼生于斯长于斯的传统。他并不迷信这个传统，从不否认这个传统正在变得疲惫、软弱、亟待修正。但他深知，不能没有这个传统。斯文传统，是文明生活的堤坝。堤坝崩塌，蛮荒的洪水便会重袭人间。丧失了斯文的捍卫，所谓信仰，也可能被野蛮篡夺、篡改，变成强权和残忍的旗号。而曼的病人们，正以各自的方式远离斯文、谑笑斯文、拆毁斯文。等待他们的，只能是一场着魔的狂欢。《浮士德博士》里，塞雷努斯说，斯文死去的世界，将是一个"再度野蛮化"的世界，一个只能迎来"新神权政治"①的世界。那样的世界，可能进入一个狂欢、崩溃的死循环。

读完曼的"着魔小说"，又想起卡西尔描述现代世界"魔性"的那段话：

---

① 〔德〕托马斯·曼：《浮士德博士》，罗炜译，上海译文出版社，2012年，第417页。

近十二年的全部悲哀的经验可能是最为可怕的。它可以和奥德赛在塞西岛的经历相提并论，甚至还更坏一点。塞壬女妖把奥德赛的朋友和同伴变成各种各样的动物形态。但在这里却是人，受过教育的、有知识的人，突然放弃人的最高特权的诚实而正直的人。他们不再是自由和人格的主体了。他们表演着同样规定的仪式，开始用同样的方式感觉、思维和说话。他们的姿态是强烈而狂热的，但这只是一种做作的假的生活。①

曼的病人们，不就是塞壬之歌的俘虏吗？他们是塞壬之歌的易感人群，他们当中的天才，还亲手演奏着塞壬之歌。

转眼已是二月。春天渐有样子，依然不能出门。手机里，照旧满屏歌颂、愤怒、养生、偶像，照旧满屏关于面包、马戏、恺撒的粗糙童话。乏味极了的塞壬之歌。这样的生活，不随瘟疫而来，也不会随瘟疫而去。

2020 年 3 月

---

① 〔德〕恩斯特·卡西尔：《国家的神话》，范进等译，华夏出版社，2003 年，第 347 页。

可燃的世界：
读卡内蒂

一

1927年7月15日,维也纳,照例在咖啡馆吃早餐的市民都会看到当天《帝国邮报》头版上那个巨大的标题:"公正的判决。"

前不久,布尔根兰州发生了工人被害的枪击事件。法庭宣告杀人者无罪。无罪释放的判决在维也纳引起轩然大波。执政党的机关报仍然告诉市民,这件事不容置疑地公正。维也纳的工人素来遵守秩序。一直以来,他们很满意社会民主党领袖们的管理。但在这一天,他们决定抛开领导,单独行动。各区工人自发集结,涌向司法大厦。维也纳市长站在消防车上,高举右手,试图安抚民众情绪。市长的手势毫无效果。司法大厦着火了。警方奉命开枪,九十人死亡。

这天早上,二十二岁的埃利亚斯·卡内蒂(Elias Canetti, 1905—1994)就是在圣法伊特的一家咖啡馆读到那份晨报。他扔下报纸,骑上自行车,飞速驶向城里,加入了一支游行队伍。他不知道这支队伍从哪里来,到哪里去,作何主张。他只是想要融入愤怒的人群。所有动作都是自发的。或许,不是自发,而是自动。

司法大厦燃烧着。离它不远的岔路上,一个男人双手举过头,猛烈拍击,不停地重复一个句子:"烧掉档案!所有的档案!"卡内蒂安慰他："总比烧掉人要好!"男人对他的话不感兴趣,只是重复自己的句子。卡内蒂很生气。因为警察正在那边杀人,愤怒的火也在烧死人,眼前的男人却只想着档案。男人看了看卡内蒂,继续为档案哀号。他好像忘了,自己也在警察的射程之内。[①]

正在维也纳攻读化学博士学位的卡内蒂,不是第一次见到群众运动、加入群众运动。这个生于保加利亚的犹太青年清楚记得儿时跟着父母、邻人观看彗星。那一刻,他看不见父亲,看不见母亲,看不见任何特别的人,只看见大家在一起。从那时起,他就喜欢用"在一起"这个词。每当说出"在一起",他总想起一个"惊愕地期待着的群体"。[②]

十六岁到十九岁,卡内蒂生活在法兰克福,也见识过不少游行。他发现,游行的队伍可能在意见上针锋相对,却在愤怒中汇成同一条激流。印象最深刻的,是十七岁那年一次。游行的队伍填满了街道,他感到一种强烈的渴望:很想加入他们,成为他们中的一员。那种渴望,远比头脑里的斟酌、考虑、怀疑更有力。有一股力量把他攫住了,那种力,类似于物理上的万有引力。

1927年7月15日,卡内蒂再次感受到那股力,再次体会到融合的渴望。他很清楚,这种渴望绝不仅仅出于道德思考、阶级同情。它比这些可以用语言分析的动机深刻得多,神秘得多。后来,卡内蒂把这种体验称为"群众欲望":一个孤立的人,有一种打破人格边界,成为

[①]〔英〕埃利亚斯·卡内蒂:《耳中火炬》,陈良梅、王莹译,新星出版社,2006年,第247页。

[②]〔英〕埃利亚斯·卡内蒂:《获救之舌》,陈恕林等译,新星出版社,2006年,第30页。

"群众"的欲望;这种欲望,跟食欲、性欲一样,是人的基本欲望。每个体验过它的人,都知道它是何等强烈,可以转瞬间把一个人转化为全然不同的生物。可是,即便亲身体验过它的人,也不知道如何描述它,解释它。更多的人,选择忽略它,否认它。卡内蒂做不到。1927年7月15日这个日子,成了他的背上芒刺。终其一生,他都背负这根芒刺,想要理解这根芒刺。不能理解它,他也就不能理解自己的生活。这一天,是他生命里无比真实的日子,也是一个无比巨大的谜。他称之为"谜中谜"。

"谜中谜"改变了卡内蒂的生活轨迹。他出生在殷实的犹太人家。父亲早逝,母亲来自西班牙望族,酷爱阅读。受母亲影响,卡内蒂早早成了多语种阅读的"书迷"。他爱读歌德、狄更斯、司汤达、果戈里。但他似乎未曾想要以文学为志业。原本,他打算拿到化学博士学位,在文学之外找一份踏实的工作。7月15日那天早上,他也打算像往常那样,在咖啡馆喝一杯咖啡,然后去实验室。可是,他再次遇见了自己的"谜中谜",再也躲不开它。从那天开始,他仍旧攻读学位,却已觉得化学索然无味。他仍旧读书,却无法再被果戈里们打动。他发现,他所知的全部西方文学传统,都无法解释他的"谜中谜"。他必须试着自己解开这个谜。

既然是个心灵谜题,卡内蒂也曾求助于当时最显赫的心理学家,比如弗洛伊德和勒庞。弗洛伊德以那些关于个体心理的概念而知名。尤其在维也纳,他的理论几乎成了精英圈子的新信仰。见识过第一次世界大战的群体亢奋,弗洛伊德开始对群体心理感兴趣。《大众心理学和本我分析》(1921)是关于这个话题的名作。卡内蒂1925年就读了这本书。弗洛伊德的解释，他不满意。他从弗洛伊德的书里读不到任何关于"群众欲望"的鲜活体验。他的群体心理学，基本上只是个体心理学的变体。他把"群众欲望"解释成性欲的某种变形，其实是把"群众欲望"一笔勾销了。卡内蒂当然不能接受。因为弗洛伊德抹掉的，正是卡内蒂最刻骨的生命体验。或者倒过来说：卡内蒂最刻骨的生命体验，恰恰是弗洛伊德的盲点。

弗洛伊德大师是典型的维也纳精英，漫长的一生就在诊室和书斋里度过。军旅生活、教会生活、街头生活，他所知甚少。他对群体心理的描写，大多取自勒庞的《乌合之众》(1895)。勒庞的取材，则来自法国大革命及其后的工人运动。可无论是弗洛伊德还是勒庞，都是用诊断者的姿态打量群众。对他们来说，群体是陌生的，或许他们还害怕群体。当他们开始研究群体时，他们的姿态是：保持离我身体十步远的距离！对这些作家而言，群体就像得了麻风病一样。他们是一种病，作家要做的是找到症状并描述出来。[1]他们似乎从未意识到自己身上的"群众欲望"，从来不屑于承认自己身上的"群众基因"。卡内蒂相信，忽略了这一点，所有解释都是无力的。因为这样的解释把"谜中谜"稀释成粗鄙之人的幼稚病。

卡内蒂知道，并非如此。他在1922年、1927年反复体验到的那种融入群体的欲望，绝非个体病态。整个时代，正在被同一种欲望裹挟。法兰克福、维也纳街头的愤怒人群，只是这种欲望的微型象征。1921年、1922年，希特勒已经成了不少人的信仰。到了1928年，已有

---

[1]〔英〕埃利亚斯·卡内蒂：《耳中火炬》，陈良梅、王莹译，新星出版社，2006年，第150页。

太多人愿意做希特勒要他们做的一切。卡内蒂在化学实验室里遇到一个温和有礼的小伙子。他可以用平静优雅的语言论证希特勒是时代的希望。小伙子说,时代正在走向疯狂,唯有希特勒才能止住疯狂。为了止住疯狂,必须跟从那个人。说这话时,小伙子脸上发着光。①这个温和有礼的小伙子,随时准备加入朝圣者的洪流。

这个教养良好的温和青年,很快就会让自己融入亢奋的人群,在某个地方杀人,被杀,点燃可燃的世界。他真的只是幼稚,易受煽动吗?7月15日的体验告诉卡内蒂,相较于融入群体的欲望,具体的观念、领袖反倒是次要的。是那种必须得到满足的欲望附着于某种观念、领袖之上,而不是观念、领袖制造出欲望。观念、领袖善于利用、操弄欲望,但它们同样不理解它,或许还会被它反噬。它是一个人的"谜中谜",也是时代的"谜中谜"。

卡内蒂一边心不在焉地应付实验室工作,一边思索"谜中谜"。他在笔记本里记下了各种谜一样的人物形象。有"说真话的人",有"爱幻想的人",有"宗教狂",有"收藏家",有"挥霍者",有"演员",有"死亡的敌人",还有一个"书迷"。他想一个一个地写,一个一个地探索,最后写出一部《疯子的人间喜剧》。1931年,他把"书迷"发展成一部书稿,取名《康德着火了》。这是八个形象中唯一幸存的一个。

这部书稿在他身边躺了五年。他的女朋友认为这是一部阴森恐怖的小说,甚至为此担心他的精神状况。1935年10月,《康德着火了》出版,书名换成了《迷惘》。书中那位书迷的名字,从康德变成了基

---

① 〔英〕埃利亚斯·卡内蒂:《耳中火炬》,陈良梅、王莹译,新星出版社,2006年,第259页。

恩。从成稿到出版，卡内蒂请他最看重的人提意见，其中包括赫尔曼·布洛赫、罗伯特·穆齐尔、托马斯·曼。似乎只有布洛赫读得认真，表达了认真的反对。

布洛赫把卡内蒂叫到家里，连番发问："你想借此说明什么呢？……您不至于为了写疯人的故事而写该书吧？……您令人感到害怕。您想让人害怕吗？……您没有以下地狱相威胁，而是将地狱展现在人的眼前，并且地狱就在此生中。给世界带来更多的恐惧，难道这是作家的任务？……"①

卡内蒂回答："是的，我们周围的一切都令人害怕。"

二

手头这本《迷惘》②很旧了，这么多年，我一直以为是从旧书摊淘来的。前些天清理书架，发现扉页上盖着母亲单位图书室的章。这才想起来，中学时常去母亲单位的图书室借书看。母亲在一所小学教书。那里的图书室好像不对学生开放，老师也不怎么光顾。里面有不少蒙灰的好书。仗着私人关系，我从那里借了好几年，读了好几年。向来有借必还的。不知怎么，唯独漏了一本《迷惘》。

当年一定是读完了。否则我不会一直记得那个"书迷"。

彼得·基恩可能是在世的最伟大的汉学家。他精熟中文、日文古典文献，深谙孔夫子、佛陀的义理。他在一幢公寓楼房的顶层，有一间藏书室，人类思想史上的典范著作应有尽有。就在这间书房里，他

① 〔英〕埃利亚斯·卡内蒂：《眼睛游戏》，陈良梅译，新星出版社，2006年，第39页。
② 〔英〕埃利亚斯·卡内蒂：《迷惘》，章国锋等译，外国文学出版社，1986年。

写出一篇又一篇让全世界读者欢喜赞叹的论文。他不教书,也不开会,除了每天早上一个小时的散步,他几乎从不与人接触。他觉得活着的人都不重要。这个世界真正重要的,只有书。他刚刚赶走了一个女管家,因为她对他的书不尊重。

一个叫苔莱泽的乡下女人成了基恩的新管家。基恩不在乎谁来给自己做饭,他只需要有人带着敬畏服侍书。苔莱泽做得不错。有一次,基恩发现她戴着手套翻开一本不怎么要紧的书。基恩决定跟这个知道心疼书的粗鄙女人结婚,好让这个比自己大十六岁的女人继续照顾书。

结婚之后,苔莱泽把书房的一半划归己有。她相信基恩有很多钱,她想让基恩立下遗嘱,把全部存款留给她。基恩答应了,在遗嘱上写下存款金额。这个数字让苔莱泽大失所望。她不信。她断定基恩骗她。她本来想象着可以拿到一大笔钱,用那些钱开一个家具店,再追求一个漂亮的男伙计。现在希望落空,她觉得基恩抢走了本属于她的钱。她毒打基恩,在书房做地毯式搜查,想要找到被基恩侵吞的财产。最后,她把基恩赶出了家。

基恩流浪街头,遇到驼背侏儒菲舍尔勒。菲舍尔勒混迹于一间下等酒馆,相信自己是象棋天才,想着有朝一日飞到美国,打败世界象棋世界冠军,成为全人类的偶像。菲舍尔勒成了基恩的跟班,伙同酒馆里的人骗走了基恩身上大部分现金。菲舍尔勒拿着这些钱订制了礼服,买了假护照。就在快要实现"美国梦"的时候,一个骗钱的同伙杀死了他。

再回到公寓,基恩的书房已被苔莱泽和公寓看门人霸占。他被看门人普法夫诓骗到门房，在那里神志不清地过了几天，切掉了自己一根手指，杀死了五只鸟。他在巴黎做精神科医生的弟弟恰好在这时赶来。乔治·基恩替彼得·基恩赶走了书房的霸占者。伟大的汉学家又可以回到从前的学术生活了。乔治知道哥哥精神有问题，但也相信不会是太大的问题。因为在他看来，哥哥的头脑太冷静、太精确、太乏味，因而做不出什么出格的事。只要有书可读，有论文可写，一切都会恢复如初。精神科医生乔治·基恩放心地离开，返回巴黎。汉学家彼得·基恩锁紧书房的门，放火烧掉了书，和自己。

这么一个故事，实在一点儿都不有趣。世上偏偏有一种书，越是不好看，越是让人忘不掉。当年读《迷惘》，一定是一边读，一边恼火。一个中学生，不可能明白作者为什么要讲这样让人压抑的故事。一个学者，先让女管家骗，再让侏儒骗，再让看门人欺侮，最后引火自焚。他到底想说什么呢？当年的中学生肯定想不通。可他还是忍不住把书读完，而且记住了那个书迷，和他的迫害者们。或许因为，中学生自己也是个书迷。

多年以后，读了卡内蒂那三本比《迷惘》好看多了的回忆录（《获救之舌》《耳中火炬》《眼睛游戏》），我才知道，《迷惘》是他破解"谜中谜"的第一次尝试。

让卡内蒂困惑终生的"谜中谜"，是曾经俘虏了他的"群众欲望"。自20世纪20年代起，他花了五十多年时间琢磨这件事。围绕这个主题，他发展出三个关键词：疯狂、群众、权力。不是权力创造群众，而是权力从群众中产生；要想理解群众的发生，则须深入人的意识深处——探索疯狂。所谓"群众"，首要标记不是数量，而是内心的解放感、解放欲:"群众必须在内心解放自己","属于群众的每一个人在内心都有一个想吃、喝、爱和休息的小叛逆者"。①《迷惘》就是探索"疯狂"的精神现象学。

表面上,《迷惘》讲了几个市井小民对知识分子的行骗、施暴。但这个乏味的故事与时代的政治局势、经济结构、阶级斗争关系不大。卡内蒂从知识分子和小市民身上,看到了惊人相似的精神状态。

粗读一遍,读者很容易在书中人物身上看到自私、虚荣。女管家苔莱泽先是骗取男主人信任,继而想把丈夫的财产据为己有。这个五十六岁的老处女幻想着用夺来的财产开家具店,幻想着有很多漂亮小伙子爱上自己。侏儒菲舍尔勒靠女友卖淫为生。他的全部热情都在象棋上面,他的幻想,是让全世界都崇拜自己。公寓看门人普法夫是退休警察。在那间门房小屋里,他把妻子、女儿折磨致死。他趴在门孔后监视一切,他想让所有人都怕自己。他和苔莱泽通奸,立刻把苔莱泽骗来的财产视为自己的私产。哪怕只是依据普通的市民道德,读者也能从他们的所作所为中看到"坏"。

问题在于,看似受害者的基恩,未必完全无辜。读者在苔莱泽、普法夫、菲舍尔勒身上发现的自私、虚荣,同样可以在他身上发现。他憎恶女人,蔑视人类。他娶苔莱泽,只是想用她照顾高贵的书。苔莱泽敲诈他遗产的同时,他也幻想着从苔莱泽那里得到一笔钱,买更多的书。他被苔莱泽骗,被菲舍尔勒骗,被普法夫骗,但他并非那种被人糟蹋了善意的老好人。他从来都看不起这些骗他的人,只把他

---

① 〔英〕埃利亚斯·卡内蒂:《群众与权力》,冯文光、刘敏、张毅译,中央编译出版社,2003年。

们当成服侍自己高贵的头脑和书的工具。他甚至不承认自己被骗了。相反，大部分时间里，他觉得一切都在掌握中。

如果只是揭露无处不在的自私和虚荣，《迷惘》就只是一部低俗乏味的现实主义小说。卡内蒂要做的，不是戳穿人们的自私、虚荣，而是展示自私、虚荣的不可戳穿。自私、虚荣不可戳穿，因为它们根植于某种深不可测的心灵土壤之中。这才是小说令人毛骨悚然的地方。

三

读小说的人很容易看出小说人物的自私、虚荣，也很容易看出他们是用何等疯狂的行为展示自私、虚荣的。但卡内蒂赋予他们疯狂的行动，不是为了讽刺自私、虚荣。疯狂远比自私、虚荣更本质。

卡内蒂笔下的疯狂的第一个标记，是清醒、自洽。每一个疯狂的人物，都无比清醒、自洽。

基恩疯狂地挥霍，疯狂地诅咒女人、邻居、整个人类，疯狂地切掉手指，疯狂地自焚。苔莱泽疯狂地自恋，疯狂地敲诈，疯狂地追逐年轻男人。菲舍尔勒疯狂地行骗，疯狂地制造骚乱，疯狂地利用女人，疯狂地做白日梦。普法夫疯狂地虐待妻女，疯狂地恐吓邻人，疯狂地热爱权力。可是，在他们各自的头脑里，没有一件事是疯狂的。他们各自行着合情合理的事。

基恩把世界一分为二：爱书的、不爱书的。不爱书的人，都是贱民，死有余辜。他不能理解怎么会有不爱书的人，但他清楚地知道有很多人不爱书，有很多人想要毁掉书。从秦始皇到当铺掌柜，他都知道。所有想要毁掉书的人，都是魔鬼。他就活在一个魔鬼纵横的世界里。他的责任就是与魔鬼斗争。这个世界,可能只剩下他一个与魔鬼斗争的人了。所以,他几乎等于救世主。至于其他人,都该心甘情愿成为救世计划的一部分才对。

苔莱泽把男人一分为二:爱她的、不爱她的。男人怎么可能不爱她这么正派的女人?不爱她的男人,一定是不正派的男人,无能的男人。基恩就是无能的男人。这个无能的男人,不仅欠她爱,还欠她钱。欠了她那么多钱,就妨碍了她得到男人的爱,所以,基恩是可耻的小偷、骗子。因此,她要把失去的全都夺回来。

菲舍尔勒把酒馆里的人一分为二:与"美国梦"有关的、与"美国梦"无关的。原则上说,所有人都欠他一个"美国梦"。被他选中的人,都是实现梦想的工具。他不觉得自己骗了基恩。因为世界上没有人不是骗子。越是装作纯良、高尚的人,越是本领高级的骗子。基恩这个看似纯良、高尚的傻瓜,一定是个大骗子。对付骗子最好的办法,就是骗。不能从骗子那里得到钱,就等于被骗子骗去了钱。所有的损失,都会妨碍梦想的实现。一个理想主义者,不可以忍受此等失败。

普法夫把公寓里的人一分为二:受控于他的、妄想摆脱他的控制的。他不能容忍有人不怕他。让妻、女怕他,就是他爱她们的方式。让公寓住户怕他,就是他尽职尽责的方式。他必须得驯服身边的每一样东西。妻子、女儿死了,他就驯服鸟,和自己送上门的苔莱泽。鸟被基恩杀掉了,他就驯服基恩。他从来不会狂妄到想要驯服全世界。他知道害怕。遇到警察、上等人,他立刻卑躬屈膝,低声下气。他只是在自己的势力范围里享受权力。他只是聪明、机敏地拓展着势力范围。

　　每个人的整体形象都是疯狂。可每个人都在自己的逻辑里清醒、自洽地行着疯狂之事。不止清醒、自洽，而且睿智、精明、高效，充满现实感。在学术世界里，基恩是独一无二的智者。他的论文，从来都以渊博、清晰、雄辩著称。在现实世界，基恩也是运筹帷幄的智者。他深信每个人都在自己掌控之中。苔莱泽、菲舍尔勒、普法夫也都是如此。每个人都顺着自己的逻辑思考、感受、判断、制订计划、实施计划。每个人都欣赏自己的计划，亲眼见证着自己一步步走向成功。在《迷惘》的世界里，没人认为自己是疯子。人人都是熟练的生活艺术家。

　　卡内蒂笔下的疯狂的第二个标记，是饱含了浪漫、崇高的无辜感。没人从自己身上发现自私、虚荣。人人都安稳地活在无辜感里，并在无辜之中品咂着自己的浪漫，乃至崇高。

　　普法夫常常被自己感动，因为自己如此热爱妻、女，如此辛勤养家，如此恪尽职守。菲舍尔勒时刻沉浸在怀才不遇、天涯飘零的惆怅之中，也常常对自己实现梦想的智慧、勇气感佩不已。苔莱泽一边虐待丈夫，一边盼望即将降临的浪漫爱情。单是那个盼望，就足够浪漫。在私人自传里，普法夫是良善公民，苔莱泽是纯情女子，菲舍尔勒是理想主义者。

　　基恩憎恶女人，从无性欲。即便是他，也享受着自己的浪漫。他经过百般考察，确信苔莱泽、菲舍尔勒是爱书之人，竟忽然之间生出对他们的夫妻之爱、兄弟之情。当然，他的感情只是屈尊俯就。但正是这种屈尊俯就，让他更加欣赏自己的真诚，乃至伟大。几个人里，正是博学强识的基恩最常感到自己的伟大。他的学识，足以和孔夫子平等交谈,足以纠正世人对耶稣的误解。人类有史以来所有宝贵的知识,都在他的书房里、头脑中。只要书房和头脑还在,他就确信自己是所有这些宝贵知识的伟大统帅。他的人生故事,就是统帅书、保护书,领导针对恶魔的圣战。

每个人都清楚地知道自己想要什么。每个人都清醒地围绕目标筹划生活。每个人都把自己的生活讲成一个浪漫乃至崇高的故事。因此,人人都清白无辜。人人都在清白无辜中为所欲为,彼此伤害,自我毁灭。

粗心的读者先是从故事里读出自私、虚荣、疯狂。再读、三读,他猛然发现:《迷惘》的世界里,根本无处安放这些道德诊断。《迷惘》里的人不需要它们,不承认它们,或者,只需要用它们诊断别人。至于自己,早就获得了从灵魂深处颁发的豁免权。《迷惘》的世界是漾着自豪自恋、全然无辜的世界。

四

彼得的弟弟乔治是个特殊的人物。卡内蒂告诉读者,他是当世最有声望的精神病医生。他的医院关着八百个病人,每个病人都把他视为亲密朋友。而他,则从每个人那里学到关于人性的隐秘知识。这个人,似乎是理解《迷惘》的入口。

乔治的前任,是那种传统的精神病医生,断言"精神错乱是对利己主义的一种惩罚"[①]。换言之,疯狂不仅是病,还是罪。那个顽固的

---

① 〔英〕埃利亚斯·卡内蒂:《迷惘》,章国锋等译,外国文学出版社,1986年,第491页。

老头死掉了，死于自己妻子的毒药。毒死丈夫的妻子，让乔治成为新任丈夫，以及医院的新任主人。乔治不像前任那样居高临下地蔑视疯子。相反，他痴迷于向疯子学习。在病人们身上，"他发现了多少深刻的思想和敏锐的洞察力"，"发现了比任何诗人都更加才气横溢的讽刺家"。①在他看来，疯子不是误入了错误的世界，而是创造了全新的世界。只有他们，才有勇气创造世界，享受世界。犹如上帝，"用六天的时间进行创造，在第七天去适应它们"②。

乔治的兴趣不是治愈病人，而是欣赏病人。自从学会了欣赏病人的世界，"他对文学不再感兴趣了"③。和病人的世界相比，现实世界太贫瘠，现实世界的人太单调、太平庸。每个被他治愈的人都对他感激涕零。他却同情那些康复者，甚至有些鄙视他们。每个康复者，都重新被简化，成为庸人。本来，他们活在迷人的谜里，怡然自得。治愈的意思是，他们身上的谜消失了。他们又成了现实世界的囚徒，把贫瘠的现实世界视为理所当然，把一切陈词滥调视为金科玉律。有些康复了的病人还会复发。他们一次次地复发，一次次地求乔治帮他们重获清醒。乔治说，这些人天性软弱，没勇气承担那谜样的丰盈的生活。

关于疯狂，乔治用了和前任截然不同的隐喻。疯狂不再是病，更不再是罪，而是真实、恩典、解放，是真正的精神生活，是对永生的无限趋近。

---

① 〔英〕埃利亚斯·卡内蒂：《迷惘》，章国锋等译，外国文学出版社，1986年，第495页。
② 同上，第501页。
③ 同上，第502页。

　　乔治常说,只有疯子才敢于创造、敢于踏入感觉的洪流。只有无穷无尽的感觉洪流才是真实的生活,而健康人的所谓"理智","不过是一场误会而已"。①

　　乔治还说,只有疯子才是走出了奴役之地的以色列人。套用《圣经》的譬喻,疯子才是出了埃及的幸运选民。他们几乎抵达了流着奶和蜜的应许之地。他不理解,怎么竟有人"哭着喊着要回到埃及煮肉的锅边去"? 他这个精神病医生的工作,只不过是把获得解放的人重新带回被奴役的埃及。

　　乔治崇拜那些出埃及的选民,当然有他的理由。他太了解自己,因此也太鄙视自己。他知道,支撑自己生活的,只有女人和荣誉。他的同事们也好不到哪儿去。病房外面的一切,都被官僚体系、实用道德统治着。到处都是驯良、有用的公民。人人都复制着别人的生活,所有人都复制着官方颁布的模板。"他们在窗口谈生意,办事情,最多只是操纵一台机器。"这个机器般的世界容不下幻想、激情、爱和盼望。他却在病人身上发现了这些。所以他说:"如果说世界上有什么纯粹的精神生命的话,那么,这些疯子便当之无愧。"②

　　跟彼得·基恩、苔莱泽、菲舍尔勒、普法夫一样,乔治也把世界一分为二:绝望的清醒、至福的疯狂。在他这里,健康与病态、正常与犯罪之类的区分早已过时。他自己享受着"健康"世界里的一切,但他从这个世界看不到任何希望。这是一种迟早贫瘠至死的"健康"。这个世界的"健康"人,都是死亡的囚徒:因贪生怕死而唯唯诺诺。唯有

---

①〔英〕埃利亚斯·卡内蒂:《迷惘》,章国锋等译,外国文学出版社,1986年,第505页。
②同上,第511页。

疯狂，才能挣脱死亡的威胁。疯子在自己的世界驱逐了死亡的恐惧，因此接近永生。①

稍有神学常识的读者都读得出来，往昔圣徒们向天上求索的事物，乔治向疯人院求索。

乔治太"健康"了，故而太了解"健康"世界的贫瘠、绝望。疯人院的疯子需要治疗疯狂，乔治则需要治疗绝望。如何治疗绝望呢？乔治觉得，除了疯狂，别无希望。疯狂一旦成了世界的希望，乔治就觉得自己不只是医生，而是政治家。他构想了一个未来的世界共和国。共和国的种子，就是疯人院里的八百个病人。他的病人从八百增加到两千，再到一万……三十年后，"这里将出现一个世界共和国，人们会任命我为疯子的人民委员，我将到世界上一切有人居住的地方去旅行，视察和检阅一支由精神病人组成的百万大军"。他要像耶稣在最后审判时要做的那样，拣选子民，"让那些意志薄弱者站在左边，意志坚强的人站在右边"。②乔治跟哥哥一样，不喜欢上帝，喜欢自己出任救世主。在乔治的政治想象里，未来世界的救世主，是带领贫瘠、绝望的现代人出埃及的人。而现代版的出埃及，是疯狂。勇于疯狂的人，是现代选民。

读了三本回忆录，我才知道，卡内蒂借着乔治之口说了不少要说的话。

比如，疯狂意味着投入自己制造出来的全新世界。彼得·基恩、苔莱泽、菲舍尔勒、普法夫都是在自己制造的全新世界里全情投入、怡然自得的人。

---

① 〔英〕埃利亚斯·卡内蒂：《迷惘》，章国锋等译，外国文学出版社，1986年，第503页。
② 同上，第516页。

　　比如,疯狂意味着解放。彼得·基恩、苔莱泽、菲舍尔勒、普法夫的新世界里都不再有罪感,他们全都享受着解放之后的无辜快感。他们把审判和诊断关到了世界之外。

　　比如,疯狂意味着精神狂喜。彼得·基恩、苔莱泽、菲舍尔勒、普法夫都成功地把自私、虚荣转换成浪漫、奉献、理想主义、救世慈悲。他们的世界如此连贯、自洽,排除了任何疑虑不安,剩下的,唯有自我感动。

　　比如,疯狂意味着个体的消失,群众的登场。这涉及疯狂的辩证法。乔治提到唯有疯狂可以战胜死亡。但战胜死亡的前提,是忘掉生命。乔治还提到疯子们的迷人个性。但疯子的迷人个性,也可以视为个性的消亡。疯子把"自我"从所有枷锁里解放出来,通过砸碎枷锁杀掉了"自我"。这不难理解。砸碎了枷锁,也就丧失了形状和边界;丧失了形状和边界,"自我"也就失去了本来的意义。他失去的只不过是"自我",却赢得一个无辜的狂喜的世界。当然,他赢得的那个世界里,"我"失去了意义。取而代之的,是"我们"。在显微镜下,每个疯子都被独一无二的欲念苦恼着。在望远镜下,所有具体的欲念都不重要。真正重要的,是无辜狂喜的疯子们汇成的忘我大军。乔治知道,疯人院里每个疯子都将是未来世界的种子,和盐。一个无辜狂喜的疯子必将点燃一群无辜狂喜的疯子。多年以后,卡内蒂把这样的人称为"群众结晶"(《群众与权力》)。一粒结晶,会长成一座山,填满一片海。《迷惘》里,彼得·基恩、苔莱泽、菲舍尔勒、普法夫在一座商业大厦相遇。四个人各怀心事地扭打、嚎叫。由此引发了一场骚乱。半个城的人都疯了,各怀心事地扭打、嚎叫,渴望杀人。那情景,很像卡内蒂永志不忘的 7 月 15 日。①几个出埃及的选民点燃了世界。

读了三本回忆录，我才知道，乔治不等于卡内蒂。

似乎，卡内蒂想要借助乔治把全书的恐怖氛围推向高潮。乔治是全书最理解疯狂的人。恰恰是他，放弃了治愈的责任。《迷惘》的世界里，所有疯子都活在某个盼望里，唯有乔治，健康地绝望着。唯有他才知道，如此贫瘠的世界，根本配不上称之为健康、治愈。于是，他或者像个唯美主义者那样，欣赏疯狂；或者像个救世主那样，统帅疯狂，想象一个臣服于疯狂的新世界。乔治眼中的世界图景是：非绝望，即疯狂。这个选项本身，就比所有绝望者更绝望，比所有疯狂者更疯狂。卡内蒂不是这样的人，但他决心研究这样的人。

五

赫尔曼·布洛赫对卡内蒂说：你给世界带来更多的恐惧，你把地狱展现在人的眼前。卡内蒂回答："是的，我们周围的一切都令人害怕。共同的语言已经没有了。没有一个人能理解另一个人。我认为没有一个人愿意理解他人。"②这句话，正好说出了《迷惘》的恐怖之处。"共同的语言已经没有了"，因为每个人都活在自己批准的疯狂世界里。而世界的真正疯狂恰恰在于，每个人的疯狂都清醒、自洽、崇高、无辜。因此没人怀疑自己，没人听得见别人，没人愿意听见别人。也正是这些清醒自洽地疯狂着的人们，将要汇成没有语言只剩嚎叫的

---

　　①〔英〕埃利亚斯·卡内蒂：《迷惘》，章国锋、舒昌善、李世勋译，外国文学出版社，1986 年，第 355—364 页。
　　②〔英〕埃利亚斯·卡内蒂：《眼睛游戏》，陈良梅译，新星出版社，2006 年，第 37 页。

群众大军,砸碎世界,烧毁世界。

布洛赫和卡内蒂遵循着不同的诗学。布洛赫的小说,往往把善与恶、绝望与希望并陈。并陈本身,就为读者提供一条自省和治愈之路。卡内蒂则坚信:尽管喜欢谈论地狱,人们其实对地狱所知甚少;没人能够抵御所知甚少的大敌。比如,人们就对地狱的诱惑力所知甚少。《迷惘》要说的是,地狱也能为人提供解放感、喜乐感、纯洁感、永恒感。和天上的日子比起来,地狱里的日子不是相反,而是很像,并且远比天上的日子便捷易得。如果天上的日子不再成为选项,地狱的日子或许就成为摆脱绝望的唯一希望。这种"希望",对布洛赫、卡内蒂而言或许虚假,对于《迷惘》里的人物,却绝对真实。

作为小说家,布洛赫和卡内蒂或许不属于同一量级。布洛赫那些鸿篇巨制抵达的广度和深度,卡内蒂从来不曾达到。但是关于"群众欲望",卡内蒂的发现却独一无二。布洛赫也对"群众心理学"抱有持久兴趣。他进过纳粹的监狱,写过《群众性癫狂理论大纲》,直至晚年,还在关注群众心理与世界政治的关系。在他的解释里,"群众"基本等于放弃了责任的人,等于某种"思想的朦胧状态",或"心智水平的降低"。由于"放弃""朦胧""降低",它就进入了阿伦特意义上的"平庸之恶"。依照卡内蒂的看法,这实际上是轻视了"群众"。轻视的意思是说,仅仅把它视为某种幼稚病,相信它可以通过启蒙、教化得到治愈。卡内蒂没有这么乐观。因为他从群众身上发现的,不是平庸、蒙昧,而是喜乐、渴欲,乃至崇高、圣洁之感。谁不想便捷地获得这些呢?谁愿意从便捷的喜乐中醒来呢?

1927 年 7 月 15 日,卡内蒂在自己身上发现了"群众欲望"。三十岁时，他用《迷惘》描述了这种欲望。此后的五十年，他想研究并解释这种欲望。于是就有了《群众与权力》(1960)，他称之为平生最重要的书。作为读者，我觉得这本过分博学的书跟作者的雄心不相匹配。想要走进现象背后、解释现象的卡内蒂，没有打磨出更有效的分析工具，帮助人们理解由他发现的"群众欲望"。雄心勃勃且炉火纯青的《群众与权力》，还是无法替代青年时代的《迷惘》。《迷惘》的伟大，恰恰在于那种铁石心肠的描述，不加解释的描述。正是这种描述让人们知道，地狱的恐怖，就在于地狱的喜乐。把人引向疯狂和群众的，是同一种喜乐。

反倒是卡内蒂的两位伟大前辈，为后人提供了理解卡内蒂现象的工具：赫尔曼·布洛赫在《梦游者》(1931)和《维吉尔之死》(1945)里区分了"开放系统"和"封闭系统"；罗伯特·穆齐尔在《没有个性的人》(1930—1943)里描述了"次级实在"。他们想要理解和解释的，是卡内蒂为之迷惘的同一个时代。

依照布洛赫，其实并没有绝对的"开放"和"封闭"。真正重要的，是辨别一个思维系统把终极目标安置在哪里。任何一个思维系统，如若把某种不配成为终极目标的事情规定为终极目标，它就成了所谓的"封闭系统"。比如，有些思维系统劝说信徒把时间之内的某个点当成永恒去期待，一个"封闭系统"就形成了。再如，有些思维系统劝说信徒把欲望、安全或财富当成终极幸福去求取，一个"封闭系统"就形成了。问题的关键根本不在于该不该满足欲望、寻求安全、赚取财富、盼望某个时刻。问题的关键在于，该不该崇拜它们，仅仅崇拜它们。"封闭系统"的特征，就是那种"仅仅崇拜"。"仅仅崇拜"一旦发生,人就成了在轮子里跑动、永不停歇的仓鼠(叔本华的譬喻)。他的盼望、努力、失败、挣扎,成了一个跑不出去、停不下来的"尘世闭环"。

在这个"尘世闭环"里,一切都是真实的,一切都是清醒的,一切都是自洽的。为了不从轮子上掉下去,必须努力跑好每一步。这何等清醒? 现在的每一步都来自先前的一步,现在的每一步都导致稍后的一步。这何等自洽? 既然每个动作都是清醒的选择,遵循自洽的逻辑,这永不停歇的跑动又是何等真实? 的确真实。唯一的不真实是,仓鼠看不见轮子之外的世界。它选择的真实,太贫瘠。它只是在一个贫瘠的人造真实里跑着,兴奋着,疲惫着。

布洛赫描述的"封闭系统""尘世闭环",在穆齐尔那里就表述为"次级实在"。两位伟大作家的文学恩怨,需要另外的笔墨。这两个术语,至少说明他们在根本的问题上同仇敌忾。剥掉术语迷障,"次级实在"其实不难理解。一个自小在草原上撒野的孩子,认为"天似穹庐,笼盖四野"是这世界的真相。这是他体认到的"实在"。一个自小拘禁在地下室的孩子,坚信"天空"就是天花板、"太阳"就是日光灯,"大地"就是水泥砖。他就生活在天花板、日光灯、水泥砖之间。对他而言,天花板、日光灯、水泥地便是全世界,唯一真实的世界。他体认到的是不是世界的真相,或曰"实在"? 当然是,无可否认。但他体认到的那个"实在"是否是全部的"实在"? 当然不是,无可否认。他体认到的"实在",只是一个人造的、次生的"次级实在"。只要见识过天空的人就不会否认。但是,那个仅仅见过天花板的孩子,必定否认。在这个天花板笼罩的"次级实在"里,他也会清醒、自洽地生活,也会吃喝拉撒,也会喜怒哀乐,一切都健康,一切都正常。唯一不正常的是,他不能看见也不愿看见天花板外面的世界。要是外面的世界危及他的清醒和自洽，他会恨，会诅咒，会反抗（参看沃格林《何谓政治实在》①）。

《迷惘》里的人，都活在"次级实在"里。彼得·基恩的天花板，是他的书。苔莱泽的天花板，是她的招人怜爱的屁股和乳房。菲舍尔勒的天花板，是他的"美国梦"。普法夫的天花板，是他的拳头和威风。天花板之外的事，他们不关心，不理解，不承认。天花板底下的事，他们无比精明、干练，甚至无比浪漫、崇高。他们是不是疯子呢？依照各自的天花板逻辑，他们非但不疯，简直是天才和圣徒。至于天花板外面的逻辑，对他们而言根本不存在。因此，他们可以聚在一处、交谈、撕打，却从未见到彼此、听到彼此。他们只关心、只崇拜自己的天花板。他们独自清醒，一同疯狂。

　　　　共同的语言已经没了。②

卡内蒂笔下的精神病医生乔治崇拜疯子。乔治认为疯子的生命体验无比丰盈。疯子的体验的确无比丰盈。但那个丰盈的前提，却是极度贫瘠。一个在天花板下把蚊鸣当作雷声的人，听觉不可谓不丰盈。丰盈的代价却是，听不到真正的雷声。听得见蚊鸣，是他们的清醒和丰盈。听不见雷声，是他们的疯狂和贫瘠。早在1908年，切斯特顿就用英语写过三位德语作家关心的事情。他在《回到正统》里

---

① 此文收入于〔美〕埃里克·沃格林：《记忆——历史与政治理论》，朱成明译，华东师范大学出版社，2017年，第393—494页。

② 〔英〕埃利亚斯·卡内蒂：《眼睛游戏》，陈良梅译，新星出版社，2006年，第37页。

说:"事事讲求理性的人往往是疯狂的;疯狂的人常常事事讲求理性……快乐的人才会做这些无用的事;有病的人腾不出无所事事的能耐。疯子永不明白的,正是这些无心的、无原因的行为。"①卡内蒂在《迷惘》里描述的疯子,正是这种连犹疑不决、无所事事都不会的清醒之人,贫瘠到只剩天花板底下的理性。

我觉得,卡内蒂或许意识到理性和疯狂的微妙转换。《迷惘》里,他让最清醒、最博学、最冷静,冷静得乏味的彼得·基恩点燃了烧毁一切的火。憎恨人、只爱书的彼得·基恩,是最孤独的个体,同时也是最疯狂的群众。多年以后,卡内蒂才写出那个警句:"如果我不知道什么是极度的孤立,那么我永远也不会理解群体。"②中和切斯特顿与卡内蒂,或许可以得出这样的句子:"如果我们不知道什么是极度的理性,那么我们永远也不会理解疯狂。"极度理性的基恩舍不得每一本书,却舍得烧掉世界,以及所有的书。

读《迷惘》,我总是想起我们这个时代的学术天才和救世主基恩、浪漫主义者苔莱泽、理想主义者菲舍尔勒、好公民普法夫、非绝望即疯狂的智者乔治,在贫瘠世界绝望着的人们,不知怎样出埃及的人们。这依然是那个让卡内蒂迷惘的、可燃的世界。

2020年5月

---

① 〔英〕切斯特顿:《回到正统》,庄柔玉译,生活·读书·新知三联书店,2011年,第13页。
② 〔英〕埃利亚斯·卡内蒂:《耳中火炬》,陈良梅、王莹译,新星出版社,2006年,第256页。

逃离乌尔罗：
读米沃什

一

元和十年(815年),四十四岁的江州(江西九江)司马白居易写了一封
长信,收信人是远在通州(四川达州)的好友元稹。这是一封不太像信
的信。在中唐人的写作习惯里,信是一种特殊的文体。借助这种文
体,作者可以筛选读者。筛选读者意味着,他决意把自己身上公众无
法理解的面相展现出来。这些不被公众理解的面相,恰恰是未来读
者理解他的真正入口。《与元九书》里,白居易向元稹提交了两部历
史:一部,是自《诗经》以来的诗史;一部,是白居易的个人心灵史。对
现代读者而言,两部历史都会构成理解的挑战。其一,白居易笔下的
诗史,是一部汉语诗歌的衰颓史、堕落史。这种历史图景,会让习惯
了进化论的现代读者感到不舒服。其二,白居易笔下的个人心灵史,
充满道德紧张。白居易反复申明:自己的诗歌热情,就来自那种道德
激情。道德激情与诗歌热情之间纠缠,常常也让现代读者感到不适,
或者不解。

在《与元九书》里,白居易为整个汉语诗史划分了等级。划分等
级的标准,是时代或诗人的道德自觉。正是依照这个标准,他才把汉
语诗史讲述成衰颓史、堕落史。不仅为历史划分等级,白居易也为自

己的写作划分等级。"讽谕诗"，表达他对公共生活的道德忧思；"闲适诗"，反复吟咏私人生活中的德性体认；"感伤诗"写思念，写命运，写苦闷，写人间百态，人之常情；"杂律诗"里汇集了一位语言天才的诗艺探险。在白居易的时代，真正为他带来声名的，是"感伤诗""杂律诗"。人们崇拜那个技艺高超的才子白居易，喜欢那个唱出《长恨歌》的情种白居易。唐代的诗歌消费者，满足于享受诗的韵律、辞藻、巧思，满足于在诗里看见、咀嚼自己的生活。那个时代，白居易可能是最有能力满足消费者需求的天才。但也正是白居易，为自己在诗歌市场上的长袖善舞而羞愧、而痛苦。他告诉元稹，在这个诗歌无比繁荣的时代，人们可能忘了某些重要的东西。一旦忘了这些东西，繁荣，不多不少正是衰颓的标记。所以，他叮嘱老友，写作的等级不可以乱："感伤""杂律"要放在后面，尽管它们让作者和读者快乐；"讽谕""闲适"要放到前面，尽管它们总让作者紧张，把读者刺痛。白居易知道，消费者不需要它们。不需要，不代表不重要。有时候，人会忘记最重要的需要。

我的饭碗，是在中文系教授古代文学。每次讲到白居易，我都告诉学生：这是一个对自己的天才感到羞愧，对文学的繁荣感到不满的人。在汉语诗史上，你会经常遇到这样的人。白居易不是第一个，也不是最后一个。每次说这些，我都会在学生们脸上看到困惑。学生们没办法理解，怎么还会有人因天才、繁荣而羞愧、不满。每到此时，我都赶紧住嘴。因为我已经踏进一个教育禁区。

我在大学读书的时候，称赞白居易的"政治性""人民性"，是一种流行的"正确"。到了我教书的时代，批评白居易过分政治，从而损害了文学的"纯粹",又成了新的"正确"。前一种"正确"断言:文学必须为政治服务。后一种"正确"宣称:文学必须纯粹、独立,摆脱政治的奴役。文学史教材里的白居易,就在变来变去的"正确"潮流中忽荣忽辱,时沉时浮。至于他的羞愧和不满,根本没办法用那些"正确"的语汇去谈论。

二

1908和1909这两年,刚过三十的王国维(1877—1927)陆续发表了六十几则论词札记。这就是后来著名的《人间词话》。

现代教育体系,不得不把王国维一分为三。哲学家王国维,由哲学教授负责。文学家王国维,由文学教授讲授。史学家王国维,则是史学系师生的偶像。《人间词话》和三年之前的那本《红楼梦评论》,通常被视为文学家王国维的主要成绩。可惜当文学专家们对这两本小册子施以专业分析时,常会感到尴尬。现代红学家可能很难欣赏《红楼梦评论》。因为王国维借助《红楼梦》谈论的问题,红学家们根本不关心。同样的,当代诗词爱好者也可能对《人间词话》发生误解。《人间词话》文辞古雅,这让很多年轻人误把它当成诗词读写的入门书。可实际上,如果你把王国维的那些警句当成对汉语词史的权威评论,你可能会错过太多真正精彩的好词。敏感而细致的读者会发现,看似古雅的文辞背后,王国维想要表达的是某种让他紧张、兴奋的"发现"。在他的时代,"同光诗""常州词"的光彩尚未消散。北京、上海的老大师们仍在书斋、诗会里吟咏不辍。那是古典诗词最后的繁荣。就在这个时候,王国维发现,有必要重新想想,什么是诗词,什么是文学。《红楼梦评论》和《人间词话》谈论的是一本小说和几位词人，但不止于此。王国维一再想要触碰的，是大多数人不愿触碰的问题：文学何为。文学何为，这是一个文学问题吗？是，也不是。

我更愿意把《红楼梦评论》和《人间词话》看成王国维十余年哲学求索的收尾。王国维读哲学，主要是二十二岁到三十一岁这八九年的事。触发点，是他自己所谓的"体素羸弱，性复忧郁"。他要找的是人生慰藉，却也在形而上学方面下了十足的功夫。他先读康德的《纯粹理性批判》，如入雾中。遇叔本华而茅塞洞开，又顺着叔本华的复述回到康德。三十岁那年回忆求学历程，他说正准备从康德的认识论进入康德的伦理学。然而三十岁时，王国维的哲学激情已到强弩之末，正准备着"结束铅华归少作，屏除丝竹入中年"。

像康德、叔本华这样的哲人，还保守着一种悠久的工作习惯：建构一套形而上学，顺便建构一套美学，目的是为最幽深的那点德性关切奠基、铺路。这就让他们本来一贯的写作，看起来像是两截。在那些标志着哲学"现代化"的哲学史教材里，他们的"体系"也的确常常被拆成两截分别处理。分成两截的好处是，人们可以放心赞美认识论的"科学"贡献，同时方便地忽略伦理学的道德关切。因此，在更现代的学问生态里，康德、叔本华的形象发生了扭曲：他们似乎是为科学做出了历史贡献，同时又在道德上犯了保守或专断的错误，可以谅解，但不值得信赖。只有叔本华才能读懂康德，只有尼采才能读懂康德和叔本华。在尼采眼里，康德是一个老派的基督徒，建了一座大厦，打造了满屋工具，只为捍卫陈旧的基督道德。在尼采眼里，叔本华是在基督道德式微之际抵挡文化衰颓的德性英雄。王国维从叔本华那里领受的馈赠,主要是道德和心灵的慰藉,这很像尼采。

像康德、叔本华这样的哲人,各自建造了让人眩晕的哲学大厦。但大厦的根基和穹顶,仍是《圣经》里的那些老教诲。他们都对救赎抱有期待(即便是叔本华),也都承认救赎的可能就包含在那些老教诲里。只不过,他们觉得有必要用新的词语、句子重新讲述那些老教诲。王国维在他们的哲学大厦里转了几圈,也从哲学巡游里得了些慰藉。更重要的是,他也像叔本华那样,把救赎当成大问题。但是,他对哲学大厦的基督教根基、穹顶不感兴趣。他没办法跟着康德、叔本华走到尽头。

关心救赎,却不愿走向信仰,那就只好退守艺术了。

康德和叔本华都谈论艺术的救赎功能。在他们的体系里,艺术不是终极救赎,只是对救赎的预备或操练。写《人间词话》的王国维,几乎把艺术视为救赎的唯一指望,聊胜于无的指望。艺术何以暂时安抚人生之苦?因为艺术创造或鉴赏发生的时刻,人暂时从欲望之网中出来。人以艺术之眼所见之图像,也是从欲望之网中脱离出来的图像。人在这样的图像里找寻的不再是满足欲望的门路,而是生命的本相。观看暂时取代了钻营,认识暂时取代了抢夺,同情暂时战胜了欲望。在艺术中观看人生之苦,这本身就是对人生之苦的救济。艺术关乎救济,因此是在超越教条的层面关乎道德,这是王国维从叔本华那里学到的。他用叔本华的说话方式解释他熟悉的汉语文学。《红楼梦评论》是最有雄心的叔本华式写作。《人间词》和《人间词话》,则是自愿在精致的汉语里留下些叔本华的影子。

必须在人之救赎这个问题之下,才能理解艺术,才有艺术的位置。这是叔本华给王国维的教益。在王国维看来，叔本华的教诲并不与中国的传统文学生活相矛盾。孔门说诗的那个"比兴"传统，正是时时要从诗里获得提撕人性的救济之力。只不过，在后代诗论家那里，这种力量淡化、模糊成"神韵""妙悟""言外之意"一类的技术点拨。王国维说，自己的"境界"论，不是汉语诗学的另起炉灶，只是返本之谈。

王国维从叔本华那里获得的慰藉和启发，只会让他在汉语世界更显孤独。他是20世纪中国少有的几个想要在文学与救赎之间重建联系的人。可是，他在有生之年已经看到，汉语正在变成一种崇拜"革命"、"斗争"、权力、狼性的新语言。在他之后，汉语很快就要"进化"得对救赎丧失理解之力。

三

第一次被米沃什（Czesław Miłosz, 1911—2004）吸引，还是因为王国维。那首《康波·代·菲奥里》写于1943年。康波·代·菲奥里是著名的罗马广场。乔丹诺·布鲁诺就在这里被处以火刑。米沃什写的，是一场现代火刑。广场的一边，人们在欢度周末。广场的另一边，犹太区的房子正在轰炸之下燃烧，粉碎。尽情欢乐的人们对不远处的痛苦毫无感觉。同样的近在咫尺却彼此隔绝的苦难和欢愉，发生在罗马，也发生在华沙：

> 一个晴朗的春夜
>
> 在华沙按狂欢的曲调

旋转的木马旁我

想起了康波·代·菲奥里。

兴高采烈的旋律淹没了

犹太区屋墙传来的炮弹齐发声,

双双对对高飞

在无云的天空。

有时从火堆吹来的风

把黑色风筝吹过去,

旋转木马的骑者

抓住了半空的花瓣。

那同一阵热风

还吹开了姑娘们的裙,

人们开怀大笑

在那美丽的华沙的星期天。

读完,我马上想起王国维那首《浣溪沙》:

天末同云黯四垂,

失行孤雁逆风飞。

江湖寥落尔安归。

陌上金丸看落羽,

闺中素手试调醯。

今朝欢宴胜平时。

汉语诗人王国维和波兰语诗人米沃什，用几乎相同的技巧讲述着几乎相同的事情：近在咫尺却彼此隔绝的苦难和欢愉。那些欢愉之中包含着残忍，因为欢愉的基石，是对苦难的不理解，或视而不见。这种残忍，不可能通过道德批判得到纠正或治愈。因为，对他人苦难的不理解，或视而不见，不是某类人的标记，而差不多就是人的标记：人之有限性的标记。人，远不像他自以为的那么善于理解、同情、悲悯。恰恰相反，人往往更乐意适时地丢弃理解、同情、悲悯。唯有如此，他才能安心享用片刻欢愉。人太脆弱，太容易折断。为了保护易断的自己，他必须学会在苦难面前背过身去。这种残忍，不是某个种群某种制度的产物。它是人类生活的背景色。没有这种残忍，人就没法让生活继续。为了维持生活，带着残忍的欢愉有用，也有代价。代价是：分散各处，对他人痛苦闭目塞听的人们，终将被更大的苦难席卷，吞噬。

诗歌专家或许会提醒读者：米沃什关注的是一桩具体的政治事件，而王国维写的是一则哲学寓言。在我看来，这种区分意义不大。所谓的寓言不是别的，只是比纪实报道更为真实的人类肖像。同样的事情，可能毫无新意地发生于人类历史的各个时空角落。每次发生，都像是时空中的一次偶然事件。但若仅仅看到一桩偶然事件，你就根本无法理解它。所有这些不能仅仅被视为偶然事件的偶然事件，就成了一桩更宏大的人类故事的寓言。王国维和米沃什，肯定看见了同一个人类寓言。在这个寓言里，没人有能力消除痛苦，没人有权利谴责欢愉；没人不依恋那残忍的欢愉，没人能逃掉那咎由自取的苦难。

《康波·代·菲奥里》之后，我读了能找到的所有米沃什的作品：诗，演讲，文论，日记，回忆录。起初，我把他当成一个经历苦难、讲述苦难的东欧诗人。读完《乌尔罗地》(1977)和《诗的见证》(1983)，我才意识到，终生困扰米沃什的问题，不是如何写诗，不是如何作为一个波兰人写诗，而是：诗，还能为人做些什么；人，还得为他自己做些什么；还能做些什么，人才能不被权力、资本、技术变成非人。

四

西方读者初次认识米沃什这位"东欧诗人"，可能是通过那本《被禁锢的头脑》(1953年)。这本书写于1951—1952年，出版于1953年。1950年，米沃什任波兰驻法国外交官。1951年，他向法国政府申请政治避难。和那些"标准"的流亡者不同，他并没遭到什么迫害。相反，当局还把他划为"有用的人"。身为作家，他有机会享受较好的生活福利。驻法文化官员，就是福利的一部分。他的流亡，出于自愿。他在很多地方写过，他所谓的"自愿"，包含着复杂得自己都说不清的动机。他不愿"流亡者"身份遭到过度解读。他从来不想把自己塑造成政治上的反抗英雄、思想上的先知。这样的形象，很多"流亡者"梦寐以求，倾力营造。米沃什不感兴趣。把世界分成两座堡垒，从一个堡垒跳出来，然后加入对它的骂战，这并非米沃什的抱负。米沃什的主题从来不是"我早就看透了它，我早就恨透了它"，而是"我为什么曾经信它,一度爱它,几乎献身于它"。

《被禁锢的头脑》写波兰的人和事。因此最初的读者很容易把它读成一本针对特殊区域、特殊制度的政治手册。作为政治手册,这本书两边不讨好。20世纪50年代的法国,萨特这样的知识领袖正在享受与苏联的精神蜜月。他们不喜欢米沃什对"美丽新世界"的抱怨。在他们对面,那些仅仅从概念上仇恨新世界的人,也不喜欢米沃什。在他们看来,米沃什的书不够干脆,缺乏战斗性,几乎是在为那些爱上"新世界"的人寻找理由。他们看得很准。《被禁锢的头脑》写的正是"新世界"的可爱、可信。原因很简单,没人能在怕和恨中忍受一种强加于他的生活,除非那种生活对他而言变得几乎可爱、可信。

《被禁锢的头脑》共九章。一、二、三、八、九,首尾五章是总论;四、五、六、七章,是四篇人物速写,可以视为支撑总论的个案研究。米沃什在纳粹治下的波兰生活过,也在加入了东方阵营的波兰生活过。即便是在20世纪50年代,他也早已不相信世上存在着单纯的"制度的奴役"或"制度的解放"。没有哪一种制度,可以仅仅凭借自身的权力对人实施奴役。所有深刻的奴役,都伴随着被奴役者心灵上的配合,甚至享受。这样的奴役,看起来反而更像是解放。《被禁锢的头脑》讲的就是看起来很像是"解放"的故事。米沃什要研究的是:究竟是什么为人的心灵注入解放感,究竟是什么样的解放感让人甘愿被剥夺,继而兴高采烈地参与对他人的剥夺?

第一章的标题是"穆尔提—丙药丸"(亦译万能药丸)。这是米沃什从维特凯维奇的小说里借来的术语。穆尔提—丙是一位蒙古哲学家。他成功提炼出一种可以改变人的"世界观"的药物。人们只要吃了穆尔提-丙药丸,就会完全变成另外一个人,安祥、幸福、心满意足。原先困扰着他的那些问题,现在看来全都肤浅,无关紧要。不再为大问题而操心而困惑的心灵,会获得前所未有的解放感。这种解放感把他从与世界的尖锐对峙中解放出来。放下武器,归顺此时此地、这个唯一的世界,这就是最彻底的解放。为何要归顺这个唯一的世界?因为他已不可能想象别的世界。别忘了,思考世界的可能性,那是没有机会服用药丸的人才会琢磨的傻问题。米沃什在波兰亲身体验了穆尔提-丙药丸的威力。他特别提到:"穆尔提—丙主义对知识分子的诱惑,远远超出对农民甚至对工人的诱惑。"因为,知识分子是命定以提问为生的人,而穆尔提—丙药丸一劳永逸地免除了他们的义务。注意,是免除义务,不是褫夺权利。不准提问,那是对热爱提问者的奴役。穆尔提—丙药丸的功效是,让那些热爱提问的人猛然意识到自己的傻,从此把天命当成负担,最后带着感激把那负担卸下来。

第三章的标题是"凯特曼——伪装"。米沃什从一本讲述波斯哲学的书里借来这个概念。据说,东方穆斯林世界的人们认为"不应该使自己个人、自己的财产和自己的尊严受到某些人迷恋、疯狂追逐和恶意对待"。因此,只要可能,人们必须对真正的信仰保持沉默。有时候仅仅沉默还不够。因为在众口同声中保持沉默,也可能被视为主动招供。这时,高贵的人就该毫不犹豫地否定自己的信条,采取一切手段模仿人群,取悦人群,把自己改装成人群的"自己人"。据说,这种生活智慧就叫凯特曼主义。凯特曼主义者随时准备配合任何人群。他一边做着人群要求的所有事情,一边品咂着内心的高贵。凯特曼主义者的高贵就体现为:让自己变成自己不屑的样子,比所有真

心实意的人更像那个样子。米沃什用了不少笔墨描写他在波兰观察
到的各种凯特曼。"民族凯特曼"，是那些对自己鄙夷的人群大唱颂歌
的人。"革命纯洁性凯特曼"，是那些在人群里假装革命亢奋的人。"美
学凯特曼"是那种拥有良好审美趣味，却在人群里高喊人民即美的
人。"形而上学凯特曼"是那种可以迅速习得各种哲学"新话"，并且能
比"新话"的信徒说得更地道的人。"伦理凯特曼"是那种彻底丢掉顾
虑变成新人的人，这个新人，愿意做自己从前不屑不愿的一切，只要
人群命令他做，他就做。其实，凯特曼主义的重点不是伪装，而是伴
随着伪装的心安理得。不是只有凯特曼主义者才伪装，但只有变成
凯特曼主义者，人们才学会不厌恶自己，欣赏乃至享受自己的伪装。
穆尔提—丙药丸把人从提问和困惑中解放出来。凯特曼主义，把人
从"自我"中解放出来。从此，再也没有什么必须坚持的"自我"。兴
高采烈、因地制宜地丢掉"自我"，用实际行动羞辱"自我"，这才是最
智慧的"自我"。

　　第八章的标题是"秩序的敌人——人"。讲述了四位故人的故
事之后，米沃什写出了全书最有深度的一章。亲身经历和故人故事
让他意识到，20世纪人类生活的最大变化，是奴役性质的变化。从
前，是人对人的奴役。20世纪之后，人要接受"历史逻辑"的奴役。
在米沃什熟悉的基督教传统里，善与恶的载体和主体都是人。谈论
善恶之时，人们是在谈论活生生的具体的人，暴君、英雄、功成名就
的小丑、一事无成的圣徒。而20世纪的理论贩子和宣传机器，向全
人类兜售各式各样的"历史哲学"。所有这些哲学都向人灌输某种
"历史逻辑"。当人们谈论善恶时，重要的不再是活生生的具体的

人，而是无情的铁血的"历史逻辑"。人，充其量只是"历史逻辑"的脚注或祭品。谁垄断了"历史逻辑"，谁就有权力、有责任统治人。这样的统治里，根本不存在暴君和暴政。相反，只要皈依了"历史逻辑"，人们就立刻学会欣赏砍掉一亿颗头颅的善政。再多头颅都不算什么，只要那是"历史逻辑"批准了的。一种依照"历史逻辑"建造起来的秩序里，人——活生生的人，会困惑、会提问、会怀疑，会顽固地坚持自我的人——可能是秩序最主要的敌人。从前的哲人说，人们需要秩序，因此探索秩序。"历史逻辑"则说：秩序讨厌过分人性的东西，为了秩序，不妨消灭人。

米沃什在一个个故友身上发现了穆尔提—丙药丸的功效、凯特曼主义的便捷、历史逻辑的雄辩。所有这些，都潜移默化地改造着人的心灵。有太多心灵从这种改造里感到解放。穆尔提—丙药丸解除了人对真理的负担。凯特曼主义解除了人对真诚的负担。历史逻辑前所未有地解除了人在苦难面前的恶感和羞愧。一个心地纯良的人不会因此变成恶棍，却可能渐渐失去对事物的辨识力。什么是好的，什么是坏的，他再也无话可说，除了被要求说的那些。这时，他比恶棍更可怕。

"被禁锢的头脑"研究的正是这些被解放的心灵。被禁锢和被解放，几乎是同义语。

五

1960年以后，米沃什一直保持双重身份：一是波兰语诗人，一是美国大学的文学史教授。除了讲授东欧和波兰文学，他最在意的是两门课程：陀思妥耶夫斯基、"恶"的思想史。正如他不打算做一个标准的"流亡作家"，他也不打算做一个标准的"文学教授"。他从不相信有所谓"纯文学"，从不相信有所谓"为了艺术的艺术"。在他那里，诗的韵律是迷人的，但只有当诗担起某些重荷，迷人才不致退化成庸俗。

身为美国大学教授的米沃什，发现了另一类"被禁锢的头脑"：

> 对于我的讲课对象，这些二十多岁的年轻人，我始终抱有怀疑。面对这些或是出于天生愚钝，或是缺乏后天学习的大学生，我的讲述能引起多少反响？哪怕他们当中只有十分之一可以领会些什么，我就已经十分幸运了，对此可要事先做好心理准备。几乎每次开始新的课程，我都会有种失败的预感，我什么也改变不了，他们的"电视大脑"不会有任何改变。每当顺利结束课程，我的欣喜就像成功地从高筒礼帽里变出兔子的魔术师，但是我完全不知道，下次变魔术的时候能否成功。①

这些被肥皂剧和广告禁锢住的"电视大脑"（在今天，或许该称之为"微信大脑"），比他在波兰故人身上发现的禁锢更可悲。可悲之处在于，这种禁锢毫无悲剧性可言。米沃什不打算对这些"电视大脑"布道。他给自己规定的职分，是向学生介绍、描述思想和心灵的诸种可能性。知晓可能性的人，才有自由选择的机会。大多数年轻人，根本不知道

---

① 〔波兰〕切斯瓦夫·米沃什：《乌尔罗地》，韩新忠、闫文驰译，花城出版社，2019年，第29页。

那些可能性。即便提醒自己谨守教师本分，只介绍，不灌输，米沃什还是和学生发生了冲突：

> 我们只有一次发生了严重的冲突，那是因为我公开地承认存在善与恶，而他们不屑于这种观点，认为是不可救药的反动。他们认为，人类活动理所当然地是由特定社会和心理学"影响因子"决定的。换句话说，一切价值都是相对的。①

《被禁锢的头脑》毕竟还是一本以特定制度为对象的政治沉思。自那以后，米沃什始终没有丢掉"被禁锢的头脑"这个主题。他在更广阔的时空范围里辨识"被禁锢的头脑"。针对特定制度的沉思，扩展为对现代心灵状况和人类命运的沉思。

1977年，《乌尔罗地》出版。这是一部米沃什的私人阅读史、心灵史。这次，他从布莱克那里借来一个术语：

> "乌尔罗"一词源自布莱克笔下。"乌尔罗地"是灵魂饱受煎熬之所，在那片土地上，残损的人类将承受也必须承受心灵的困苦。②

"残损"的人类，被剥夺了对神圣事物的想象力，也被剥夺了对具

---

① 〔波兰〕切斯瓦夫·米沃什：《乌尔罗地》，韩新忠、闫文驰译，花城出版社，2019年，第252页。
② 同上，第35页。

体事物感受力。他们只崇拜概念,只相信算术。他们对自己仅仅是
动物这件事深信不疑,又心怀不满。于是,他们或者万念俱灰甘当动
物,或者雄心勃勃想做超人。而在动物和超人之间,除了"力量"的差
别,他们想象不出别的,也不关心别的。所谓"残损",是人之疆域的
残损。人不再是在玛利亚和索多玛之间广阔疆域游移的谜,而越来
越像一团可以被试管和电脑破解的材料、数据。只在如此狭窄的范
围里活动心思的心灵,便是乌尔罗心灵。

米沃什把20世纪人类生活比作一片"乌尔罗地":乌尔罗心灵的
家园。这个说法,肯定要比"被禁锢的心灵"引起更多的不满。因为
他想要从比政治制度深得多的地方探究现代心灵疾病的起源。那意
味着,将会在更多的地方发现更多的病人。

《乌尔罗地》的主题,可以一言以蔽之:在乌尔罗地,文学何为。
乌尔罗心灵的特质是,对神圣事物丧失理解力,对具体生命丧失感受
力。在波兰的作协机关、美国的文学课堂,米沃什发现了相似的乌尔
罗心灵(《被禁锢的头脑》第四、五、六、七章)。乌尔罗心灵也有文学生活。他
们可能成为政策宣传员,用一部小说、一篇杂文论证告密、集中营的
正义和美。他们也可能成为严谨的文学专家,像分析昆虫大腿那样
分析莎士比亚的性爱偏好。他们可能真心实意地热爱乌尔罗地的生
活,成为乌尔罗地的歌颂者。他们也可能深感乌尔罗地的索然乏味,
但除了控诉黑暗、发泄绝望,不知如何是好。

在对东欧的政治沉思里,米沃什从未把自己塑造成无辜的局外
人。同样的,在对乌尔罗心灵的沉思里,米沃什首先承认,自己就是
一个典型的乌尔罗心灵:

在从布莱克那里学到那个国度的名称前,我早已住在乌尔罗地,尽管我住得不太舒服。与其他人一样,我屈服于我的时代的观念和想法,甚至把它们放在作品中,但同时知道这一切都是蕴含灾难的假象……我被困在那里,只把普遍的、集体的、具有统计意义的东西当作是值得考虑的。①

乌尔罗心灵肯定比"乌尔罗地"这个词更古老。布莱克发明的这个词语,只是让米沃什这样乌尔罗心灵更清楚地认识到自己的困境:渴望逃离,却无处可逃。

《乌尔罗地》的主要故事,是一个渴望掘地逃生的乌尔罗人的心灵历险。米沃什的主人公,是几位文学前辈:波兰诗人密茨凯维奇,他是《塔杜施先生》《罗马抒情诗》《先人祭》的作者;奥斯卡·米沃什,他是米沃什的堂兄,生活在二战之前的巴黎,用法语写作;伊曼纽尔·斯威登堡,主要生活于18世纪的瑞典诗人;当然,还有英国诗人布莱克。在文学史专家眼里,这几个人之间几乎扯不上任何关系。米沃什却认为他们共同守护着乌尔罗地的一个伟大而隐秘的传统。

乌尔罗地的主要生活规范,是让人屈服于概念,把人贬低为数字。乌尔罗地的地表,从来不缺乏歌颂文学,也从来不缺乏仇恨文学。米沃什说,无论歌颂还是仇恨,都是对乌尔罗地的效忠。但是,也有一些孤胆英雄,想要逃离越来越广袤坚硬的乌尔罗地。逃离的

---

① 〔波兰〕切斯瓦夫·米沃什:《乌尔罗地》,韩新忠、闫文驰译,花城出版社,2019年,第191页。

办法,不是去往某个"别处",而是在自己身上克服乌尔罗性。克服乌尔罗性的意思是,在概念崇拜的时代里,重新成为对人性和神性拥有感知力和想象力的人。这当然不容易,绝非赌咒发誓便能办到。生活于某个时代,首先意味着生活于一套语言之中。正是这套语言,把人打磨成时代的土著居民。而抗拒乌尔罗性,首先是要抗拒乌尔罗语言。对于作家而言,仅仅抗拒一种语言毫无意义,他还必须倾尽全力找到自己的语言。在语言被实证主义科学侵染的时代里,密茨凯维奇从民族传说和《圣经》里寻找自己的语言。奥斯卡·米沃什和斯威登堡想要接通某种神秘主义传统,甚至想要构筑自己的形而上学符号。布莱克,则沉浸于自己的直觉和想象,这让他得以用不同于牛顿、笛卡尔的方式看待世界。这些努力回到古老传统的人,不是要在概念泛滥的时代,重拾几个陈旧的概念。他们的雄心,是借助未受污染的语言冲破乌尔罗的语言牢笼。唯有如此,他们才能让文学处理真正重要的事情:开掘和展现人性疆域的广阔与复杂。

这些被米沃什奉为先贤的人,从来不在乎乌尔罗地的文学禁忌。乌尔罗地的文学禁忌之一,是要求文学的纯粹性:文学不可以沾染政治,不可以服务于道德,不可以触碰神圣事务。那些"纯文学"的拥趸,生怕文学遭到滥用。他们害怕政客利用文学,害怕假道学糟蹋文学,害怕偶像崇拜者绑架文学。解决害怕的办法,就是让文学从所有重要的领域撤退,把那些领域捐赠给政客、假道学和偶像崇拜者。米沃什的先贤们不撤退,不捐赠。斯威登堡、密茨凯维奇、奥斯卡·米沃什们,兴高采烈地打破时代禁忌。在诗人和小说家不好意思谈论正义、美善和神的时代,他们认真地谈论正义、美善和神。他们从不颁布真理,他们一直寻找路。对他们而言,文学从来不是什么独立于正义、美善和神的事情。文学该是帮人走向它们的路。不让文学成为路,才是对文学的真正滥用。那些担心文学被政客利用的人,不该让文学撤离政治领域。撤离恰恰是对政客的彻底纵容。那些担心文学变成假道学宣传的人,不该让文学撤离道德领域。文学的撤离才让粗鄙的宣传肆无忌惮。那些担心文学导致迷信的人,不该让文学撤离信仰领域。文学的撤离,让丧失感受力和想象力的人们急着崇拜伪神。米沃什的先贤们,在文学步步撤退的时代里,拓展文学的疆域。拓展文学的疆域,便是拓展人性的疆域。

米沃什从来不曾承诺,读了他的先贤传记,读者就可以逃脱乌尔罗地。只有政客和假道学才会做这种承诺。米沃什从来不曾宣布,自己逃离了乌尔罗地。《乌尔罗地》只是米沃什的私人阅读史。他告诉读者:这世界到处都有"被禁锢的头脑",或曰"乌尔罗心灵",但也真真切切存在一个越狱传统。一个渴望逃离乌尔罗地的人,至少得努力接通这个传统。

六

《诗的见证》出版于1983年,这是一组诗学演讲,我把它当成《乌尔罗地》的姊妹篇。尽管不再使用过去的譬喻,米沃什关心的,仍是那个老问题:被禁锢的头脑如何冲破禁锢、乌尔罗心灵如何逃离乌尔罗地。

1983年,米沃什已是诺奖诗人。但《诗的见证》的主角不是诗,而是20世纪的人类生活。诗见证了什么呢? 见证了乌尔罗地的根深蒂固,也见证了那个逃离乌尔罗地的隐秘传统。

《乌尔罗地》比《被禁锢的头脑》更直率,因为它把心灵的残损当成现代人类的疾病,而不仅仅是特定地域、制度的疾病。《诗的见证》比《乌尔罗地》更直率,因为不只想要谈论疾病,还想谈论希望。而希望,正是乌尔罗心灵最不耐烦的话题。

《诗的见证》第六章(最后一章)的题目是"论希望"。乌尔罗地的希望在哪里呢? 从《乌尔罗地》到《诗的见证》,再到此后的《猎人的一年》(1994)、《路边狗》(1997)、《米沃什词典》(1997)、《第二空间》(2004),米沃什的写作还有一个隐秘但重要的主题:重获希望的希望,在于重回真实。

《诗的见证》里,米沃什好几次重申那个陈腐得不能再陈腐的论调:诗,是对真实的吟唱。对思想史稍具常识的人就会知道,近现代涌现的所有"主义"都会拥护这个说法。"主义"跟"主义"之间的区别,不在于是否崇尚"真实",而在于如何定义"真实"。

《诗的见证》第三章,题为"生物学课"。米沃什说,对20世纪心灵影响最为深刻的,要数中学的生物课。据说,生物学教育的目的,在于告诉孩子生命的真相是什么。米沃什说,生物学教育的灾难不在于告诉学生生命是什么,而在于告诉学生生命仅仅是什么。正是因为这样的教育,人们早已习惯把生物事实视为唯一的真实,从西方到东方,都是如此。把生活视为生物逻辑的展开,把生物逻辑理解为生物斗争,把正义美善理解为生物斗争的包装,这是20世纪心灵的基本思维模式。除了生物逻辑,20世纪的基本模式还有"历史逻辑"。前者说,人只是生物规律的脚注;后者说,人只是历史规律的脚注。每种说法都断言,这就是人生的全部"真实"。这样的断言,肯定不真实。因为它们缩减了人性的疆域。

米沃什所谓的"真实",首先意味着恢复人类生活的疆。诗,不能只服从于贫瘠的"生物逻辑"或"历史逻辑"。

一切放大了人类的书籍,一切描摹出人的多维存在的书籍,都使我们壮大,使我们得到强化。①

在一段随笔里,米沃什记下了他从《卡拉马佐夫兄弟》里读出的"滋味"。卡拉马佐夫家族的四个人,代表人类精神的四位一体:老父亲代表肉欲;老大米佳代表爱恨的激情;老二伊凡是理性和怀疑的象征;老三阿廖沙是对爱与神性的渴欲;私生子斯梅尔佳科夫,缺乏任何精神能力,连怀疑与肉欲都缺乏,却是实际的弑父者。借助一桩市井命案,陀思妥耶夫斯基展现了人性的疆域。这个疆域,本该广阔到让人类自己倍感痛苦。人,如果仅仅是卡拉马佐夫家族里的一个,定会轻松度日。可惜,他是四位一体。四位一体的意思是,即便一个贫血的弑父者,也会为神的事情而苦恼。

诗,就该吟唱人性的全部疆域。重回真实,就该重新面对人性的全部疆域。而在乌尔罗地,这始终是被禁止的事情。乌尔罗地必须设置禁区,因为乌尔罗地不许人们逃离。米沃什说,逃离的希望,在于看见禁区外面的事情。

像米沃什这样的作者,我没能力一口气读完。这些年,断断续续读。读米沃什,我从未有过那种找到真理或靠山的感觉。越读,心里

---

① 〔波兰〕切斯瓦夫·米沃什:《米沃什词典》,西川、北塔译,广西师范大学出版社,2014年,第161页。

越涌起兄弟之情。

米沃什讲喝酒，也讲醉酒之后的悔恨；讲情欲，也讲情欲的乏味；讲暴政，也讲人对暴政的依恋；讲钱的好，也讲钱的恐怖；讲自由，也讲人的不配自由；讲魔性，也讲神性。他在诗、文论、演讲、日记、警句里谈到的人，正是陀思妥耶夫斯基笔下那种"四位一体"的人。这样的人，我很熟悉。

最近几百年的思想史，有太多宣传家想要用一两个公式解释人。钻研过几个公式我就知道，它们什么都解释不了。反倒是米沃什这样的诗人、散文家，帮我看见自己。所有想用公式解释人的人，都假定人像碳水化合物或蛋白质一样，遵循某个一以贯之的规律。米沃什却固执地捍卫陀思妥耶夫斯基和西蒙娜·薇依。陀思妥耶夫斯基说，人是个神秘的谜（《卡拉马佐夫兄弟》，老大米佳语）；薇依说，人的真理，不在于解决悖论，而在于接受悖论。在米沃什的笔下，陀思妥耶夫斯基和薇依也是努力逃离乌尔罗地的先贤。

乌尔罗地的专家们常常向人类兜售希望。他们的广告语是："相信我，我已经破解了人这个谜；人，只是一个答案。"米沃什说的重回真实，就是重新把人当成一个谜。这恰恰是希望所在：人，仍是一个谜，永远是个谜；不再是谜的人，就只剩下昭然若揭的绝望。

七

写到这里，我还是不知道为何要写这么一篇奇怪的札记。

白居易的诗文，是二十岁左右的读物。王国维的文集，三十多岁才敢读。了解米沃什，是四十岁以后的事情了。从来没想过做所谓

"比较研究"。依照现今的学术时髦，再怎么荒唐的研究，也不该把这俩人扯到一处。

可是，二十岁时吸引我的东西，正是四十岁时打动我的东西。读《与元九书》，我隐约看见一个对自己的天赋感到羞愧的天才。读王国维和米沃什，我看见了相似的天才。他们羞愧，不是因为自身的文学天赋，而是因为险些滥用这天赋。文学，本该是一条逃离乌尔罗地的路。太多天才，把天赋用于修造乌尔罗的墙。米沃什说，他的雄心，是在无论多厚的墙上凿出一道门：

> 我想，我现在从事文学行业的动机之一是叛逆。要是我能引用非正统的文本，用既思维清晰又足够形象的语言，说一些我认为迫切的事情，从而给人留下深刻的印象，并以此打破乌尔罗的大门呢？①

那天读到这句话，我一下子想起白居易和王国维。

2020年9月

---

　　①〔波兰〕切斯瓦夫·米沃什：《乌尔罗地》，韩新忠、闫文驰译，花城出版社，2019年，第194页。

帝国及其叛徒：
读迪伦马特

一

第一次知道弗里德里希·迪伦马特(Friedrich Dürrenmatt, 1921—1990)，是从王小波的书里。王小波把《法官和他的刽子手》当成小说范本，在好几个地方提起。在二十年前的中文系学生眼里，王小波要算绝世高手了。迪伦马特，是绝世高手的写作导师。王小波提到过不少写作导师：杜拉斯、尤瑟纳尔、图尼埃尔、迪伦马特……凡是他称许的，必要去找，去读。他的书单，比老师的书单管用。这么一路读下来，至今仍然喜欢、惦念的，只剩尤瑟纳尔和迪伦马特。哪怕只为他们，也该感激王小波。

读迪伦马特，当然从那篇《法官和他的刽子手》开始。读完一遍，不觉得有什么了不起。又硬着头皮去读《嫌疑》，仅仅因为他是王小波钟爱的作家。读完《嫌疑》，彻底被征服。从那时起，王小波先生就从偶像变成了中介：他是介绍我认识迪伦马特的人。

读完小说，又追迪伦马特的剧本。人民文学出版社出版的那本《迪伦马特喜剧选》，第一篇就是《罗慕路斯大帝》。罗慕路斯是西罗马末代皇帝。迪伦马特把他写成一个不作为的英雄。这位皇帝，靠着养鸡、借债、怠慢公事，亲手终结自己的帝国。至今还记得一口气读完合上剧本时那种四顾茫然、无依无靠的感觉。

其实，一个在20世纪90年代末接受正统教育的青年，很难靠那点可怜的知识储备理解迪伦马特。可是有时候，迷恋一位作家，不是非得"完全理解"(怎么可能)。我只是隐约感觉：迪伦马特是一个有话想说的作者；写侦探小说的迪伦马特和写荒诞喜剧的迪伦马特，可能想要说同样的东西；他想说的东西，可能和王小波想说的完全不同，是一些更令人痛苦的东西。

想要知道一个作者说些什么，得有一个合适的参照系。当年的我，找不到这个参照系。

王小波推崇的，是迪伦马特的技艺。但是显然，他们要用技艺表达的，不是一类东西。王小波在小说和杂文里反复重申的，是一种知识受辱者的反抗。他笔下的推理、历史、性爱、罗素先生、特立独行的猪，都是用于反讽的符号，让施暴者显得丑陋、可笑。多年之后我才意识到，这似乎是一种更为隐晦的"伤痕文学"。只不过，受辱者厌倦了人道主义感伤，转而开发智识精英的俏皮奚落。气质大不相同，内核别无二致。所有"伤痕文学"，都得指控一个变态的时空(施暴者)，渴望恢复一种"正常"的生活。世界既然因为特殊原因变坏，也会因为某些特殊原因变好。正像老派"伤痕文学"曾经打动一代青年，王小波的书，也容易吸引另一代青年。我就是被他吸引的一代。只要读上几页，我就爱上他，并且完全知道他要说什么。他说的，正是我那代人想说却说不出的东西。不过，那不是迪伦马特想说的东西。迪伦马特的敌人，好像比王小波的敌人更大。

很多年不读王小波了。但每年都会重温迪伦马特，有时是《罗慕路斯大帝》,有时是《天使来到巴比伦》,有时是《物理学家》,也有时是贝尔拉赫探长的系列小说。我慢慢发现,"帝国""法官""刽子手""叛徒""希望""虚无主义"之类的词和意象,几乎贯穿了迪伦马特的所有文体、所有时期。他可能正是卡尔维诺所说的那种,写出所有的书只为写出一本书的人。他是终生为一个大问题所困的人。这个大问题,不是资本主义的未来,也不是其他主义的未来,而是人的未来。人,因为负有原罪,所以很可能不配有未来。这不是萧伯纳、布莱希特的问题,也不是浩然、王小波的问题,而是陀思妥耶夫斯基、托马斯·曼的问题。在《我的材料的历史》里,迪伦马特说:

> 我于1921年1月5日出生在卡诺芬根(伯尔尼州)。我的父亲是牧师,我的祖辈世代都是海尔楚根布赫湖畔大村庄里的政治家和诗人……我姐姐和我一起随同一位乡村画家学习绘画。从此以后,我常常在艺术家的画室里一画就是几个钟头。绘画的题材是:大洪水和瑞士古战场……我童年时代的世界迄今仍对我从事的活动起着作用:不仅是那些早年感受,不仅是为我当前的世界提供模型,甚至就是我的艺术创作"方法"本身。就像我当年在乡村画家的工作室里把绘画当成一门手艺来看待,我用画笔、木炭和羽毛笔等操作,如今我操持的是写作活动,用许多不同的材料作着创作试验。我吃力地和戏剧、广播、小说、电视打着交道,而我从祖父那里懂得,写作可以是一种战斗的方法。

这段话，就收录在《迪伦马特小说集》①的译者前言里。译者引而不申，仍然依照正统惯例把迪伦马特写成资本主义世界的病人和观察员。身为读者，我同样长期无视这段话。在正统教育里待得太久，势必养成一些正统的条件反射。比如，对我而言，"牧师""大洪水""瑞士古战场"之类的字眼，只是冗余信息；而像"战斗"之类的字眼，又沾染着革命时代的陈腐气。直到最近我才意识到，迪伦马特所说的战斗，明明是祖辈的战斗，也就是那些老基督徒的战斗。而他用以理解世界的模型，也不是两种经济制度的对骂、厮杀，而是大洪水中的神意裁决，是北欧神话中的诸神黄昏。

就这样，理解随着参照系的改变而改变。最近这几年，我更愿意把迪伦马特想象成一个忧心忡忡的老基督徒。因为忧愁和爱，所以战斗。他眼里的世界，可能更接近斯宾格勒在《西方的没落》里描述的世界：人终将只认得面包和马戏，最后沦为面包和马戏的傀儡。跟斯宾格勒不同的是，迪伦马特从不蔑视个人的道德决断，而是要用全部技艺唤起它。那个以面包和马戏为主题的世界，是迪伦马特的战场。那些沦为面包和马戏之傀儡的人，是他的敌人，也是他的同胞。那些出现于战场上的决断之人，是他的英雄。

迪伦马特写过的那些故事，讲述了同一个战役。小说、剧本，只是同一战役的分战场。我想试着把这场战役讲出来。这或许是我的误读，但也肯定是我的报恩。

---

① 〔瑞士〕弗里德里希·迪伦马特：《迪伦马特小说集》，张佩芬译，上海译文出版社，1985年。

二

斯宾格勒笔下的走向没落的世界，一个重要隐喻，是"帝国"。帝国，不是某种特定的政治、经济制度，而是所有鲜活文化走向末路时的生活样式。帝国是抹平一切、碾碎一切的力量，却不能让任何东西生长。就好像战车和大理石，足以碾碎草木，却不会有草木从战车和大理石里长出来。支撑帝国的，是耗不尽的权力欲和填不满的生存欲。知识，就是为这两种欲望服务的。所谓帝国生活，就是把所有人连根拔起，改造成知识过剩的都市游魂。在帝国里，所有人都渴求知识，都富于知识。而所有知识，只是用来换取权力和生存的商品。这就是说，在帝国里，所有人都努力变成一种人，在权力游戏和生存游戏里足智多谋的人。帝国的历史，只剩一种故事：权力的游戏和生存的游戏，归根结底，是生存的游戏。战车和大理石只是帝国的装饰，面包和马戏才是帝国的灵魂。斯宾格勒说，古代西方和东方，都曾出现过此类帝国。而等待现代人的，可能是比所有时代都更严密、更死寂的帝国。斯宾格勒所说的帝国，不会生长，只是扩张，从西向东，从欧洲到全球。扩张的过程，当然伴随残酷的战争，那是权力欲使然。可是，生存欲迟早会抹平所有水火之别，让星球之上的一切人，过上一种样式的生活。帝国就是一种抹平一切、挤掉所有人性泡沫的生存样式，它强迫所有人效忠，不准例外。

迪伦马特的剧本和小说里，帝国无处不在，是一切故事的背景。

《罗慕路斯大帝》本身就写一个帝国将亡之时。全剧发生在公元476年3月，那是西罗马帝国的最后时刻。皇帝的办公室空荡荡，一片荒凉。几把椅子，近乎散架。墙上挂着罗马史上的名人胸像。皇帝的院子里养着很多母鸡，每只鸡都有一个皇帝的名字。皇帝头上的金冠本来有三十六片叶子，他第一次出场时，只剩下五片了。一切全都摇摇欲坠。但是迪伦马特要写的，不是这个帝国的灭亡，或灭亡的原因，而是写一个更大的难以灭亡的帝国。罗慕路斯皇帝出场时，"安详、愉快、开朗"。身边所有人，都在因为帝国的崩溃哀叹、奔走、求助、趁火打劫，只有他，乐见其亡，促成其亡。剧本的前两幕，皇帝像是帝国最后一个败家子。到了第三幕，他成了哲学家。别人眼里，帝国关系到一身、一家、一姓的荣誉和性命。皇帝眼里，帝国是世界的热病：

> 我并不怀疑国家的必要性，我怀疑的仅仅是我们国家的必要性。这个国家已经变成一个世界帝国，从而成了一种以牺牲别国人民为代价，从事屠杀、掳掠、压迫和洗劫的机器……背叛了我的帝国的不是我。罗马是自己背叛了自己的。它曾懂得真理，但选择了暴力；它曾懂得人性，但选择了暴政。它双倍地降低了自己：在自己人面前和在那些落入了它的势力范围的国家的人民面前。[1]

罗马帝制五百年。罗慕路斯说，只有两个皇帝，一个皇帝维系帝国，一个皇帝审判它，葬送它。维系帝国，便是维系帝国之恶。那种

---

[1]〔瑞士〕弗里德里希·迪伦马特：《迪伦马特喜剧选》，叶廷芳译，人民文学出版社，1981年，第56—57页。

恶,早已变成惯性,没办法终结自己。罗慕路斯告诉身边的爱国者,他们只是用爱和德行喂养一头不知餍足的野兽:"我们像喝醉了酒似的陶醉于帝国的伟大,然而现在我们之所爱酿成了苦酒。"

罗慕路斯本以为,结局无非是蛮族到来,杀掉自己,了结这场旷日持久的帝国之恶。可是,事情出乎意料。闯进皇宫的日耳曼首领鄂多亚克,请求他继续当皇帝。因为,已经不可能没有皇帝了。皇帝不是罗慕路斯,就会是鄂多亚克。鄂多亚克预言,自己会被侄子杀掉。他的侄子梦想着统治世界,日耳曼的百姓和诗人,也做着同样的梦。正如罗慕路斯希望践踏世界的罗马终结,鄂多亚克不想让日耳曼强大到践踏世界。但也正因如此,他们俩站在梦想家、百姓、诗人的对立面。

剧本的结局和历史的情节一致:罗慕路斯退位,鄂多亚克不久也死在侄子剑下。结束的只是罗马帝国,而非帝国。新一代人的光荣、梦想、野心、贪欲,又将启动新一轮的帝国之恶。

这出戏的副标题,是"非历史的四幕历史喜剧"。前两幕,是罗马的爱国者们审判罗马的败家子罗慕路斯。第三幕,是哲学皇帝罗慕路斯审判罗马帝国。他想把帝国之恶从世界历史上剜掉。第四幕,则是世界历史审判敌帝国者罗慕路斯。他那种蓄意终结帝国的图谋,被判无效,因为世界历史注定与帝国绑在一起。罗马只是一个历史上的帝国,帝国本身却可能持续到历史的终结。罗慕路斯憎恶帝国,因为它吞噬所有人。但他未曾想到,滋养帝国的,正是所有那些将被帝国吞噬的人。

《罗慕路斯大帝》作于1949年。此后,迪伦马特不断重申他的帝国隐喻。

《天使来到巴比伦》(1952)写了一个名副其实的"千年帝国"。帝国的元首，不是国王，也不是废王，而是国王和废王的无限轮替。废王将被国王踩在脚下，要不了几百年或几小时，他又会抓住机会成为王，把刚刚踩着他的那位踩在脚下。新近爬起来的这位王，看起来励精图治。他要征服世界上所有刚刚发现的村庄。他要建造一个社会福利帝国。社会福利帝国的意思是，所有臣民都得为帝国服务，接受帝国的薪俸。帝国为臣民提供更好的生活，但这是强制的，不准拒绝。因此，在帝国里，行乞就成了大逆不道。

国王以为自己是帝国的灵魂，其实微不足道。真正统治帝国的，是首相、神学家、警察、刽子手，总之，是那一整套官僚体系。国王和废王互相踩踏无限轮替，但不可杀死对方。这是永恒的首相制定的条例，是比任何王令都不可动摇的帝国根基。因为，重要的是帝国，不是某人的帝国。国王，只是王座上的一个符号。如果帝国可以继续运转，废黜国王也是可以的。首相手里，早就准备好了各种宪法：独裁的、共和的、政教合一的、无神论的。变化的是国王、信仰、风俗，不变的是首相和民众，是统治和被统治。剧本结尾，帝国似乎行将瓦解。乞丐阿基带着女孩库鲁比逃离巴比伦，走进沙漠。一个新帝国在远方浮现，充满新的希望，也充满新的迫害。①逃离一个帝国，只能意味着奔向一个新的帝国。又是一个罗马–蛮族无限循环。

《老妇还乡》(1956)里，帝国是一个买下了世界的老妇人。她的腿

① 〔瑞士〕弗里德里希·迪伦马特：《迪伦马特喜剧选》，叶廷芳译，人民文学出版社，1981年，第195页。

是钢的,手是象牙的。她买下法官当管家,下令制造了两个阉人。她的丈夫已经排到第九号。迪伦马特说,在舞台上,所有丈夫都可以让一个演员扮演。这些,都只是帝国的符号。老妇还乡,是要向年轻时代的负心汉讨回公道。她给小镇十个亿,条件是小镇居民杀死负心汉,还她公道。在《作者后记》里,迪伦马特特别交代:老妇既非正义,也非不义。她是小镇居民的给定条件,她就是游戏规则。这个小镇,曾经是帝国的化外之地。剧本结尾,小镇居民完成了游戏,通过了考验,向老妇效忠,加入帝国,迎来热闹、幸福、繁荣。

《弗兰克五世》(1960)里,帝国是一个诈骗银行。它的第五代统治者,远比罗慕路斯大帝卑鄙,却也打算像罗慕路斯那样结束自己的帝国。结束帝国已经变成无比艰难的事。他不能像罗慕路斯那样无所事事,只等开门迎接蛮族。他得精心筹划,步步为营。所谓结束帝国,不是解除人们对帝国的责任,而是除掉所有对帝国不忠的人。那几乎等于所有人。在《导演指南》里,迪伦马特强调,尽管这是一个发生在银行的故事,但应该被当作一出莎士比亚的帝王戏剧来演。什么是莎士比亚的帝王戏剧呢?它们要讲的,总是关于一代君主政体的故事。剧本结尾,弗兰克五世被儿子判处死刑,理由是,对帝国不忠。于是,弗兰克六世登基。帝国,又将延续下去。

《物理学家》(1962)里,帝国是一所疯人院。一位物理学家发现了可以解释一切、发明一切的公式。知识即权力。他的知识,将让他成为重临大地的所罗门王,代替神统治万物。但他决定废黜自己的权力,住进疯人院。另外两位物理学家也住进疯人院。他们各为其主,身后是两个争夺终极知识,因而也是争夺终极权力的超级大国。剧本结尾,三位物理学家决定放弃争夺,烧毁手稿,终老疯人院。那意味着,废黜统治世界的终极权力。不料,疯人院院长早已复制了手稿,因而早已用知识之权力接管了世界。院长最后的台词是:"我们走吧……世界性业务已经开始。生产正在进行。"至于物理学家们,将永远被囚禁于疯人院。他们也跟罗慕路斯一样,终结了罗马,迎来了日耳曼。帝国刚刚开始,帝国永不落幕。

小说里,也有帝国影像。《法官和他的刽子手》(1950)和《嫌疑》(1951)是贝尔拉赫探案故事的姊妹篇。在里面,帝国是苏黎世的一所高级医院。医院院长,曾在纳粹集中营里实施活体解剖,战后又在中立国建立医院,为全世界的富人提供死亡服务。身为集中营军医,他引诱受苦者走上手术台。有的受苦者是犹太人,有的受苦者是苏联俘虏。身为医院院长,他的病人来自铁幕两边。他是凌驾于所谓信仰、意识形态之上,裁决穷人和富人生死的人。

所有这些帝国影像,构成了迪伦马特的"帝国现象学"。

迪伦马特经常提醒读者,注意他与布莱希特的区别。布莱希特写的是"时代戏剧",他写的则是"世界戏剧"(《阿西特鲁·后记》,1988)[1]。"时代戏剧"是要研究某段具体历史的来龙去脉。它的基本假设是,经过诊治,人们必将迎来更好的时代。"世界戏剧"则是要写人的宿命,写人如何变成自己的傀儡。"时代戏剧"总是关注变量,总是以为下一个变量就将为人类带来幸福。"世界戏剧"则研究那些人类生活的常项。帝国,就是一个常项。这个常项,很可能最终铲除人类生活

---

[1] 收入〔瑞士〕弗里德里希·迪伦马特:《思想赋格:迪伦马特晚年思想文集》,陈奇佳主编,罗璇译,中国戏剧出版社,2017年。

的一切变量。

"帝国现象学"之一：帝国之为帝国，在于永恒循环。人们常常认为，所谓永恒循环，背后是某种神秘莫测的玄学。其实不然。永恒循环，仅仅意味着在历史中挤掉所有神性和人性。春种夏长秋收冬藏，这里既有神性也有人性，因此亿万年里不会有一朵相同的花，不会有一片相同的叶。罗慕路斯大帝和物理学家身上，有丰沛的人性。因此，他们可以厌倦杀戮，废黜自己。巴比伦国王身上也有人性，因此，他会在权力和爱情之间左右为难。弗兰克五世身上还有残存的人性，因此，他要为了一个安逸的老年和一双干净的儿女执行最后一批杀戮。这些出人意料的人性之举，都是人类生活的变量。蛮族首领鄂多亚克在自己的侄子和人民及诗人身上看到了非人性。那种统治一切践踏一切的梦想，是非人性的，一旦启动，便不会终止自己。巴比伦的首相和官僚体系是非人性的，他们已经使帝国实现了自动运转。国王和神学，只是辅助自动运转的润滑剂。囚禁物理学家的疯人院院长，是非人性的。迪伦马特说，她是帝国的最新统治者，也是几代精神病祖先的最后苗裔，不生育的末代。生育，可能是人性的最后遗迹。从此以后，世界就在终极知识的统治下变成机器。运转良好的机器，正是永恒循环的终极范例。挤掉所有人性泡沫之后，那就是帝国应有的样子。

"帝国现象学"之二：帝国既非纯善，亦非纯恶，而是人性的死结。迪伦马特经常提醒导演和演员，不要把剧中人脸谱化。剧中所有人，都该如其所是地展现出人性。一个念着爱国台词的罗马将军，就该是个爱国者。一个愿意为国家牺牲爱情的公主，就该是个富有牺牲精神的人。一个梦想统治世界的蛮族青年，就该是个拥有美德、荣誉感和领袖魅力的青年。一个想要创造福利帝国的王，就该是个有远大理想的人。一个手上沾满鲜血就为让儿女过上干净生活的母亲，就该是个慈母。一个向负心汉追讨公道的老妇，就该是个受辱的女人。几个假装疯癫的物理学家，就该是对知识和真理有热情的人。迪伦马特的"世界戏剧"，不屑于表现那些心口不一的阴谋。世界的"帝国化"，不是几个阴谋家煽动的，而是所有人性合力导致的。是所有人性合力导致了终将消灭人性的帝国。

迪伦马特借罗慕路斯之口道出了帝国之恶，也借罗慕路斯之口道出了帝国之恶的源头：人性之原罪。每一桩属人美德的深处，都隐藏着人性之原罪。爱国如是，爱荣誉如是，爱真理，亦如是。关于美德背后的原罪，对迪伦马特这样的基督徒而言是常识，对布莱希特这样的左派人道主义者而言，则不可理解。布莱希特的《伽利略传》、迪伦马特的《物理学家》都讨论人类生活中的知识和真理问题。布莱希特从不怀疑知识的力量。他操心的，只是把知识交给官府（教会）还是人民。迪伦马特则知道，求知是人性深处的美德，因此也是人性深处的原罪，因此也是帝国的帮凶。在《物理学家》里，发现终极公式的物理学家念出了最后的台词：

> 我是所罗门，我是可怜的所罗门国王。我一度曾无比地富有，聪明而敬神。强权者曾经为了我的权力发抖。我是和平和正义的君主。但是我的智慧摧毁了我的敬神精神。而当我不再敬神的时候，我的智慧摧毁了我的财富。现在，我统治过的那座

城市死亡了;人家信托给我的王国已不复存在。一片闪烁着蓝光的沙漠,辐射的地球在一个地方围绕着一颗小小的、黄色的、无名的星星转动,毫无意义,无休无止。我是所罗门,我是所罗门,我是可怜的国王所罗门。①

不敬神的聪明,可能是人类能够引以为豪的最后美德。正是这项美德,将把地球变成毫无意义、无休无止转动的无名星球:永恒循环。

"帝国现象学"之三:帝国的终极形态是机器,因此会像机器那样,为了维持运转,把一切分歧之物裹挟进来,或曰团结起来。在《罗慕路斯大帝》里,罗马君臣、蛮族人民,都是更恒久的帝国的燃料。在巴比伦,首相不在乎共和制与独裁制;神学家不在乎一神论、多神论,甚至无神论。只要权力还是权力,只要统治还是统治。在《物理学家》里,获得终极权力的,不是一个大国,也不是另一个大国,是知识本身,是由知识转化的"世界性业务""世界性生产"。在帝国面前,所有曾经让人类兴起刀兵的分歧都是小事,一切都只是机器运行的燃料。

三

迪伦马特把帝国写成了人类生活的宿命。宿命之下,他常写三种人,写得惊心动魄:虚无主义者、希望者、叛徒。前两种人,是帝国的支柱。叛徒,是帝国这桩宿命中的未定之数。

---

① 〔瑞士〕弗里德里希·迪伦马特:《迪伦马特喜剧选》,叶廷芳译,人民文学出版社,1981年,第511页。

迪伦马特笔下的虚无主义者，跟常识认知完全不同。为面包和马戏苦苦挣扎的人，不是虚无主义者。怀疑上帝和正义的人，不是虚无主义者。为了私利或信仰作恶的人，不是虚无主义者。绝望的人，不是虚无主义者。他们不配。

虚无主义者根本不绝望，因为他不需要希望。虚无主义者根本不是为了什么而作恶，因为他把凡人称之为恶的东西当成审美对象。虚无主义者不需要怀疑，因为他有信仰。他信仰物质本身，坚信生命即物质之偶然现象，他不需要任何赞美生命的谎言，只相信生命即权力。所以，虚无主义者不会是为面包和马戏苦苦挣扎的人。他总是能力超群，意志坚定，足以超然于受苦者之上，否则，他怎么可能把一切罪恶和苦难当成观赏对象。

在《嫌疑》里有最惊人的虚无主义者画像。这是贝尔拉赫探案系列的第二篇，作于1951年。刚刚结束的"千年帝国"和业已开始的新的帝国争霸，促使迪伦马特思索虚无主义与帝国的关系。因病退休的贝尔拉赫探长只剩一年生命了。他在医院偶然看到一张照片：纳粹集中营里，一个军医在犹太人身上实施无麻醉手术。口罩遮住了医生大半张脸，探长还是从那脸上看出"恶魔般的泰然自若"。贝尔拉赫探长就是《法官和他的刽子手》里的那位"法官"。他是资深的人性观察家。他常常赦免小罪，绝不宽宥大罪。他在医生的脸上看见了大罪。一番推理之后，探长发现，照片上的医生逃过了战争法庭的审判，在苏黎世开起了只为富豪服务的医院。战争期间，他让所有卑贱者战栗。战后，他受所有富人的供奉。富人哀求着住进医院，死在医院，把遗产奉献给医院。贝尔拉赫探长决定只身犯险，到苏黎世的

医院审判罪人。法官和罪人相认之时,迪伦马特让罪人发布了虚无主义者宣言:

> 我信仰物质,它像动物、植物或者煤炭一样可以理解,又像原子一样不可理解,不可测度。它不需要任何上帝,或者其他诸如此类人们所熟悉的东西……我相信,作为这种物质、原子、力量、数量、分子一部分的我和你是一样的,而我的存在赋予我权利,去做我自己愿意做的一切……我的存在只是一个瞬间……我存在的意义也仅仅在于能够存在一个瞬间……一切都无所谓得很,不论事情这样还是那样,事情统统都是可以互相替换的。这些东西消失了,便由另一些来代替,生命在这个星球上熄灭了,就会在广博宇宙的某个地方,在另一个星球上滋生起来:就像头奖总会按照彩票中奖的规律偶然落到某人身上一样……世界是在一场彩票赌博后所构成,那么在这个世界上去追求人类的幸福就是毫无意义的了……一个人既相信物质,同时却又相信人道,这简直是胡闹,一个人只能相信物质,相信自己……自由是一种犯罪的勇气,因为自由本身便是一种犯罪。
>
> ……
>
> 我只要置身于令人软弱的任何人类法规之外,我便能获得自由,我便能获得纯粹的一瞬间,何等可贵的一瞬间啊! ……我从那些朝着我张得大大的嘴巴发出的喊叫声中,从那些泪汪汪瞧着我的眼睛所流露的痛苦神情中,从我弯下身子所见到的在手术刀下颤抖不已的、毫无反抗力的白皮肉上,映现在我面前的

只是我的胜利和我的自由，并无任何其他东西。①

这位虚无主义者，看不起那些为了某种信仰而对人类行凶的人。那种人，是各种集中营的缔造者。他也看不起那些根本没有原则，因而连行凶都不敢的庸人。这种人，将会构成前一种人的材料和工具，他称之为糊糊里的蛆虫。他超然于那些人之上，既不为信仰束缚，也不为怯懦束缚。他在自己制造的每一个苦难里看到的不是利益、正义、未来，而是纯粹的权力和自由。他是有能力也有勇气欣赏苦难和罪的人。

迪伦马特笔下的虚无主义者，绝非草莽之辈。相反，他们个个教养良好，有审美天分。《嫌疑》里的医生，精通古希腊文、拉丁文，能写一手优雅的文章，说起话来，有布道般的庄严。《弗兰克五世》里，处死父亲的弗兰克六世，在牛津学习哲学和经济学。弗兰克五世一边作恶一边读歌德，因为他想从美里找一点安慰。弗兰克六世则根本不需要，因为，他可以直接欣赏恶之美。

唯有这种把罪和苦难当成艺术品的人，才是帝国的真正主人。在《弗兰克五世》里，老银行家终究被儿子杀掉。不是因为老银行家不够恶，而是因为他还把作恶当成沉重的包袱，不能享受作恶本身。他想通过最后的作恶终止作恶，正因如此，他必须死，因为这将剥夺弗兰克六世享受作恶的权利。在《罗慕路斯大帝》的结尾，蛮族首领鄂多亚克告诉皇帝，即将开始的新帝国，将会有更残暴的皇帝，将会对世界进行更残酷的杀戮。他特别强调,未来的暴政,已经预先取得诗人的支持。虚无主义者不是别的,恰恰是与世界只剩下审美关系的人。如果说帝国终将挤掉所有人性泡沫,那么虚无主义者早已率先在自己身上解除了人性枷锁。因此,只有他们才配统治帝国。

可是,如果帝国是一桩永恒循环的暴行的话,何以会有人永恒循环地接受暴行呢? 迪伦马特的回答是:希望。

基督教语汇里,希望原本指向神。当希望渐渐被贬低,仅仅指向生存时,它就可以让人把自己交给任何暴政。在《嫌疑》里的医生在集中营实施无麻醉手术,所有接受手术的人都是自愿的,因为希望。因为医生许诺,凡是活着离开手术台的人,也能活着离开集中营。就为这个许诺,数不清的犹太人自愿走上手术台,受苦,死掉。在《罗慕路斯大帝》里,人民从未出场。皇帝为了终止人民的苦难,自愿结束帝国。日耳曼首领为了减少暴行,自愿结束入侵。可是,迪伦马特说,人民和诗人已经携起手来,歌颂期盼下一个帝国了。当然还是因为希望:下一个,一定不会太坏,说不定会很好。在《天使来到巴比伦》里,人民出场了。他们对国王的愤怒仅仅保持了三分之一场,便重新向国王下跪。在《老妇还乡》里,小镇居民合谋杀死一个同胞,同样因为希望,为了富裕、体面、文明、充满人道的生活。

帝国的统治,需要希望来喂养。因此帝国必须制造这样的臣民:从前,他们把希望留给教堂;以后,他们把希望交给城堡。帝国的支柱不是一个,而是两个:一个,是虚无主义者的权力欲;另一个,是希望者的生存欲。迪伦马特说,这就是他想要用戏剧表现的世界状况:

"人类，无法再被描绘成受害者。"（《告别戏剧》，1988）① 因为受害者也是虔诚的帮凶。

四

迪伦马特观察到虚无主义与审美的关系，也观察到希望的贬值。当希望降低为生存欲的时候，它就染上了原罪。受虐者与施虐者变成合谋。暴政不再剿灭希望，暴政从此把希望当成血牲。那些带着希望受虐的人，那些带着希望参与施虐的人，不再有资格以受害者自居。他们，咎由自取。

相反，那些放弃希望（生存之欲）的人，反而是人性的希望所在。如果说帝国以希望为食物，那么放弃希望的人，便是帝国的叛徒。

迪伦马特写了很多帝国，因为他要写帝国里的叛徒。

罗马皇帝罗慕路斯，是罗马帝国的叛徒。他抛弃了对仅以维系自身为目的的帝国的希望，也抛弃了用帝国保住生命的希望。日耳曼首领鄂多亚克，是即将崛起的新帝国的叛徒。为了保存些许人道，他抛弃了征服世界的希望。在《天使来到巴比伦》里，女孩儿库鲁比和乞丐阿基，是帝国的叛徒。乞丐是不屑于抓住任何东西的人，因此是唯一一个对帝国不抱希望的人，因此是不能为帝国所容的人。女孩库鲁比，奉上帝之命爱乞丐，便一心一意只爱乞丐，是从来不对国王抱有希望的人。对帝国和国王没有希望的人，便是撼动帝国基石的叛徒，必须杀掉，或者驱逐。《物理学家》里的物理学家，是帝国的叛

---

① 收入〔瑞士〕弗里德里希·迪伦马特：《思想赋格：迪伦马特晚年思想文集》，陈奇佳主编，罗璇译，中国戏剧出版社，2017年，第233页。

徒。他们明白知识即权力,主动废黜自己的权力。因此,帝国对他们施以永久圈禁,或者作为疯子,或者作为罪犯。所有这些叛徒,都因弃绝希望而获得悲剧英雄的庄严。还有一些不那么庄严的叛徒。《弗兰克五世》里的银行家夫妇、女职员、襄理都曾打算背叛帝国。银行家夫妇想保护儿女的清白,女职员想要爱情和生育,襄理想在临终前向神父忏悔。迪伦马特说,谁要是弄明白襄理忏悔那一幕,谁就能知道这出戏想要说什么。

当然,所有叛徒都是失败者,或者被除掉,或者目睹下一个帝国。帝国照旧永恒轮回,永恒扩张。既然帝国是施虐者、受虐者的合谋之物,那么没有哪个个人可以阻拦它,终结它。可是,既然帝国还会出现叛徒,那就表明它尚未强大到可以对所有人为所欲为。

迪伦马特说:"凡涉及一切人的,只能由一切人来解决。涉及一切人的问题,个别人想自己解决的任何尝试都必然失败。"(《关于〈物理学家〉的二十一点说明》)①。因此,帝国的叛徒注定只能迎来自己的悲剧。迪伦马特又说:"我们要小心,我们不要像他似的只是歌唱美好的生活。规矩正派不止是脉脉温情,人性不止是空洞的词句:人性是一种冒险行动,为了使这一冒险行动不致成为一桩蠢事,这就需要大家的努力。"(《弗兰克五世·导演指南》)②。从这个角度讲,所有那些失败的叛徒,都是为了人性而冒险,因此全都堪称英雄。

迪伦马特笔下的叛徒们必须失败。那些渴望面包和马戏的人,

---

① 收入〔瑞士〕弗里德里希·迪伦马特:《迪伦马特喜剧选》,叶廷芳译,人民文学出版社,1981年,第515页。

② 同上,第435页。

从叛徒们身上看不到活着的希望。那些忠诚于帝国的人,从叛徒们身上看不到帝国的出路。这正是迪伦马特想要的效果。布莱希特的支持者们定然指责迪伦马特荒诞虚无。迪伦马特则说,布莱希特式戏剧看似为现实指路,实则未曾触碰现实,它们只是提供了关于现实的意识形态。意识形态,恰恰是帝国的伴生物。帝国的神学家们,用它迎合生存欲,包装权力欲。迪伦马特的叛徒们尽管注定失败,却也用自己的失败,让帝国的支柱和意识形态显得滑稽可笑:"悲剧迎头撞向世界,摔得四分五裂。喜剧被世界撞到,摔了一屁股蹲儿,坐在地上哈哈大笑。"(《阿西特鲁·后记》)①

帝国的叛徒们,就是在世界面前摔了一个屁股蹲儿的英雄。他们拿帝国无可奈何,帝国也拿他们无可奈何。他们都是堂·吉诃德骑士的当代传人。大战风车的堂·吉诃德,是悲剧,还是喜剧呢？在《嫌疑》里,老英雄贝尔拉赫曾经提起堂·吉诃德:

> 你谈到了堂·吉诃德,这很好,堂·吉诃德正是我所喜欢的题目。如果我们大家心里有点儿正义感,头脑里理智多一些,我们大家都应该是堂·吉诃德。但是我们并不像那个可怜的古老骑士那样身披盔甲去同风车斗争,我亲爱的朋友,我们今天得上战场和危险的巨人斗争,时而是狡黠残酷的怪物,时而是货真价实的巨型爬虫,它们其实只有一只小麻雀的头脑:它们全都是畜生,并非活跃在童话故事或者我们的幻想里,而是现实的存在。

---

① 收入〔瑞士〕弗里德里希·迪伦马特:《思想赋格:迪伦马特晚年思想文集》,陈奇佳主编,罗璇译,中国戏剧出版社,2017年,第139页。

　　如今我们的任务是：不论以何种形式在何种情况下出现的非人
性的东西，我们都要与之斗争……我承认生活简直乱七八糟很
不像样。然而一个真正的堂·吉诃德却为自己那副破烂盔甲感
到自豪。自古以来，同人们的愚昧和自私做斗争是极其艰巨而
又代价昂贵的，往往同贫穷和屈辱联系在一起，然而这是一场神
圣的斗争，不应该带着呻吟，而应当尊严地将斗争进行到底。①

　　在任何时代，堂·吉诃德式的人，都会被视为帝国的叛徒。迪伦
马特说，经历了20世纪两场人性灾难，他"将背叛视作政治的责任和
义务"：

　　第三次世界大战将会是人类的终结，只有背叛才能幸免。
（《阿西特鲁·后记》)②

<h2 style="text-align:center">五</h2>

　　花了很多年，我才懂得迪伦马特笔下的帝国及其叛徒。懂了他
们，也就懂了迪伦马特所说的战斗。那是一个老基督徒的战斗。剔
除浮夸的意识形态术语，一个老基督徒的战斗大概和一个老儒生的

---

　　①〔瑞士〕弗里德里希·迪伦马特：《迪伦马特小说集》，张佩芬译，上海译文出版社，
1985年，第193页。
　　②收入〔瑞士〕弗里德里希·迪伦马特：《思想赋格：迪伦马特晚年思想文集》，陈奇
佳主编，罗璇译，中国戏剧出版社，2017年，第155页。

战斗差不多,无非是为人性而战,抵御仇恨人性的"蛮族"。在《老妇还乡》里,老妇人的第九号丈夫考察了小镇废墟,向观众报告:

那是早期基督徒定居的地方。叫匈奴人给毁掉的。①

直到最近我才意识到,这句话里,可能有迪伦马特的全部忧心。这些年,我从他的忧心里学到很多东西。所以必须写一篇向他致敬的笔记,顺便感谢介绍我认识他的人。

2018年11月

---

① 收入〔瑞士〕弗里德里希·迪伦马特:《迪伦马特喜剧选》,叶廷芳译,人民文学出版社,1981年,第297页。

亚特兰蒂斯的水手：
读彼得·德鲁克

一

彼得·德鲁克（Peter F. Drucker）生于 1909 年。他是西蒙娜·薇依、以赛亚·伯林和恩斯特·贡布里希的同龄人，比米沃什大两岁，比朋霍费尔和汉娜·阿伦特小三岁，比卡尔·波普尔小七岁，比埃里克·沃格林小八岁，比列奥·施特劳斯小十岁。

人们总是免不了有些阅读"恶趣味"。我的"恶趣味"之一是，每遇到一位作者，都要先在"作家古老排行榜"上找到他的位置。"恶趣味"之二是，总是对更"古老"的作者报以更多的信任。我把这种"恶趣味"称为"阅读势利眼"。"阅读势利眼"分很多种。有人崇拜新书，有人崇拜古书；有些人热爱流行书，有些人喜欢冷僻书。我属于后者。

直到前些天，我才意识到德鲁克竟然是薇依、伯林、贡布里希、阿伦特、朋霍费尔、波普尔、沃格林、施特劳斯的同代人。这些伟大的名字，是我心智成长之路上的重要坐标。甚至可以说，他们奠定了我思考、感知的基本倾向和趣味。我从来没有想到过，得把德鲁克和他们放到一起。理由很简单，也很"势利眼"：他们是渊深的哲学家、神学家，甚至是圣徒，而德鲁克，是"管理学家"；这些哲学家、神学家、圣徒，是现代世界的反思者、批判者，而"管理学家"，听起来像是现代世界的弄潮儿。

读惯了朋霍费尔、阿伦特那类忧心忡忡的深邃文字，我没法不对"管理学家"这个标签抱些成见。依照麦金泰尔的诊断，"管理学"本身就是现代世界灵性疾病的表征之一。他的思路是：现代人心中的世界图景，早已全然机械化。一个现代人想象的世界和生活，不多不少，相当于一台构造精密的钟表。一台钟表，可能运转良好，也可能崩溃失灵。无论运转还是失灵，都只是机械领域的技术问题，与心灵和道德无涉。麦金泰尔的意思是，如果钟表成了现代世界的典型图景，那就意味着人们把这个世界的所有问题理解成机械问题，而非灵魂问题、道德问题。对于机械问题而言，"善"与"恶"是无效的概念。在机械世界里，唯一有效的概念，是"效率"。"管理学"，就是一门由"效率"崇拜催生出来的学问。"管理学家"则是被现代人的"效率"焦虑推上神坛的人（《德性之后》）。

直到几个月前，我仍对麦金泰尔的判断深信不疑。日常生活也不断印证他的判断。身边的朋友，但凡有些从商经历的，几乎没人不知道德鲁克，当然，几乎没人知道朋霍费尔、麦金泰尔。提起德鲁克，大家说的，几乎总是那几个词：企业、绩效、管理、生产力、自我管理。似乎，这些字眼包藏什么魔力，只要不断叨念，就能搭救惨淡的生意。

但愿身边的亲友都能生意兴隆。但我的"势利眼"告诉我，他们关注的"大师"，不会是我喜欢的作者。像我这么一个懒散惯了的零余者，不必关心"管理"，也没什么"效率"焦虑。最主要的是，我没有需要"大师"保佑的生意。

偶然的一天，一位小朋友塞给我两本小册子："老师，这是德鲁克

227

的两本小说。我读了,有些懵。你能不能也读一下?"那两本小册子
是《最后的完美世界》(1982)、《行善的诱惑》(1984)。读完,我意识到,德
鲁克不仅是朋霍费尔、阿伦特他们的同代人,甚至可能是他们的同道
人。除了生意人口中的德鲁克,还有另一个德鲁克。我的"阅读势利
眼"让我险些错过他。

二

《行善的诱惑》故事很简单:

海因茨·齐默曼神父是圣杰罗姆大学的校长。圣杰罗姆是一所
天主教大学。二十五年前,这所大学只是当地天主教区的一个教育
服务机构。其职责,是为天主教家庭的孩子提供就学机会。仅仅用
了二十五年,海因茨神父让它变成一所有天主教背景的现代大学。
它不再只是满足于为教区子女提供就学机会,它已经有能力与第一
流的世俗大学在学术上一较高下。

化学系打算解聘一位教师,名叫霍洛韦的教授实在不能胜任自
己的职位。霍洛韦太太拉着丈夫闯进校长办公室,要求校长主持公
道。海因茨神父知道,化学系的决定毫无问题。霍洛韦太太的歇斯
底里,对他来说也不算什么威胁。让他愤怒的只有一件事:这个名叫
霍洛韦的男人怎么可以活得如此怯懦猥琐,人怎么可以把自己的生
活糟蹋成这个样子。对这个可怜人,海因茨心中泛起的不是怜悯,而
是愤怒,甚至是耻辱。一个有尊严的人看到另一个人正在践踏人之
为人的尊严,便会感到耻辱。愤怒耻辱之后,他想起自己不只是校
长,还是神父,至少是一名基督徒。他的信仰和教养告诉他,作为基

督徒,他有责任减轻一个可怜的灵魂的痛苦,把他从自我糟践、自我憎恨的泥潭中救出来。于是,他给女子学院打了电话,推荐霍洛韦去那里承担高中水平的课程。作为校长,他不该打这个电话。作为基督徒,他打了这个电话。

这只是一天早上发生的不太愉快的小事,就像做工精良的鞋里进了一粒沙子。很快,一粒沙子引发了一场灾难。霍洛韦太太认为自己和丈夫受到了侮辱,各处写信,编造校长和秘书的性丑闻。了解海因茨的人不会相信她的胡扯。就连不甚了解校长的大学员工,也不把这事当真。可是,没人当真的胡扯,成了整个大学的腐蚀剂。《爱丽丝漫游仙境》里有一只会笑的柴郡猫。它的脸消失了,笑容还弥漫在空气里。圣杰罗姆的校园里,看起来人人如常,空气里却弥漫着一丝无形的阴郁的笑。简单地说,大学瘫痪了。校长仍然掌握大权,却丧失了权威。就连校长本人,也丧失了对自己的信任。校务照旧运转。但人人都知道灾难即将降临,人人都束手等着那一刻,也有人盼着从那一刻赚些好处。

在教区主教的斡旋下,海因茨神父辞去校长职务,出任州立民权委员会主席。这所曾因他的领导而获得方向的大学,总算人人保住了体面。但没人知道未来的路在哪里。

概述故事是一件很乏味的事。因为《行善的诱惑》讲的就是一个乏味的故事。没有大奸巨恶,没有救世英雄。很难把它读成海因茨神父的个人悲剧,也很难把它读成正邪交战的道德传奇,更没办法把它读成一位管理学大师留给世人的"管理学案例"。小说出版时,德鲁克七十三岁了。他的主要管理学教材都已写成。他显然不是想用讲故事的方式把教材上的话重讲一遍。教材上的案例,永远意在帮助读者定义问题,解决问题。圣杰罗姆大学的故事里,没人能定义问题,因此谈不上解决问题。大学和大学内外的所有人,命运悬而未决。很久之后我才意识到,这正是这本小说的惊心动魄之处。

那个把小说塞给我的小朋友,好几次怯怯地打听:"老师,读完没有?"我说:"读完了,但说不出什么。说不出什么,不是因为书里什么都没有,而是因为书里似乎有很多东西,在我的理解之外。我能感到它们,却抓不住它们。"

于是,我决定花点儿时间,读德鲁克。我想知道这位被企业老板们奉为神明的"大师"究竟操心什么。这位高龄且高产的大师写了太多书。我的办法,是从一头一尾开始读起。

《旁观者》《最后的完美世界》《行善的诱惑》,是他晚年留给世界的自画像和寓言。《非营利组织的管理》(1990)、《21世纪的管理挑战》(1999)、《功能社会:德鲁克自选集》(2002),是他晚年留给世界的建议和嘱托。当他在晚年提笔写作时,假定读者主要是最近半个世纪成长起来的几代人。他们在战后长大,经历了世界经济的繁荣,科技的飞速进步。他们渴望致富,渴望成功。他们大多相信,和平、繁荣、进步会持续下去,世界不是别的,只是一个准备好一切等待他们成功的舞台。他们是乐观的一代人,或几代人。21世纪的年轻人,似乎注定要把这种乐观延续下去。对这些乐观的读者而言,德鲁克几乎是指导他们走向成功的职业教练。德鲁克也愿意充当这样的教练。但他绝非那种岁月静好式的乐观主义者。在他那些鼓舞人心的成功指南背后,总有一种一以贯之的忧心:恶魔就蛰伏在人间;人一旦放下对自己的责任,恶魔便会立刻卷土重来,对人实施奴役。没错,恶魔在人间。这正是德鲁克这位"管理学家"的核心譬喻。这不太像是企业顾问、大学教授的用语,更像一位老基督徒的话风。

顺着这个核心譬喻,我追到了德鲁克的早期写作:《经济人的末日》(1939)、《工业人的未来》(1942)。他可能是最早把纳粹定性为"恶魔"的作者之一。这两本书里,"恶魔"不是对某个坏人群体的修辞性称呼,而是对纳粹的定性判词。"恶魔"的重点不是"坏""作恶",而是与人类文明、信念绝然异质。在德鲁克笔下,与纳粹的战斗,不是西方的"内战",而是全体人类为了捍卫家园而进行的驱魔之战。

时间点很重要。《经济人的末日》动笔于1933年,出版于1939年。它的副标题是"极权主义的起源"。这可能是最早的一本研究"极权主义"的书。他动笔的几个星期之后,希特勒上台。书出版的一年之后,丘吉尔上台。而汉娜·阿伦特那本更著名的《极权主义的起源》要到1951才问世。德鲁克动笔的时代,西方世界对希特勒的看法远非数十年之后那般众口一词。有人觉得纳粹只不过是西方现代化道路上的一场略微沉重的风寒,有人觉得纳粹只不过是德国民族性孕育出的特殊病毒,还有人真诚相信德国代表着现代世界的方向。德鲁克提醒当时的读者,纳粹不是什么小风寒、新方向,纳粹意味着人的毁灭。人的毁灭不只意味着肉体的消亡。比那更可悲的是,人在肉体消亡之前就变成渴望奴役、依赖奴役、享受奴役的动物。

从八十岁的德鲁克,追到三十岁的德鲁克,我觉得,在暴政分析家和企业经理人导师之间,有一条隐隐贯通的线。这条线就是:恶魔在人间;恶魔来过,恶魔还会再来;为了捍卫生活,人必须不断驱魔,无论时间是 1939,还是 1999。当一个老基督徒说"恶魔在人间"时,他可能同时暗示两层意思:第一,人需要上帝;第二,人有责任让自己成为人。德鲁克那些风靡全世界的管理学名著反复申说的,恰恰就是这两层意思,尤其是后一层意思。

读完这些书,我跟那位塞书给我的小朋友说:"要想了解《行善的诱惑》这本小册子,可能得讲一个又长又曲折的故事。"我想试着讲一下。

三

如果可以套用一句时下流行的句式来概括德鲁克的管理学思想,或许该是:"管理,使人成为人。"当然,这只是一个有些滥俗的戏拟。"艺术,使人成为人""文学,使人成为人""阅读,使人成为人"……类似的口号,可以批量复制。比较起来,可能要属"管理,使人成为人"最缺乏诗意。

不管怎么说,现代文宣体系里,"某某,使人成为人"是最具感染力的口号之一。听到此类口号,人们总能对那个"某某"顿生好感,乃至敬意。不过可惜,最具感染力的口号,可能也是最空洞的口号。因为当我们被"使人成为人"感动的时候,往往忘了首先反问自己,什么是人?

什么是人?汉语世界的习惯,是把这当成一个枯燥的哲学话题,相当于书斋或课堂上的智力游戏,无害也无益。德鲁克却坚信,这是决定每一个时代每一个人生活状态的核心问题。正因是核心问题,所以它的答案从来不会出现在哲学考试的试卷上。当我们谈论"什么是人"的时候,我们不是要谈论某种写进教科书的标准答案,我们是在追问不同时代里人们关于人的核心想象、核心激情。

总得知道某种人的典范，人才会努力为人；总得想象得出某种好生活，人才能尽力去过生活。但是，对于不同时代的人而言，人和生活的典范并不一样。这是《经济人的末日》这本书的出发点。德鲁克就从这里出发，认出了徘徊人间的恶魔。

德鲁克说，西方世界的"人"之简史是这样的：13、14世纪前后，"灵性人"是人之典范。这是说，人们所能想到的最正当的生活，是尽此一生充当上帝的子民，并最终获得灵魂的救赎。那时的人期待的"平等"，是在上帝面前的平等，是灵魂获救机会的平等。那时的人承担的"自由"，是在追随基督还是追随撒旦之间的选择的自由。17世纪前后，人之典范从"灵性人"变成"智性人"。这是说，人们所能想到的最正当的生活，是尽此一生探究真理，并且尽己所能担起真理的重负，哪怕为了真理触怒教会。那时最高贵的人期待的"平等"，是在真理面前的平等。他们愿意承担的"自由"，是在真理与蒙昧之间做出选择的自由。当"灵性人"充当人之典范时，信仰便是人类生活的核心领域。越是严肃生活的人，越感到核心领域的事务性命攸关。惟其生死攸关，故而时刻准备生死一搏。当"智性人"充当人之典范时，人类生活的核心领域便从为上帝而战转向为真理而战。越是严肃生活的人，越是时刻准备为真理而献身。当然，时刻准备为真理献身的人，可能也会毫不犹豫地以真理之名渎神。

到了19世纪，人之典范变成了"经济人"。一个典型的"经济人"，把物质世界的利害盈亏当成生活的核心领域。他未必是商人，却把商人般的计算理性当成指导生活的方法论。这样的人、这样的生活方式,当然不是 19 世纪才产生的新事物。只不过,要到这时,它们才前所未有地显得理所应当。这时候,人们期待的"平等",就只是经济上的"平等"。人们想象的"自由",就只是一个"经济人"所能想到的那些:获取足够面包、马戏所需要的各种权益。当"经济人"成为人之典范,人们对生活的想象与激情便降落在物质世界。从前愿意为之赴死的灵魂事务、道德事务,现在显得无关紧要。从前显得伧俗的盈亏计算,现在变得重于一切。因为这关系到尘世幸福的全部。对"经济人"而言,尘世的物质幸福,等于幸福。

从"灵性人"到"经济人"的变迁,依照某种哲学史故事,这属于人的"进化"。在德鲁克这里,无所谓"进化"或"退化"。问题的关键是,人把自己的希望投射到哪里。当全部希望降落到物质生活,"人"这个概念里所剩的东西就不多了。"经济人"必须得到足够多的面包和马戏,否则他就不是"人"。这个"他",可能是一个人,也可能是一个阶级、一个种族。为了"得到",一切皆可为。因为正义不是别的,只是"得到"。

德鲁克说,从 19 世纪到 20 世纪,"经济人"先后遇见两种伟大承诺:一种承诺是说,只要让物质资源在市场上自由流通,只要允许人们在逐利当中自然博弈,人类就会自动走向幸福;另一种承诺则指控前一种承诺无比虚伪,因为所谓自由流通、自然博弈,不过是富人的阴谋。第二种承诺告诉人们,人类肯定会获得最终的幸福,但第一步是通过革命,用鲜血和头颅换来平等。两种承诺,是统治了现代生活的两种"主义"。德鲁克说,两种"主义"看似水火不容,其实它们共享同一假设:人不多不少,仅仅是"经济人"。它们承诺的一切,无非是要满足"经济人"的想象和激情。

德鲁克说，20世纪的头三十年，西方人的经验已经足够多，多到看出两种承诺的虚幻。人们很容易看出市场自由背后的谎言。人们也很快发现，以平等为名的革命之后，等待人们的是更严酷的不平等。这就意味着，20世纪"经济人"的两大希望全都破灭了。无论相信哪个承诺，他们都不可能得到想要的。无论投身哪种希望，道路的尽头都是失望。更可悲的是，他们从别的地方找不到希望。因为他们是"经济人"，除了物质世界的"得到"，他们没办法想象别的生活。

希望注定走向失望，除了注定失望的希望，别处更无希望可寻。德鲁克称之为"群众的绝望"。"群众的绝望"，正是恶魔登基的大好时机。绝望的人，没有能力再用"希望""信念""价值"整饬自己的生活。对这个让他左右绝望的世界，除了愤怒、麻木，他无所措手足。对世界和生活，他只剩下纯粹的"否定"。不管说出千言万语，他要说的其实只是"我不信"。没有任何信念可以支撑他说出"我应该"。这样一个绝望的人，不再相信任何合理的事情，因此也就做好准备接受最最荒谬的事情：把自己交给恶魔。

德鲁克说，所谓极权主义，首先是纯粹否定的意识形态。对于人类曾经珍视的一切，它说不出任何有价值的东西，只会说不，只知砸碎。正是这种纯粹否定的意识形态，最能俘获"绝望的群众"。当然，没人能活在纯粹的虚空里。为了让"绝望的群众"找到重获希望的幻觉，它会编造出最荒谬的神话。哪怕是最为荒谬的神话，"绝望的群众"也会死死抓住，并且信，拼命信。因为此外再无可以抓住的东西。

一旦俘获"绝望的群众"，恶魔便可为所欲为。恶魔的登基，不需要某种特定的社会制度,也不必操持某种特定的哲学语言。恶魔行使统治的唯一前提,是人的绝望。绝望意味着,人彻底放弃由自己寻求希望的义务,彻底放弃由自己照料生活的义务。简言之,人在绝望的时候,竟然渴望丢掉人之为人的责任。丢掉责任,他失去的仅仅是自由,得到的则是奴隶般的岁月静好。

依照德鲁克的分析,20世纪二三十年代崛起于欧洲的那个恶魔,正是凭借人的绝望肆虐人间。问题在于,这种宁可委身恶魔的绝望,可以说是"经济人"的咎由自取。因为"经济人"对生活的理解早已狭隘到除了面包和马戏,没能力渴望任何别的。当面包和马戏变成生活的核心领域,自由其实是一种累赘。

这就是《经济人的末日》讲述的主要故事。德鲁克的重点,不是谴责希特勒,也不是批评绝望的群众。他最深刻的洞见在于,指出绝望的无可避免。绝望,是"经济人"的宿命。只要人们满足于活在一个以"经济人"为模板的世界,绝望随时可能卷土重来。那也意味着,恶魔随时可能卷土重来。

《经济人的末日》之后不久,德鲁克出版了《工业人的未来》(1942)、《公司的概念》(1946)、《新社会》(1950)。《管理的实践》(1954)是他的第五本书。他的身份,逐渐从政治分析家向着"管理学"先知转变。他的"管理学"思考,始于战争年代。他认定,劫后余生的人们必须提早为和平时代的生活做好准备。为和平生活做好准备,首先不是指物质的重建,而是尽一切努力防备恶魔的卷土重来。而要防备恶魔卷土重来,唯一的办法是,人得在面包和马戏之外重拾人之信念,担起人的责任。换言之,在"经济人"的浩劫之后,人得寻求新的人之典范。

如果说，"管理，使人成为人"这样的口号可以道出管理学家德鲁克的部分理想，那么它首先意味着：人，要把自己从"经济人"的桎梏里搭救出来。

四

德鲁克不是阿伦特那种以思辨为志业的作家。他更关注的是社会生态。"使人成为人"，不能仅仅诉诸哲学推演和道德训诫。人必须、也只能活在具体的社会生态里。唯有在某种具体的生态里，人才有可能学习人之为人，理解责任，承担责任。唯有理解责任、承担责任的人，才有能力抵抗环伺周遭、随时准备吞噬世界的恶魔。

当然，恶魔统治之下，人也生活在某种社会生态之中。那种社会生态的最大特征，是没有社会。社会意味着人不仅匍匐于单一的政治权力之下，人随时随地结成伙伴，昂首挺胸，互相照料，自我管理，创造秩序。人要在互相照料、自我管理的过程中学习照料和管理，也只有在学习照料和管理的过程中理解责任和自由。恶魔的技艺，就是剥夺任何让人成为人的机会。它的理想，是把人驱赶到一个无社会的社会里。20世纪30年代的教训是，绝望的人们曾被驱赶到那样的地方，还曾经真诚欢迎、热爱、依赖那样的地方。德鲁克坚信，劫后余生的每个人都有责任，不让人间再次沦陷成那样的地方。1950年，《新社会》的结尾：

政治行动替代不了召唤我们这一代人忏悔的伟大先知、把我们重新引向光明的伟大圣人、重新唱响人类伟大与高贵之歌的诗人。但是，正如一位伟大的先哲，而不是一个政治家曾经说的："在成为基督徒之前，首先要成为公民。"如果说政治行动不能消灭游荡在这个世界上的人为的魔鬼，它至少能给我们这些仍徘徊在恐惧之中的人们与之斗争的武器、勇气和希望。①

这段话，把我带到了问题的核心：德鲁克心目中的"管理"，首先是一桩防备恶魔重来的政治事业、社会事业。"管理"意味着建造可以把恶魔挡在外面的社会生态，意味着人在社会里结伴、照料、自我管理。

战争还未结束，德鲁克就写了《工业人的未来》。那本书是说，不管愿不愿意，未来世界的主要趋势，是工业化。整个地球都会连成一个庞大的工业社会，地球上的大部分人都会被卷进大规模的工业生产之中。那些惯于为现代世界唱哀歌的人，会不断抱怨工业化扼杀人性。德鲁克看不起这样的抱怨。因为这种抱怨等于把人性的定义权推诿给机器和生产线。这种看似深刻的哀怨，跟那些把自由交给恶魔的人没什么两样。德鲁克说，工业化无所谓好坏，它只是未来的人们无法逃避的生存环境。无论遭遇哪种环境，成为哪种人的决定权，还是在人的手里，除非他自己放弃。既然无法回到田园牧歌的时代捡拾人性碎片，人就得想办法在新的生存环境里重建人性、保守人性。

《工业人的未来》是管理学家德鲁克写给战后世界的第一堂管理课。它的核心教诲是，大规模的工业生产、大规模的工厂、公司的真正意义，不是替个人或党派牟利，而是丰富社会生态。换句话说，公

---

① 〔美〕彼得·德鲁克：《新社会》，石晓军、覃筱等译，机械工业出版社，2018年，第396页。

司、工厂将要成为让人学习人之为人的地方。因为每个管理良好的工厂、公司，都是一个具体而微的社会。在那里，人们不只谋求生存，还要学习生活。工厂、公司不应是把人变成工具的地方，而应是让人成为完整的人的地方。所以，德鲁克研究的"管理"，不是工厂老板或公司经理的事情，而是组织里每个人的事情。"管理"不是特殊个人或群体的权力，而是组织里所有人的责任。假如"管理"成了老板和经理的特权，那就根本不是"管理"，而是奴役。奴役不一定体现为鞭打和辱骂，只要人们在自己的能力范围里放弃责任，奴役就开始了。那也就意味着，恶魔卷土重来。

工业社会的人们，不得不以工厂、公司作为主要生活场景。既然如此，人们就得在那里学习结伴、照料、自我管理。这样的学习，让他们有机会理解自己的使命、责任。也是这样的生活，把他们塑造成与绝望和恶魔斗争的公民。

当然，这是德鲁克对工业社会的期待，而非描述。德鲁克当然不相信工业社会能够天然赋予人们这样的机会。他再三强调的是，在无可避免的工业社会里，人们必须为自己创造这样的机会，并且拼尽全力捍卫它。工业社会的居民，可能是人，也可能是恶魔及其奴隶。结果为何，取决于人类自己。

《经济人的末日》是德鲁克的第一本书，《工业人的未来》是德鲁克的第二本书。第一本书里，德鲁克提醒世人，一旦人们对生活的想象贫瘠到只剩面包和马戏，人就简化成"经济人"，"经济人"的结局只有一个：在绝望中迎接恶魔。德鲁克的第二本书告诉世人，未来的重要挑战，是在工业丛林里学习成为比"经济人"高贵、丰盈的人。微妙的地方在于,依照流俗的政治宣传或感伤情绪,工业丛林恰恰是把人变成彻底的"经济人"的地方。德鲁克告诉人们,即便如此,也不该放弃责任,逃避挑战。他笔下的"管理学",是要为所有愿意迎接挑战的人出谋划策。

德鲁克关注的第一批"管理"实体,是那些创造财富、提供就业的大型公司、工厂。逐渐,他的视野扩展到各种不以盈利为目的的社会组织。无论哪类组织,只要存在组织,就存在管理。这也就是"管理无处不在"的意思。德鲁克的词汇表里,"管理"的反义词是"奴役"。在一个组织里实现管理,意味着把组织里的人培养成负责任的人——公民,只有这样的人才可能抵御潜在的奴役。"管理无处不在"的意思是,必须在一切可能的地方实现"管理"、捍卫"管理",提防"管理"腐化为"奴役"。八十岁出版的那本《非营利组织的管理》里,他把教堂、童子军、学校、志愿者协会之类都纳入视野,当然也包括《行善的诱惑》里的天主教大学。每个健全的组织,都是一个具体而微的社会,都为成员提供自我管理的机会。只要能够创生和容许这样的组织,社会就有对奴役的抵抗力。

五

不是组织本身,而是人通过智慧、勇气在组织里实现的"管理",使人成为人,成为阻挡恶魔的堤坝。这是德鲁克终生一以贯之的写作主题。即使是那些写给董事会、经理人的操作手册,这个主题也非弦外之音,而是重中之重。给经理们出谋划策的德鲁克,正是那个揭穿纳粹本质的德鲁克。防备恶魔重来,是他加在经理人身上的不能承受之重。可我怀疑,有些德鲁克的热心读者未必意识到这点,或者,刻意忽视这点。他们想从德鲁克那里找的,只是搭救生意的灵丹妙药。

恐怕,这非德鲁克所愿。把公司的希望寄托于某种规章或公式的人,多半也是会把自身和社会的希望托付给某个领袖、某种制度的人。正是这样的人,在20世纪30年代从希望跌入绝望,再带着绝望迎接恶魔。所有此类期盼背后,是某种共通的人性假设:人可以简化成数据、工具或棋子;只有简化成数据、棋子,人才能被公式、制度随意捏造。

德鲁克操心的"管理"恰恰与之相反。他希望,通过"管理",人可以从数据、棋子复苏为人。八十岁出版的那本《新现实》(1989)里,德鲁克写下了著名的一章:"管理的社会职能及博雅技艺"。把"管理"视为一门"博雅技艺"(liberal art),这是他晚年提出的最著名口号。什么是"博雅技艺"呢? 他自己的表述是,把斯诺所谓"人文文化"与"科学文化"整合在一起的新的文化。这种技艺,既关乎技能,又关乎信仰和价值。现代世界的公民,需要获得在公司、工厂谋生的职业技能,更需要寻找信仰和价值。没有前者,他就会被社会抛弃,愤世嫉俗;没有后者,他就沦为纯粹的"经济人"。德鲁克说,好的"管理",应该把人的两大需求整合到一起。其实说到底,"博雅技艺"就是使人成为人的教育。柏拉图在学园里施行的是博雅教育,中世纪的大学里施行的也是博雅教育。这是西方传统一以贯之的伟大理想。现在,德鲁克说,博雅教育要从学校扩展到工厂、公司、每个组织、组织里的每个人:

通过参与管理，人类将重新认识自己、产生影响和建立关系。①

"管理"使人成为人的前提是，人通过参与管理重新认识自己。每个管理实践，都是一次这样的机会。

写到这里，终于可以重回那本让我困惑的小说了。

单从情节讲，《行善的诱惑》是个乏味的故事。但我又分明从中读到某种惊心动魄的东西。现在我知道，打动我的，不是书中某个人的遭际，或者某项事业的前途。德鲁克写的，正是发生在管理实践中的"人的发现"。

海因茨神父对圣杰罗姆大学的管理实践，算不上成功，也算不上失败。他曾经为大学引领方向，让校园生机勃勃。但到了第二十五年，他和他的员工都感到迷茫。生机勃勃的员工，正在慢慢蜕变，快要沦为乌合之众。依照德鲁克的界定，"管理"的使命是塑造公民，提防恶魔。而乌合之众正是恶魔的先头部队。说海因茨算不上成功，因为提防恶魔的事业永远没有毕其功于一役的可能。说海因茨算不上失败，因为他坚守了二十五年，直到最后也没让自己腐化成懦夫或独裁者。无论如何，这是不小的成就。

但这些都不重要，德鲁克真正要写的，是海因茨在那场令人丧气的校园闹剧中对自己的发现。

_____

① 〔美〕彼得·德鲁克：《管理新现实》，吴振阳等译，机械工业出版社，2018年，第214页。

很多年前,海因茨是精力充沛、性欲旺盛的时髦青年。他有过很多女人,还深深的伤害过其中的一个。当他意识到自己从未爱过一个女孩,只是把她们当成欲望的工具时,他深深忏悔,立志从此献身教会。投身教会之后,他奋发工作。"荣耀上帝",一直是他的力量源泉。可是,经过霍洛韦夫妇的闹剧之后,他猛然意识到,自己的动机并非那么单纯。"一切不过是虚荣心、个人野心、权势、私心而已,一切只不过是想证明自己是个伟大人物而已。"这些东西,从前只是蛰伏在意识的深渊里,现在他迫使自己目不转睛地凝望深渊。一下子,他"体内的全部斗志似乎都被抽空了",他不知道"为何工作""为谁工作"了。

当年那个坚信全部行动都在"荣耀上帝"的海因茨,并不认识真正的自己。如今这个被野心、虚荣惊扰得灵魂瘫痪的海因茨,也未必认清了真实的自己。但是,这次灵魂地震毕竟把他带到一种更人性的状态。他的朋友,精神医生博格维茨说:"他裹在茧里三十年,如今再也钻不回去了。今后他将像我们其他人一样,必须学着忍受屈辱和内疚,在自我怀疑、模棱两可的状态下生活。"

"自我怀疑、模棱两可的状态下生活",这恰恰是人的本真状态。纯然的圣徒、纯然的禽兽,都是人对自身的误解。以为自己或某人可以成为纯然的圣徒,正是这种误解,使人乐于实施独裁,乐于接受独裁。以为自己不过像禽兽那样是欲望的囚徒,正是这种误解,让人心甘情愿沦为乌合之众。前一种误解,让人把自己当成上帝;后一种误解,让人根本否认上帝。正是这两种误解的合谋,让恶魔有机可乘。

"自我怀疑、模棱两可的状态"才是人的本真状态。这样的人,知道自己绝非完美，甚至随时可能跌入深渊。但他同时也知道，自己仰望苍穹的渴欲真实不欺。早在1942年那本《工业人的未来》里，德鲁克就深入讨论过这种人性状态。他称之为人性的"二元论"。他说，这是一切社会捍卫自由的信念基础：

> 自由的唯一基础是基督教关于人类天性的概念：人都是不完美的、软弱的，人都是罪人，是注定要化为尘埃的尘埃；然而，上帝按照自己的形象创造了人，人必须为自己的行为负责。①

相反，"认定人性的完美，或者认定人类已有趋向完美的已知或可知路径的前提假定，必然不可避免地导致专制和极权统治"。读到这段话，再去读《行善的诱惑》，我才意识到，海因茨神父的沮丧，是无比重大的灵魂事件。它可能让一个人从此一蹶不振，但它也可能让一个人在更加真实的人性基础上重启生活。

小说里，重新认识自己的不只海因茨神父。他的那位好友，精神医生博格维茨，也借助这场校园闹剧重审自我。他是犹太人，青年时代钻研神学，立志成为拉比。后来，人间种种荒唐暴行让他对上帝失望。他告诉自己，既然上帝不存在，那么灵魂也不存在。既然拯救灵魂是一件虚妄之事，那么唯一值得做的，就是医治心灵。于是，他成为一名心理医生。他旁观了圣杰罗姆校园闹剧的全过程。一度，他认为问题的本质是个人的、群体的精神疾病。但是最后，他终于意识

---

① 〔美〕彼得·德鲁克：《工业人的未来》，余向华、张珺译，机械工业出版社，2018年，第104页。

到,这个故事里不只有病人,还有罪人:

> 经历了圣杰罗姆大学发生的种种后,我知道邪恶势力的确
> 存在……那些神智正常的人,他们心胸狭窄,卑鄙无耻,将快乐
> 建立在别人的痛苦之上,虚荣心不得受半点伤害,自尊心膨胀得
> 极大,同时又卑怯懦弱。现在我明白,邪恶势力的确存在,我们
> 需要上帝。①

这位一度把世间乱象归咎于"病"的医生,重新发现了"罪"和
"恶"。于是,他决定走进教堂,接受神父的指引:"我不知道能不能重
新找回信仰,但现在我知道我需要它。"

这就是德鲁克所谓的"通过参与管理,人类将重新认识自己"。
他说的"认识自己",不止于发现自己的兴趣、才华、优势。《行善的诱
惑》里展现的"重新认识自己",涉及人性的全部领域,甚至包括人与
上帝、恶魔的关系。

即便只是在一桩不痛不痒的校园闹剧里,人们也发现了邪恶。
唯有如此,人们才能意识到德鲁克笔下的"管理"意味着什么。"管
理"不只意味着权柄、盈利、效率、成功,"管理"还意味着善恶之间的
斗争和抉择。既然邪恶的确存在,并且是以越来越平庸越来越隐蔽
的方式存在,那么如何看待"善",就成了"管理"的根本问题。小说
的题目是"行善的诱惑"。因为整场闹剧的起因,是海因茨神父出于

---

① 〔美〕彼得·德鲁克:《行善的诱惑》,商国印译,机械工业出版社,2018年,第160页。

基督徒的悲悯打了一个电话。所有人都知道,从行政原则上讲,那个电话不该打。海因茨还是打了。因为他觉得自己不只是一个官僚体系的领导者,还是一个基督徒。他不能只按官僚主义逻辑行事,还得按照基督徒的良心行事。但也就是这一点点任性的良心,几乎让整个组织瘫痪。德鲁克借助一个人物评价此事:"他唯一的过错就是在行善的诱惑前屈服了,表现得像一个基督徒,一名神父,而不是一个官僚主义者。"此事意味着,一个看起来运转良好的组织,很可能脆弱,并且病态。因为它正腐化为高效的官僚机器。病态的高效,让它容不下任何行善的激情。脆弱的高效,让它随时可能被一群乌合之众击垮。

《行善的诱惑》里,德鲁克通过一场闹剧,让几位最出色的人物重新认识自己,也重新认识了"管理"的本质及其困境。如果邪恶真的存在,如果"管理"实践里连一丝"行善的诱惑"都无法容纳,那么,看似运转良好的"管理"其实是处在至暗时刻:随时可能腐化成暴政,无论是一个人的暴政,还是群众的暴政。当然,发现困境也是一种发现,远比无所发现幸运。德鲁克的小说,最可怜的是那些永远无法重新发现自己的病人、罪人。

圣杰罗姆大学的前途悬而未决。任何真正的"管理",都得意识到这种悬而未决。所谓捍卫自由,就是担荷起这种悬而未决。有悬而未决,才有人的责任。流俗的小说、流俗的读者,大概更喜欢"圣杰罗姆人民从此过上了幸福生活"那样的故事。德鲁克必会对此嗤之以鼻。因为那样的故事本质上属于恶魔的谎言。那种故事里的幸福,通常是以幸福之名行使的奴役。德鲁克不关心那种幸福。幸福从来不是德鲁克的关键词，人才是。他的小说和他的论文一样，关注的永远是发现责任、理解责任、担荷责任的人。

六

《行善的诱惑》的故事发生于20世纪60年代。德鲁克的上一本小说名为《最后的完美世界》，故事背景是20世纪的头十年。

无论标题还是行文，《最后的完美世界》都带有几分感伤色彩。因为其中的人物和故事，取材于德鲁克出生、成长的那个旧欧洲，那个被两次世界大战毁掉的欧洲。那也是茨威格《昨日的世界》里描写的欧洲。对那个世界的人和生活，德鲁克当然带着欣赏、怀念。但他的怀旧，不是那种田园牧歌式的煽情，不是遗老遗少式的复辟幻想，更不是借助神化旧世界诅咒现实生活。他只是担心，旧世界里某些最珍贵的东西可能再也无法复生，那就是人，某种特殊的人。小说里，他写了几位拥有贵族身份的商人、学者、艺术家。这些人，各有各的野心，各有各的情欲，但也各自坚守使命、责任、趣味和分寸感。他们的生活并不纯然高尚，也不纯然鄙俗。他们总是面临人生抉择，也总在决断时刻担起责任。其中的一个人物说，做出决断的动机可以很简单："我不愿意一早起来照镜子，却在镜子里看到一张皮条客的脸，任何一位我称之为绅士的人都不会愿意的。"① 另一位人物说，不管投身革命、捍卫法律还是经营地产，他的目标"就是要建造一个合

---

① 〔美〕彼得·德鲁克：《最后的完善世界》，洪宁等译，机械工业出版社，2018年，第30页。

乎人性的环境,让所有公民都能昂首挺胸地生活"。①

德鲁克说,他们是一种特殊类型的人,不妨称之为"贵族"。小说里,他们的确拥有贵族封号。但德鲁克说的"贵族",主要不是指他们的封号,而是他们的人性结构:信仰、尊严、责任、决断、怯懦、野心、情欲共存的人性结构。旧日的欧洲,曾经培育了这样的人物。他们是文明的产物,也是文明的代表。这种人物的消失,也就意味着文明的消亡。德鲁克担心,两次毁灭性的战争之后,新的社会无力为己培养这样的人物。他更担心的是,新的社会可能根本不知道自己需要这样的人物。

《最后的完美世界》描写了一个消亡的旧世界。《行善的诱惑》讲述了一个命运悬而未决的新世界。新世界的命运,取决于自己究竟养育出何种人物。新旧世界之间,物质生活的格局尽管发生了天翻地覆的变化,但生活的基本需求从未改变。生活,永远需要有人担荷自由、责任,抵挡恶魔。新世界不可能照搬旧世界的方式制造身份贵族,就算可以制造出来,也只能是低劣的赝品。但新世界的确需要自己的"贵族",这不是锦上添花,而是生死攸关。旧世界,人们在家庭、家族、宫廷、军旅中培育贵族。而新世界,"通过参与管理,人类将重新认识自己,产生影响和建立关系",这是它培育自己的人物的唯一机会。必须得有这样的人物,至于称他们为"贵族"还是"公民",无关紧要。

德鲁克的写作,是对现代管理者进行的博雅教育。他所谓的"博

---

① 〔美〕彼得·德鲁克:《最后的完善世界》,洪宁等译,机械工业出版社,2018年,第251页。

雅教育"，就是孔夫子、柏拉图意义上的博雅教育。孔夫子的教育对象，根本不是课堂里的学生，而是贵族，即权力和责任的承担者。在德鲁克期待的"尚可容忍的世界"里，每个平民都该被提升为承担责任的"贵族"。而在德鲁克警惕的腐败社会里，每个"贵族"都被贬黜为无权力、无责任的贱民。因此，德鲁克所谓的"博雅教育"是现代意义上的贵族教育，在现代世界培养理解自身使命、责任，并且有实践技艺的人。孔夫子、柏拉图从前说给贵族的话，德鲁克现在要说给每个企业家和经理人听。不必把他们称为贵族，但他们的确应该承担从前由贵族承担的社会功能。德鲁克的博雅教育和孔夫子、柏拉图的教育一脉相承，当然也和他们的不合时宜一脉相承。因为，博雅教育的本性，就是提醒人们操心不愿操心的事情，提醒人们担起过于沉重的责任，提醒人们在自己身上发现深渊，也敦促人们在自己身上抵御深渊。它迫使无忧无虑的人变得忧心忡忡，还催促忧心忡忡的人勇猛精进。

两部小说之前，德鲁克还写过一本名为《旁观者》(1978)的自传。那里，他复述过一个瑞典童话里的故事：

> 很久很久以前，有座城叫作亚特兰蒂斯，因城中的人骄傲、自大和贪婪而没入海中。有个水手在船触礁之后，发现自己身在其中。他发觉在这沉没之城中，还有许多居民，每个星期天，钟声响起，大家都到奢华的教堂做礼拜，为的就是希望一个星期的其他六天都可以把"上帝"抛在脑后，互相欺诈……那个从阳世来的水手，目睹了这一切，顿时目瞪口呆，他知道自己要小心，

不能被发现，要不然，就永远见不到陆地与阳光，不能享受爱情、生命与死亡。

故事里的水手，见识过真正的生活，因而能够认出貌似生活的伪生活。他为自己确立的使命是，哪怕身处沉没之城，他也得努力盼望、保守真正的生活。我把这则故事当成德鲁克全部写作的隐喻。世界已经沉没过多次，很可能再度沉没。但总得有人在遭受惩罚的地方理解生活，捍卫生活。这个人，可以是水手、作家、哲人、管理学家，也可以是经理、校长和职员。亚特兰蒂斯的悲惨，不在于沉没，而在于根本没人知道自己已经沉没。

单凭这个故事我就确信，彼得·德鲁克是卡内蒂、米沃什他们的同代人，甚至是柏拉图的同代人，各自时代的不合时宜的亚特兰蒂斯的水手。

2020 年 1 月

带一本小说去旅行

——《亚特兰蒂斯的水手》校阅后记

邓军海

回家，有两条路。一条是呆家里。另一条是，满世界走一圈，直至回到原点。

——C. S. 路易斯引切斯特顿

只有同代人是乏味的，必须去寻找异代的知音，不仅是你读他，还要让他来读你。

——朵渔《执迷者手记》

主动请缨，申请校阅书稿《亚特兰蒂斯的水手》(以下简称《水手》)，只是为了尽老友的一份责任，想借自己的挑剔双眼存心挑错。至于这篇后记，则是出于身为一名读者的情不自禁。因情不自禁，也就不揣谫陋，想写一点小文字，分享一下自己的阅读喜悦。

将这点小心思，厚着脸皮径直告诉无锐。他慨然应允，相当期待。于是感到了一丝压力，甚至感到一阵惶恐，生怕平白无故地画蛇添足。为求心底踏实，就闲聊一点前尘往事吧——毕竟，无锐要打马远行，要去会会命运，我的单位早已成了他的原单位。

一

当年有人问蒙田，问他跟拉博埃蒂(La Boëtie)，为何交情深厚。蒙田没有列举什么抽象品质，只是怪怪地说了一句：

因为他是他，因为我是我。

认识的人差不多都知道，在无锐的原单位，我跟无锐走得有点近。然而，他是他，我是我。我俩，即便不是形同水火，也是截然不同。譬如他是美食家，天下美食，没有他尝不出味儿的；而我，倘若觉着什么难吃，那可能真真是难吃了。又譬如，他喜欢旅行，大江南北，大概都有足迹；而我，视旅途为畏途，世界那么大你转什么转。读书，大抵也是如此。

身边经常碰到一些非专业之书不读的朋友。屡屡碰见，甚至越来越多。你也许只是想趁开会间隙摸个鱼，随手拿了一本《庄子》，不承想有位搞古代文学的同事伸头过来。您看的是什么？客气地打问。你简直有点不好意思，悄悄亮了亮书皮。您怎么读起我们的书来了？真诚地讶异。你真诚地不知说什么才好，这可是大学中文系呀——是早已摇身一变号称文学院的中文系呀，怎么还有"我们的书"！

真正结识无锐，或者说动念结识无锐，起初就是缘于专家们或次专家们所谓的"我们的书"。

早些年前，单位差不多每年都要组织一次远足。安排住店，无锐总是跟一位搞外国文学的同事一个房间。无锐的专业，是中国古代文学，手里拿着一本小说，外国的。相似的疑问，平静的回答："每次外出，我都带本小说，习惯了。"

当时的我，虽然正在为身边朋友那份非专业之书不读的专业态度感到迷惑，虽然性子也比较野，经常打一枪换一个地方，看一些杂七杂八的书，却也时不时要压抑一下自己翻看小说的冲动，尤其是想重新翻看一直喜欢却又似懂非懂的小说的冲动——这冲动，即便算不得罪恶，也是不务正业，也是非分。毕竟：

如今,能够阅读的人……似乎都成了研究人员。①

既不做专门研究,又何苦劳神费力,逐字阅读或重读呢?书是读不完的。人之生也有涯而书也无涯,就这样一路晃荡,什么时候才是个头?什么时候才能确立自己的研究领域?那些年,逢人询问"你是搞什么的"或"你搞的是哪一块",总是嘴上拌蒜心下惶恐,不好意思惭愧得很,不像现在径直以一句"什么也不搞"蛮横打发。那些时日,表面的不着急下面汹涌着暗暗的着急。

正是当年的拼力压制,让我知道了无锐也曾遭逢"我们的书"之问,知道无锐每次外出远足,总要随手带一本小说,知道无锐打小就爱翻看小说,跟中文系科班出身没啥关系,知道无锐性子比我野很多,于书几可谓无所不读,从来没有所谓"我们的书"。在这个世界上,你为之纠结为之苦恼的问题,在他人那里也许根本就不值得一问,这大概也是《水手》中一再出现的"视野"的意思之一吧:

旅行比辩论有用。当两个没有见过世面的人各抱一孔之见争论不休时,他们需要的不是胜利,而是旅行。旅行的好处,是拓展视野。视野的拓展,会让人意识到比战胜对手更紧迫的事:认识自己。一个不认识自己的人,到处发现敌人,却永远认不出兄弟。(页33)

---

①〔美〕雅克·巴尔赞:《我们应有的文化》,严忠志译,中信出版社,2014年,第202页。

那天晚上,和无锐聊的时间很长很长。当然不是跟他讨论,而是向他讨教问询。譬如一位小心翼翼:上中等师范时有位同窗,也喜欢读小说,读得挺多,却说小说越读越空虚。另一位则直截了当:我打小就读,从来没这感觉。这段戛然而止的对话,足足让我琢磨了近十年。

二

前些日子,我俩在微信朋友圈曾分享过一段小视频,小视频名曰"舞蹈是一种不设防的艺术",是对舞蹈家高艳津子的一段采访。其中说:

> 我把我思考的过程展开在舞台上,每一个观众带回自己的答案,没有一个答案是全体的答案,没有一个经验是全体的经验,其实每一个都是唯一的。
>
> 现在因为是一个自媒体时代,所有的传播,已经把人生所有的道理都说完了,也就是说在过去你要悟一生才能悟出半句的话,今天所有的自媒体会一下子教给你。然后你就会发现所有人都活得特别精明,这种精明里面正在失去那种特别感性、特别朴素、特别本质的生命力。而那个生命力是正在期待的,什么都在经历过程里面完成的。所以看不到日出,看不到夕阳,然后一下走到这个捷径。走到这个捷径,后面的人生就变成了行尸走肉。因为没路可走了,经历没有了……不够有那种生命真正应该有的生发出来的那个行动的过程。
>
> 你初恋,然后一点一点地……现在年轻人不谈恋爱,他们一

下子就看破了，因为所有的都在教爱情有什么用。什么都没发生，起来的全是防备心。但是舞蹈有一点，舞蹈是不设防的，设防的人是不可以跳舞，跳不了舞的……

这段小视频，顺带分享给几位年青朋友。因为这段看似人畜无害的小视频，不是在触碰哪条敏感神经，而是在直戳大脑，还蛮疼的，假如我们意识到自己的大脑正在变成"微信大脑"或"快手大脑"的话。

身边，太多太多的论证，太多太多的审判，太多太多洞穿世间万象的斩钉截铁(或油腔滑调)。且举几个习见的：

1. 人不能改变环境，只能是环境改变人(他/她在教导你：与其做个痛苦的苏格拉底，不如做一个快乐的小猪猪)。

2. 存在的就是合理的(他/她在关心你：谁还没有年轻过，大家都是过来人)。

3. 一切都是相对的。每个人都有自己的价值观，每个人都有自己的选择权(他/她似乎在用相对论提醒你：注意自己的精英主义立场，这不正确)。

4. 男人都是好色的，女人一直被凝视(他/她正在努力成为武装到牙齿的女权斗士)。

5. 生活不只有眼前的苟且，还有诗和远方(他/她的毕业典礼发言，经常如此深情)。

……

作为中老年人，每当听到正青春的年青后生在这类深沉而又成熟的高论之间自由切换，一点都不脸红心跳不气喘，一点都不操心是否前后不搭或相互龃龉，后背就禁不住阵阵发凉，仿佛我们的语言空气四下弥漫着催熟剂，孩子们被昼夜不停地催熟了——因为这深沉的背后没有沧桑,而是主义套话式的看透;这成熟的背后更没有沉稳,而是大家都是过来人的油腻。这就好比还没开始生活就杀死了生命,还没开始学习就终止了阅读。假如你想让生活中的一切都得经过论证,假如想让阅读中的一切都得有理论指引,那么,市面上流行着那么多卖相颇佳的主义,又有那么多长袖善舞的代言人,再加上大数据的准确投喂,不但总有一款适合你,而且足以让你感到滔滔不绝,足以让你看透一切。

也正是在发现"过去你要悟一生才能悟出半句的话"、年青后生现在也想一下子教给我的这些年,我才约略体味到了当年说小说越读越空虚的那位同窗的真诚:要是看透了生活,认为自己的生活不过是眼前的苟且,继而推论所有人的生活不过是眼前的苟且,于是在小说里寻找生活样板或寻找"诗和远方"——换句话说,要是她就像包法利夫人那样"生活在别处"——空虚或"生命不能承受之轻"大概就是宿命般的结论。所幸在我们那个落后地方的那个落后年代,大伙的教育仍大都始于洒扫庭除昏定晨省,所幸论证一切只是口头上说说,在生活中还是热切地渴望成家渴望立业,我那位同窗也只是感到过一丝空虚,过后还得结结实实地甚至更结结实实地生活在这片大地上。

三

舞蹈家高艳津子为之忧心忡忡的这种"精明",这种"一下子就看破了""看不到日出,看不到夕阳,然后一下走到这个捷径"的精明,米兰·昆德拉称之为"简化的蛀虫"(the termites of reduction):

　　伴随着地球历史的一体化过程——上帝不怀好意地让人实现了这一人文主义的梦想——是一种令人晕眩的简化过程。应当承认,简化的蛀虫一直以来就在啃噬着人类的生活:即使最伟大的爱情最后也会被简化为一个由淡淡的回忆组成的骨架。但现代社会的特点可怕地强化了这一不幸的过程:人的生活被简化为他的社会职责(social function);一个民族的历史被简化为几个事件,而这几个事件又被简化为具有明显倾向性的阐释;社会生活被简化为政治斗争(political struggle),而政治斗争被简化为地球上仅有的两个超级大国之间的对立。人类处于一个真正的简化的漩涡之中,其中,胡塞尔所说的"生活世界"(world of life)彻底地黯淡了,存在(being)最终落入遗忘之中。①

　　很是感激昆德拉的这一象喻。因为此前虽然啃过一些现象学书籍,却一直走不出哲学行话陷阱,一直将胡塞尔为之忧心忡忡的"生活世界"视为一个哲学概念或范畴。正是昆德拉的象喻"简化的蛀虫",让我约略体会到:生活世界就像一件毛衣,形形色色的蛀虫(注意原文是复数)在其间爬行、蛀蚀。毛衣躺在衣柜里,看似完好如初,然而当你打算穿它一天,要拎它起来的时候,发现它早已千疮百孔,甚至成了一截截毛线,因你这一拎而散落一地。

　　形形色色的简化蛀虫,在哲学上有个专名,曰还原论(reductionism,

---

① 〔捷克〕昆德拉:《小说的艺术》,董强译,上海译文出版社,2004年,第22页。

亦译还原主义)。这个略显生涩的哲学术语所指称的,正是林林总总的主义思想的一种共同趋向:它以科学世界观自命,要殷切地帮你透过现象看本质。它用"不过……而已"(merely)的成熟语气,熟练而又老到地一步步教你:将人间万象还原为(reduced to)利益争夺,将纷繁历史还原为阶级斗争,将人的行为还原为刺激反应和条件反射,将行为动机还原为趋利避害趋乐避苦,将人还原为动物、将动物还原为有机体、再将有机体还原为碳水化合物。你我也可能是个好学生,会自觉地做进一步的还原,进一步透过现象看本质:所谓爱情说穿了,无非是荷尔蒙,那些悲欣交集的爱情咏唱不过是性欲包装;一切古老道德教诲,统统都是意识形态,不过是为剥削关系蒙上的一层温情脉脉的面纱;一切文学,都是宣传,他那样写只不过因为他是男性、统治阶级、白种人、殖民者。

"还不是为了石油?"这孩子的点拨,语重而又心长。

"你爸和你妈,闹过别扭、吵过架吗?"

"常有的事,还动手哩。"

"难道为了石油?"

"反正落后就要挨打!"

"偷鸡摸狗,撒谎成性,挨揍,也是因为落后?"

名曰还原论的简化蛀虫(reduction 既译为还原,亦译为简化),可不是什么哲学概念,而是一种无孔不入、无往而不胜的主义套话,是你我极有可能不知不觉就会爱上的一种心性习惯。谁不愿意透过现象看本质呢,谁不愿意坐上缆车登顶珠峰呢?

"生命全无意义。世界是荒诞的,人生是痛苦的,存在是多余的。"同学X在习练萨特式深刻。

"最大的不幸，是生为女人。"同学Y在倾情引申波伏瓦的《第二性》。

"他们只求自己一时欢乐，将我生在这世上，没问我同意不同意。"同学Z这时怀抱着好几个主义。

每当看到年青人变得如此高深，我就禁不住想起无锐在莎翁悲剧《奥赛罗》里面读出来的教育家伊阿古，想起了他在托马斯·曼的《魔山》中读出的那种令人欲罢不能的魔性，想起他在《水手》中重笔浓墨叙写的"洞穴"和僭主心灵、"心灵地下室"和"地下室心灵"、"乌尔罗地"和"乌尔罗心灵"，以及现代心灵独有的"主义嗜好"。

孩子，什么是地狱？这就是地狱啊！当你看透一切的时候。因为通往地狱的道路："其实并不陡峭——它坡度缓和，地面平坦，没有急转弯，没有里程碑，也没有路标。"（拙译C. S. 路易斯《魔鬼家书》第12章）

四

"你到底是什么立场？我怎么看不明白呢？这不是明摆着吗！不是吗？"好辩的老友S每每以五四之子自许。他很是着急，又在反复申述那比正确还要正确的某种政治正确。

假如熟练操持某种主义套话、解释一切分析一切论证一切审判一切就意味着"不惑"的话，在无锐的原单位，他可能最有资格，因为他所读的哲学书远多于混过哲学系的我，应当知道哪套主义话语是潜力股。

同学T很明白：人得有信仰，可是，我该信哪一款呢？这孩子稍微感到一丝空虚,就着急得不得了。

假如像"爱上爱情"那般"信了信仰"、从此好比搭上了天堂快车或买到了永生保险就是所谓"不惑"的话,那么无锐说不定也最有资格,否则,同学T不可能在课下如此急切地向他打问,好像他那里货源充裕品类齐全似的。

"老师,我毕业论文想写《诗经》,该参考那些书呀?"

"《诗经》。"

"老师,能不能详细点?"

"《毛诗传笺》《诗集传》……"

"老师,您能不能认真点?我这是要研究《诗经》,不是读《诗经》……"

假如确立研究领域、熟练查阅资料、占据学术前沿、立山头拿项目就是所谓"不惑"的话,那么无锐可能早就不惑了,因为有好几位德高望重的学林前辈前些年每每为无锐扼腕叹息,说不搞古代文学真是可惜了,近几年则扼腕说不搞学术真是可惜了。

然而无锐还是"四十而惑"了。或者说,在周遭环围的"四十不惑"或"二十不惑"或"假装不惑"当中,自觉选择了"四十而惑"。我想揣摩一下他暗中对自己说话的那个语气:啊呸!不惑,你也配?

这本《水手》,正是这句暗中的"啊呸"的产物:

> 古人说"四十不惑"。至今参不透这话。身边的确有不少刚过四十就不惑起来的朋友。不惑也是千姿百态。有人紧紧抓住一个答案,有人看穿所有答案……(页3)

选择"四十而惑"大概就是不走捷径,不想让生活沦为面包与马戏,不想让生命沦为"算法",即便在这"所有的传播,已经把人生所有的道理都说完了"自媒体时代,还是想和过去那样用一生去悟那半句话。选择"四十而惑"大概就是拒绝看透,拒绝那些销量火爆的能够解释一切也能够解决一切的理论和主义:

> 地下室人是被各种现代理论喂养长大的。这些理论无不声称可以破解世界之谜、人之谜。破解之道,就是把世界压缩成规律、逻辑、统计表格,把人贬低成规律的注脚、逻辑的常量、表格的数字。于是,世界和人没有神秘可言,只剩下"理性"和"必然"。(页72)

> 乌尔罗地的专家们常常向人类兜售希望。他们的广告语是:"相信我,我已经破解了人这个谜;人,只是一个答案。"米沃什说的重回真实,就是重新把人当成一个谜。这恰恰是希望所在:人,仍是一个谜,永远是个谜;不再是谜的人,就只剩下昭然若揭的绝望。(页199)

正因拒绝看透,无锐才在《卡拉马佐夫兄弟》里的老大米佳身上体认到,"人之真相,即,人是秘密"(页68),大地上的人"不是玛利亚,也不是索多玛,而是从玛利亚到索多玛之间的广阔疆域"(页67),才在契诃夫的小说里读到的不是什么反映了19世纪俄罗斯社会现实的批判现实主义,"而是深陷'契诃夫结'的我自己"(页106),才在管理学家德鲁克的小说里这句谁都不会在意的"自我怀疑、模棱两可的状态下生活"中,读出了生活在大地上的惊心动魄:

> "自我怀疑、模棱两可的状态下生活",这恰恰是人的本真状态。纯然的圣徒、纯然的禽兽,都是人对自身的误解……前一种误解,让人把自己当成上帝;后一种误解,让人根本否认上帝。正是这两种误解的合谋,让恶魔有机可乘。
>
> "自我怀疑、模棱两可的状态"才是人的本真状态。这样的人,知道自己绝非完美,甚至随时可能跌入深渊。但他同时也知道,自己仰望苍穹的渴欲真实不欺。(页243—244)

正因拒绝看透,所以无锐才严格区分两个托尔斯泰:在主义泛滥时代又提供了一款托尔斯泰主义的托尔斯泰,那个学然后知不足教然后知困的诚实刚毅的托尔斯泰。(页87—88)

正因拒绝看透,无锐也在尝试着像罗森茨维格那样,从一名现代学术体系意义上的"学者",尝试变为生活首先意味着学习的"学习者"(页112):

> "生活"不是哲学讨论的对象。"生活"首先意味着学习。(页120)

学习,虚心地学习,首先意味着让自己变成"容器",好让心灵地下室之外的光亮可以透进来:

有些地方,人没法随身携带天赋抵达。在那里,人该做的,不是寻找个性,而是让自己变成容器,让某些东西注入进来。(页109)

主动选择的"四十而惑",既然是拒绝"仅仅抓住一个答案",拒绝"看穿所有答案","不必带着答案来,不必带着答案去",那大概也就是"不设防"吧。套用高艳津子所说的"舞蹈是不设防的"之语,似乎也可以说,"读小说是不设防的,设防的人是不可以读小说,读不了小说的……",假如小说阅读堪比一场心灵旅行,假如大地上的人之为大地上的人就是因为他本有且本该有上行之路和下行之路的话。

五

说句老实话,但丁的《神曲》我至今也没能读下去。没能力也没耐心读下去,却愣生生记住了开篇头一句:"在人生的中途,我发现我已经迷失了正路,走进了一座幽暗的森林。"那时,正值四十上下的年纪;也正是在那个年纪,正式结识了无锐。

从此,也就成了跟他一起"晾晒困惑"的朋友,在新老无锐斋和我这寒碜的楼外楼,曾挥霍过一宿又一宿的"不必带着答案来,不必带着答案去"的闲话。晾晒完困惑,还得各自勉力生活,勉力做事,不配乐观也不配悲观地生活与做事。

然而,他仍是他,我仍是我。

偶尔在夜间,往往就是在准备休息的时候,他会有兴致勃勃的电话过来。那大概是他读那些"困惑之书",读得激动不已的时候。大概就是在这些兴致勃勃的电话里，我第一次听闻迪伦马特、卡内蒂、罗森茨维格、德鲁克、沃格林，也是第一次深切意识到，要像对灯枯坐那般读柏拉图、莎士比亚、托尔斯泰、陀思妥耶夫斯基这些"熟人儿"，必须彻底甩脱那些学术行话，就像登山临水必须甩掉导游。

每次这样的夜间电话，我想无锐都会隐约感到一丝落寞，因为这时的我，就像谦哥陡然脑袋短路，有点跟不上熟悉得不能再熟悉的刚子的节奏：他说的这些人和故事，我要么没听说，要么听说过但也只是听说。顺便厚着脸皮自伐一下，好在我素不习惯装蒜，就好比无锐从不屑于假装不惑，所以这些人和书，我要么买来翻读，要么捡起重读。也但愿本文不会沦为广告营销，无论是买来翻读还是捡起重读，不得不感谢习惯带一本小说去旅行的无锐的"四十而惑"——因为正是这主动选择的"四十而惑"，让他看出了从柏拉图到德鲁克的这一干人，正是见识过陆地和阳光的亚特兰蒂斯水手，而作为读者的你我，可能正是不知陆地和阳光为何物的亚特兰蒂斯土著。这本《水手》，让你我跟这些水手陡然间成了同时代人。

在结识无锐之前，早已认识无锐，就是那种等于没关系的同事关系。然而由于专家们或次专家们的"我们的书"所勾起的那宿闲话，在我的脑海里，读小说就跟旅行莫名其妙地挂上了钩，解也解不开。读这本《水手》，我的阅读体会是，你我得尝试做一趟旅行，做一场上穷碧落下黄泉的灵魂旅行，即便本书就好比四十而惑的但丁仅仅写了地狱篇，丝毫不见炼狱篇和天堂篇的踪影；得尝试做一个旅行者或行者，做一个"发心，行脚"的行者，哪怕只是故地重游，哪怕也"四十而惑"，哪怕"行脚"之后并没有得大欢喜的"顿悟"，哪怕因为他是他、你是你、我是我。

至于行脚路上要不要也像无锐习惯的那样带一本小说,我想还是带上吧,只要不像包法利夫人那样在其中寻找"诗和远方"。因为无锐经常调侃我,就像刚子调侃他的那满脸老实的谦哥:

"美学? ——美呢?""文学理论? ——文学呢?"这是在调侃我的专业。

"咱们中间谁最喜欢跟人辩论,谁最喜欢给人讲道理? 你倒是说呀!"这是在调侃我没读过几本小说或史书,就径直奔向理论。

然而正是由于这恶意调侃,让我明白了西人为何要区分推论式(discursive)和呈现式(presentational)这两种基本知识类型,让我明白了西蒙娜·薇依和埃里克·沃格林这样的大哲人,为何不只喜欢说故事,而且要门生弟子大量读故事。

　　她让学生大量阅读的不是纯哲学的著作,而是文学作品,目的是用具体的事例引发学生的思考。①

　　某人想获知德国当代秩序思想中的各种重大问题,他最好去阅览穆齐尔、布洛赫、曼、多德勒的小说,或弗里希、迪伦马特的剧作,而不是去读专业的政治学文献。②

---

① 〔英〕佩特雷蒙特:《西蒙娜·韦伊》,王苏生、卢起译,上海人民出版社,2004年,第592页。

② 〔美〕沃格林:《记忆:历史与政治理论》,朱成明译,华东师大出版社,2017年,第462页。

和哲学一样,文学必须不断地向自己追问那些终极问题。否则,它就只不过是文学。(哲学就只不过是哲学……)①

无锐在原单位的课堂,引人入胜之处不在于有思想,更在于会说故事。其实好些道理,读故事或说故事,要比论证起来鲜活得多,丰盈得多。顺便说句不是题外话的题外话,米兰·昆德拉所说的"简化的蛀虫",法国大革命时就早已孵化成形。因为在那个群情激荡的年月,在那个不仅要砸烂一个旧世界而且要建立一个新世界、谋求社会问题一揽子解决的年月,政治文人早已将生活中的一切都付诸论证了:

这个时代的不幸(不,有些先生认为这可是光荣)就在于任何一样东西都需要经过讨论,好像我们国家的宪法一直都是一个有争议的话题,而非是保障我们所享有的权利的。②

即便政治家埃德蒙·柏克的这丝忧心,你我仍是感到隔膜,无锐对我的专业的调侃,还是够味的:"美学? ——美呢?""文学理论? ——文学呢?"

同理:人生哲学? ——人生呢? 生命理论? ——生命呢?

2023年12月27日于津西小镇楼外楼

①〔波兰〕扎加耶夫斯基:《另一种美》,李以亮译,花城出版社,2017年,第70页。
②〔英〕柏克:《法国大革命反思录》,冯丽译,江西人民出版社,2015年,第139页。